李骏虎作品集

毕竟东流去

李骏虎 著

中国书籍出版社

图书在版编目（CIP）数据

毕竟东流去 / 李骏虎著 . —北京 : 中国书籍出版社，2020.1

ISBN 978-7-5068-7548-6

Ⅰ . ①毕… Ⅱ . ①李… Ⅲ . ①散文集—中国—当代 Ⅳ . ① I267

中国版本图书馆 CIP 数据核字（2019）第 269379 号

毕竟东流去

李骏虎　著

图书策划	戎　骞　崔付建
责任编辑	张　娟　成晓春
责任印制	孙马飞　马　芝
出版发行	中国书籍出版社
地　　址	北京市丰台区三路居路 97 号（邮编：100073）
电　　话	（010）52257143（总编室）　（010）52257140（发行部）
电子邮箱	eo@chinabp.com.cn
经　　销	全国新华书店
印　　刷	三河市华东印刷有限公司
开　　本	650 毫米 ×940 毫米　1/16
字　　数	200 千字
印　　张	15.5
版　　次	2020 年 1 月第 1 版　2020 年 1 月第 1 次印刷
书　　号	ISBN 978-7-5068-7548-6
定　　价	62.00 元

版权所有　翻印必究

自　序

我生长在那个全民"文学热"的时代。20世纪80年代，"改革开放""思想大解放"带来全国性的写作阅读高潮，从城市到广大的农村、矿山，有点文化的人们都拿起笔来写小说、散文、诗歌、报告文学、文艺评论，抒发情怀，记录时代。在晋南的一个小村庄，也有两个做着狂热的文学梦的年轻农民，其中一个就是我的父亲，这使我在刚刚能够开始阅读的时候，随手就能够拿到《人民文学》《小说月报》《作品》《青春》《汾水》（后改为《山西文学》）这样的文学杂志，对于一个偏远的乡村里的孩子来说，的确是得天独厚的精神资源。就是在父亲的熏陶和指导下，我开始写作和投稿，小学没毕业就开始发表作品。

有人说，那个时候的全民文学热是不正常的，也有人因此而慨叹后来的文学被边缘化，我也曾这样想。但我现在不这样认为了，我现在知道，全民都想当作家的确是不切实际的，但人人都应该养成写作和阅读的习惯，尤其在我们解决了生存问题，开始追求生命质量的时代；我同时理解到，文学作为社会主流的时代的确是一种特殊现象，但文学应该对社会发展和时代进步产生深远影响却是不容置疑的，时下文学越来越圈子化，越来越丧失对社会大众的影响力，越来越跟时代发展没有关系，这才是不正常的。仅仅是文学圈里的繁荣，是虚假的繁荣。这也是当下文学为大众所敬而远之的原因。狄更斯、托尔斯泰、雨果，都曾为人类社会的进步做出历史性的贡献，我们看到，真正的文学大师是为人类写作的，他们从不曾把文学学术化、圈子化。为什么要写作，从事文学的终极目的是什么，这是作家们应该思考的永恒课题。跳出圈子，为人民写作，这是我大概从十四年前形成的文学观念。我后来的文学道路，就是在这个观念的指导下往前走的。

每一个作家的文学生涯中，都有自己阶段性、标志性的作品和文学事件，我也是如此。我真正意义上的小说写作，开始于中专时代完成的第一部短篇小说《清早的阳光》。那个时候，没有读过几本文学名著，也几乎没有任何的文学观念，就是靠着农村生活的积累和一点天分创作的，我对自己想象力的确信，也来自这篇纯粹的作品。每一个作家都有自己的软肋，我也有，我在文学素养上的欠缺就是没有接受过必要的写作训练，当时，也没有完成与经典的对话，我就是个"野狐禅"。这个短篇之后，我回到故乡小城谋生，很多年不能超越自己，后来因为一个机会又回到了太原，有三年时间学着用王小波的风格写小说，数量不下三十万字。这其中有一个中篇、三个短篇被文学杂志《大家》2000年的同一期刊发，还配发了整页的作者艺术照，这是我文学生涯中的第一个作品小辑，从此我开始浮出水面，成为我这一代作家里较早的出道者，这要感谢

《大家》主编李巍老师的错爱，他还曾想把我打造成男版的J.K.罗琳，可惜我才力不逮。

在我读过小仲马的《茶花女》和陀思妥耶夫斯基的《被侮辱与被损害的》后，在卢梭的《忏悔录》里找到了思想指导（我其实并没有读完这本书，但哲学家强大的思想力量通过开头的几页书就主导了我），开始写作第一部长篇小说《奋斗期的爱情》。那是20世纪末的事情，我在山西日报社工作，每天晚饭后打上一盆热水放到办公桌下泡脚，铺开稿纸写两三千字，保持了一个良好的写作进度。我在子报工作的弟弟陪着我，他也写点东西。那个时候生活条件异常艰苦，我们兄弟俩租住在一个倒闭的工厂的小楼单间里，房子里没有水管也没有厕所，需要用矿泉水瓶子从报社灌水带回去用。晚上十点多，完成当天的写作进度，我俩骑着从街上四十块钱买来的旧自行车赶夜路回住处。如果在夏天，经常一个霹雳大雨倾盆，根本来不及躲避就被浇成了落汤鸡；如果在冬天，融化的大雪在马路上冻成纵横的冰棱，车轮压上去，一摔就是十几米远。但我们心里都有一团火，就是永不熄灭的文学火焰，能够在窒息的大雨中和摔懵的马路上哈哈大笑。《奋斗期的爱情》被文学杂志《黄河》以头条的位置发表后，很快被收入长江文艺出版社"九头鸟长篇小说文库"，这在当时是个特例，因为文库里的作者除了我，都是很有名的前辈作家。要感谢《黄河》主编张发老师和长江文艺出版社的李新华老师，正是《奋斗期的爱情》使我开始有了"粉丝"，其中包括不少跟我年龄相仿的现在很知名的青年作家，当时他们刚开始尝试写作。

我开始不满足于圈子，而从大众的欢迎中得到自信，源自于我的第一部畅销作品《婚姻之痒》。2002年到2005年之间，我开始了自己第一个完整的创作阶段，创作了一系列以心理描写见长的都市情感和婚姻家庭题材小说，并整理成长篇小说借助于各大门户网站的读书频道贴出来。磨铁文化老总、诗人沈浩波的弟弟沈笑，当时在新浪网读书频道做版主，他把《婚姻之痒》加精置顶，后来得到了四千多万的点击量，数千读者跟读并试图提供思路参与创作。在读者意识到我有把女主角庄丽写死的企图时，很多人对我发出了威胁。那年的情人节，读者们把《婚姻之痒》打印出来，用精美的礼品纸包装好，作为情人节礼物互赠。有人留言说看了这部作品与爱人达成了谅解，有人说决定奉行独身主义，这使我对文学的社会功能产生了自觉的思考，也开始与逐渐向圈子和学术坍缩的文学背道而驰。现任人民文学出版社社长臧永清，其时担任春风文艺出版社的副总编辑，他策划的"布老虎"丛书风靡一时，他跟我签下了首印四万册的出版合同，可惜的是，他后来去了中信出版做副社长。他也因此专程打来电话表达了对我这本小说的遗憾。然而很快，创业阶段的沈浩波就闻讯来到太原，通过朋友联系到我，在电话里诚恳地做了半个小时的洽谈。沈浩波的策划和营销能力是非常超前和强大的，在他的策划下，我一下子"火"了起来，不断接受全国各城市晚报和都市报的采访，《婚姻之痒》也进入新华书店系统公布的2005年文学类畅销书前五名，接着又拍成了电视连续剧，由著名影星潘虹和李修贤主演。

  是作家都有代表作，有被自己认可的，有被读者认可的，还有被圈子认可的，我截至目前被这三个领域基本认同的代表作，是长篇小说《母系氏家》，这也是我第二个完整的创作阶段的主要作品。这部小说也是对"山药蛋派"老一辈作家谆谆教导的"生活是创作的唯一源泉"的致敬和实践，她的创作，完全是非功利性的、自发的、水到渠成的。2005年元月，我被选派到故乡洪洞挂职体验生活，报到后，县政府让我先回太原，等待通知再正式上班，这一等就是两个多月，于是，从毕业后就为了生存和理想打拼的上班生活突然停止了，生活节奏出现了巨大的断档和真空。文学创作是闲人的职业，人心里越安静思想越活跃，忘记了是什么触发了灵感和回忆，我开始写作我生长的那个小村庄的女人们的个性和人生故事，写到六七万字的时候，县政府通知我报到上班，我给她起了个题目《炊烟散了》，作为一个大中篇发给约稿的杂志。这就是《母系氏家》的蓝本，她并不是按照时间轴写的，而是把两代女人的人生历程交叉辉映着写。两年半后，我在鲁迅文学院第七届中青年作家高研班学习，从繁忙的政府工作中脱身出来，文学的机能重新复活，一个晚上，我想到《炊烟散了》里面有一个人物可以再写一个中篇，就围绕这个叫秀娟的美丽、善良的老姑娘写了一个晋南农村麦收之前的故事，起名为《前面就是麦季》。跟以生活为背景的小说不同，《前面就是麦季》是以《炊烟散了》为背景的，这种以另一部小说的世界为背景的小说写作，弥补了我的作品虚构程度小的弱点。稿子完成后，恰好《芳草》杂志主编、著名作家刘醒龙老师来鲁院物色刊物"年度精锐"的专栏作家，我有幸蒙他慧眼相加，《前面就是麦季》就成为开年《芳草》杂志的头题作品，后来获得了第五届鲁迅文学奖的优秀中篇小说奖。

每个作家都有自己的特质，有些作家艺术感强，善于写中短篇，有些作家命运感、历史感强，擅长写长篇，我是以长篇为主要创作形式的作家，中篇产量最少，却阴差阳错获得了中篇小说的最高荣誉，这正是命运的耐人寻味之处啊。也还是在鲁院时，《十月》杂志主编王占君老师来约稿，嘱我写个长篇给他，我以《炊烟散了》和《前面就是麦季》为基础，用时间顺序把故事展开讲述了一遍，完成了长篇小说《母系氏家》的第一稿，发在《十月》长篇小说的头题。在陕西人民出版社出版单行本之前，我又用两个月的时间改了第二稿,增加了几万字,后来获得了首届陕西图书奖,同时获奖的长篇小说有贾平凹的《秦腔》,陈忠实老师是文艺奖评委会的组长,他用浓重的陕西话跟我开玩笑说:写得比老贾好!

《母系氏家》也获得了赵树理文学奖,几年后我又写了她的姊妹篇《众生之路》。著名评论家胡平老师认为,《众生之路》的"呈现"比《母系氏家》的"表现",在艺术上更高一个层次。能超越自己,我觉得比超越别人更值得高兴。

人的心理倾向是受生理影响的,换句话说,我们的身体变化某种程度上决定着精神走向,四十岁左右的时候,我开始喜欢读历史了,历史事件的神秘感和对历史人物探究欲望,使我的写作转向第三个完整的阶段:抗战史的研究和书写。无论写历史还是现实,作家都是以发生在自己脚下的这块土地上的故事为富矿的。我发现红军东征山西有着改变中国革命进程、促成抗日民族统一战线形成的伟大意义,于是,经过两三年的打通史料和实地考察准备,完成了全面展现这一历史阶段的国际国内政治形势和战争过程的长篇小说《中国战场之共赴国难》。这是我目前为止体量最大的一部作品,有四十万字,也是第一部完全以长篇的艺术结构从零创作的作品,她并未得到文学评论界多少的关注,却产生了很大的社会影响,成为当年中国新闻出版报公布的年度文学类优秀畅销书前十名。跟我的第一本畅销书《婚姻之痒》主要以读者个体为购买对象不同,《中国战场之共赴国难》不是一本一本地卖的,她被省内外很多机关单位、企业、学校多则几百本,少则几十本的团购,作为读书活动的主题书。《文艺报》以整版的篇幅发表了我的创作谈《今天怎样写救亡史》。《中国战场之共赴国难》使我彻底背向文坛、面向大众,赵树理曾经说过他的文学创作理念是:"老百姓看得懂,政治上起作用。"山西作家中的前辈张平、柯云路是这个理念的杰出实践者，我是他们的追随者。

我并不是文学性、艺术性的反对者，我热爱并且探究小说的艺术性，但我反对文学学术化、圈子化，我不愿意搞"纯文学"创作，我希望我的作品像狄更斯一样受到普通人的欢迎。我也醉心于福克纳、博尔赫斯、卡夫卡的作品，但我向往着托尔斯泰、雨果那样超越作家的思想情怀，我逐渐开始了自己的第四个完整创作阶段，我希望自己能够像巴尔扎克那样把同时代的人们变为我笔下的艺术形象，展开一副包罗万象的时代画卷。

感谢中国书籍出版社和策划人戎骞小兄的美意，要给我出一套比较完整的作品集，由于我的一再坚持精减，还有近几年出的新书的原出版社都不愿出让版权，成为目前这八本的规模，留待随后陆续补进。

目前，我出版了18种、25本书，其中一半左右是长篇小说，戎骞要求我写的这篇自序里，我未提及散文、诗歌和评论的创作情况，是因为我想以主要创作形式来梳理自己的文学历程，今后这仍然是我的主要方向。一个作家只要不丧失对长篇小说的兴趣和能力，其他的体裁就有一个强大的思想本源。

2019年8月17日　于太原

毕竟东流去

目录

自　序 / 001

用心灵思考和创作 / 001
沁河芳踪 / 024
北方有仙山 / 034
毕竟东流去 / 041
北地树　佛脚印 / 046
逆光里的白洋淀 / 053
沁水寻踪柳宗元 / 056
广武怀古 / 061
武州山记 / 065
伤痛庞贝 / 069

重说苏三 / 074

寻尧记 / 080

广西三章 / 090

南方的理发师北方的剃头匠 / 099

我是农民中的"逃兵" / 102

对乡村的两种怀念 / 108

大风到来之前 / 117

属于"晋南虎" / 123

那年花好月圆时 / 127

力不从心 / 131

"逃出"作文课 / 136

河流传说 / 140

河对岸的孩子 / 145

流浪记 / 150

生命与真理同在 / 162

聆听大师的心音 / 167

拜谒伟大的灵魂 / 178

背景谈 / 181

女性的本能与自觉 / 184

废人之思 / 187

手不释卷的李存葆 / 189

景老师消失在地平线 / 192

艺术与人生 / 197

文化忧思录 / 201

圣贤遗迹洪洞县 / 205

创作年表（要目）/ 217

用心灵思考和创作

——自述

坚信那个写《桌面》的作家会出大名的

我常常会怀疑,自己到底是不是块写小说的料儿?直到慢慢发现,好的创作状态和作品,不是出于脑子,而是源于心灵。

有研究表明,人的心脏是参与思考的,它不仅仅只是一个血泵。若干年前看到这则小小的奇闻,我是当作科普知识记住的。多年后我却在写作实践中笃信了这个说法。

无知者总是无畏的,和后来不同,我开始学写作的时候,是自信满满的。一个人一生会从事什么事业,有宿命的成分,也有外部条件和自我性格的因素在内。我会折纸片儿往地下甩,和人斗输赢的时候,还认不得几个字,但颇有些想成为文化人的萌动,为此,我趴在炕沿上,把父亲的藏书《水浒传》《吕梁英雄传》(马烽、西戎著)翻开,一页页地翻看,找到没排满的半页或者大半页空白纸,就用小刀子仔细地裁下来,然后从祖母的针线笸箩里翻出针线来,让目不识丁的祖母帮我装订成本子,打算给上面写点什么。祖母望着被我裁得七零八落的两本厚书,很担忧地警告我:"也不知道你爸这书还有用没用,你把人家的糟蹋成这样,看挨打的日子在后面!"这件事情说明,我从一开始就是个爱搞花架子的形式主义者,但具有挑战权威无视经典的勇气。

父亲有没有因为我破坏了他的书打我,我不能记得了,好像那个时候他也顾不上这些,当时正是文学狂热的二十世纪八十年代,作为村委主任的父亲,是方圆村里甚至整个甘亭公社最有名气的"写文章的"。和他一样为文学疯狂的还有本村的一个农民好友,三十年后,父亲早放弃了文学,而那位跟着他学创作的叔叔至今还在写当年流行的"一袋烟小说"。每到下雨天,不能下地干活儿的时候,那位叔叔就会带着他的儿子来我家,他儿子和我在炕下"打纸片儿",他和我年轻的父亲爬在我家土炕上研究"故事结构"。我忙里偷闲望了一眼他们的表情,他们面色庄重,一定是在商议什么惊天动地的大事,我支起耳朵,听到他们讨论一个人在公园里把手表丢了,是应该丢在长椅底下,还是应该丢在水塘边的草丛里。为此两个人讨论到掌灯时分都没有定论,他们父子还得在我家吃免费的晚餐。及长,我想起那个情景就纳闷儿,两个没去过大城市的泥腿子,怎么会知道"长椅"和"水塘"的呢?

再后来就有点明白了,为了学习创作,我父亲经常骑着公社奖给他的自行车去临汾城里(当时的行署),到邮政局买文学杂志,以至于攒了满满几大柜子《人民文学》《作品》《青春》《汾水》(《山西文学》前身),家里扔得到处都是文学杂志。他们关于公园的那点想象，一定来自于刊物上别人的小说。所谓"纸上得来终觉浅"，所以他们最后没有成为作家。我曾不无遗憾地想过，假如当时父亲他们能有条件和视为神圣的山西文坛五老马峰、西戎、束为、孙谦、胡正见一面，哪怕说上一分钟话，马老告诉文学青年的第一句话一定是"生活是创作的唯一源泉"，那父亲他们也许就会被一语惊醒梦中人，知道要从生活而不是别人作品当中去寻找素材，知道要写自己最熟悉的生活，那现在我也许就跟李锐、蒋韵老师家的笛安一样，成为"文二代"了。这绝不是不切实际的幻想，因为大概二十年后，我在山西日报社做副刊编辑，就有幸结识了马老和胡老，马老在他给我的若干便签中提到的最多的就是"生活是创作的唯一源泉"，我就代替我父亲成了作家，圆了他的梦。

父亲和那位同好叔叔没有实现文学梦想，他们失去了文学但是留下了梦想，这使他们成为晋南传统农民中的异类，他俩不安心种地，北上太原城，买回蘑菇菌种搞家庭经济，就在我家新瓦房的堂屋里搭起架子、附上塑料薄膜来养蘑菇，结果弄得菌丝乱飞，一家老小"吭吭咔咔"咳嗽了整个冬天。后来我父亲还当过养鸡专业户、种棉大户、熬过糖浆、种过果园，兴冲冲地转移着他未遂的文学理想，没让生活改善多少，倒是赚来正经农民的冷嘲热讽，他们说："看看人家保玉，看着书本种地哩，也不是知道是他日哄地，还是地日哄他！"父亲却始终不渝，不为所动，几年之后，他科学种田的理念开始深入人心，当年嘲笑他的农民每到节令总是手足无措地登上我家的门，毕恭毕敬地向他请教："保玉，你看后半年种什么保险呢？棉花上的红蜘蛛应该打什么药？"而此时父亲对堂屋里那个黄色的柜子看守得也不那么严了，我偷偷用砸扁的铁丝撬开了柜门上的锁，结果大失所望，没什么值钱的宝贝，满柜子全是硕大厚实的牛皮纸信封，上面打着红色的印戳：退稿！我打开一个，抽出来，是厚厚的一沓信纸，第一页上用蓝色的墨水恭敬地写着"短篇小说，马房院的故事，李保玉"，呈"工"字排列。有一次在给家里养的牛铡麦秸的时候，我问起这件事，父亲很自豪地说："那个小说已经通过了二审，三审没通过，差点就发表了！"退稿的是山西作协的《山西文学》编辑部。父亲还饶有兴味地跟我谈起当时山西文坛红极一时的"两座石山"，他还知道韩石山曾在汾西当过教师，最有名气的小说是发在《山西青年》上的《行路难》，而张石山的短篇小说《镢柄韩宝山》获了奖。有意思的是新世纪之初山西文学院让专业作家和签约作家"结对子"的时候，韩石山老师成了我的导师，而张石山老师如今经常和我一起参加文学活动，父亲却对文学和"两座石山"都失去了兴趣，他含饴弄孙，整日忧心的是在北京工作的我弟弟马顿买不起房子。

被父亲冷落的文学杂志，后来成了我的课外读物，印象最深的是在《人民文学》上看到的张贤亮的《灵与肉》，插图像题目一样触目惊心，可惜当时看不懂写的是啥意思。有一天放学后翻阅一本掉了前后封皮的杂志，看到一个叫贾平凹的作者写的短篇小说《桌面》，不长，一读就读了进去，被感动了，觉得写得好，有了模仿的冲动。后来的若干年里，我一直坚信那个写《桌面》的作家会出大名的，现在看来，我十一岁那个时候眼光就很准，还是有点艺术天分的。

他大声喊出："陈染就是我的梦中情人！"

我没有问过父亲，他是否真的读过《水浒传》和《吕梁英雄传》，还是因为被我把书剪坏了没钱买新的。我却是直到1995年22岁的时候都没有读过一本像样的外国文学名著，此前最可炫耀的是在上初中的时候，在看瓜棚里就着马灯读完了八卷竖排本的《红楼梦》，夤夜读到"昨夜潇湘闻鬼哭"，灯影摇曳，瓜棚外枯叶在风中哗哗作响，顿时寒毛倒竖。为了凑足学费，我从十四岁上学做瓜农，每天晚上在瓜棚里看瓜，早上就用小平车拉一车西瓜和甜瓜去军营门口的国道边摆摊儿，支一张小饭桌，上面摆着一个最大个儿的西瓜做招牌，西瓜底下用草圈儿垫着。好歹是个读书人，嫌丢脸，就让我八岁的弟弟马顿坐在桌子后面的小椅子上，我在平车后面铺块麻袋片儿，躺在上面看张扬的《第二次握手》。有人来买瓜了，弟弟就喊我一声："哥，别看书了，出来称西瓜。"我就抖擞精神像个老手儿一样出来和人讨价还价，抡起西瓜刀打开个三角口子，很自信地对买主说："看，沙不沙？——都说了不沙不要钱么！"

那个暑假，我深深地爱上了美丽婉约的知识女性丁洁琼，为她哭得稀里哗啦，为她多年梦绕魂牵，虽然那本《第二次握手》最后一页没有了，却给我留下了无尽的遐想。三十年后在网上看到老作家张扬打人的消息，我的第一反应是，不管张扬做什么都无可厚非，因为他写过《第二次握手》！

如愿考上中专后，我保持了在初中时给报纸副刊投稿的爱好，这样在补贴生活的同时，还可以获得女同学的青睐。但对于文学创作尤其是小说我是没有任何理论概念的，我不自信的原因是上初中时学校很有名的弄潮文学社竟然不吸收我当社员，我假装不屑，其实是那么地渴望自己的作品能在那本油印刊物上发表。我不被吸收的原因是我的作文总是不能符合要求，喜欢胡思乱想，比如那年春天下雪了，老师让赞美雪景，我却想起来村里的老农常说的一句农谚："冬雪皆宝，春雪皆草"，我就写了很多春雪的坏话，以为老师会表扬，结果招来他很多白眼儿。后来我父亲终于不能安心当农民，他报考了《山西青年》办的"刊授大学""八七版"《红楼梦》里演黛玉的陈晓旭当时也是学员，有一期《山西青年》的封面明星就是她，美轮美奂如黛玉附体。父亲靠着文学青年的底子获得了刊授大学的结业证，被公社一位独具慧眼的领导看中，要他去做党办秘书，在此之前，安排他去《临汾日报》副刊做实习编辑。父亲就辞了别人眼热不已的村党支部书记一职，去报社实习，数九寒天，戴着一顶雷锋式的"火车头"棉帽，蹬着自行车顶着呼啸的西北风每天天不亮出发，太阳下山才回来。而我却不得不跟着母亲去地里拉棉花秆儿，那是一个冬天做饭和取暖的燃料。正是父亲在报社做实习编辑的时候，他鼓动我学习写作，把我写的寓言故事和诗歌拿到副刊"新芽版"去发表，让我获得了最初的文学声名，感受到了作品发表后的愉悦和自信。或许就是从哪个时候起，我认识到在中国的文坛混，除了写得好，还得有人脉。

我读书的山西省广播电视学校听起来是个文艺类学校，其实是货真价实的理工科中专，也许图书馆是有不少典籍的，但我可怜的文学才情此时正值志大才疏不得其门而入的阶段，根本不知道该借什么书看，也基本看不进去什么西方经典。混了四年，记得借过的书就一本《冰心散文集》，而真正通读也读懂了的就是小仲马的《茶花女》，还是因为对妓女爱情的猎奇才被吸引。但我听说真正会写小说的人，读书都是不多的，你的生活和你自身的感知就能完成好作品，我的第一部短篇小说就是这样如有神助完成的。当时常借些杂牌文学杂志来标榜自己的文学理想，受到一种类似当时流行的电视剧《辘轳女人和井》这样风格叙事的影响，在于我如对牛弹琴的电工电子课上，百无聊赖时，动手把一个小时候听来的民间故事改写成小说，不知被故乡的什么鬼魅附体，居然就写成了。寄给了《山西文学》编辑部，然后就忘到了脑后。一个下午，正和同学在操场边的水泥乒乓球台上打球，同学捎给我一封薄薄的白色信封，是《山西文学》寄来的，我顿时有福至心灵的感觉，觉得事情成了。拆开看，果然是《山西文学》的编辑祝大同老师约我去编辑部做个小改动，那封信祝老师写得龙飞凤舞，很多字我不认识，但还是看懂了。有生以来第一次去太原市南华门东四条，那条巷子对于我和所有文学爱好者一样云山雾罩的，现在回想起来依然有朝圣的感觉。见了面才知道，祝老师约我来的意思，主要不是为改稿子，他要看看这个把小说写得鬼气森森的家伙到底是个什么样子，结果让他大失所望，是个毛孩子。他很隐晦也很艺术地问我："你这么小，那些描写男女性爱的经验从哪里来的？"我说："夜场录像厅的毛片。"他恍然大悟，长长地"哦"了一声。

但或许我是搪塞了他，因为那个年代有两个轰动全国的文学事件，一个是路遥的去世和《平凡的世界》获得茅盾文学奖，一个是贾平凹的《废都》因为里面的那些个空格成为禁书。《平凡的世界》太厚，我当时没顾上看，盗版《废都》却是窝在被窝里拿手电看得快流鼻血了，很难说我不是身心都受到了贾平凹那些个空格的影响。

就这样，我的第一部短篇小说《清早的阳光》发表的时候，祝老师在"编者手记"中表达了发现我的惊喜，表达了对这部小说的惊奇，同时也表达了对我昙花一现的担忧。很不幸被他言中，我之后的五年时间里，作品都没有达到《清早的阳光》的水准。

我毕业回到故乡，临时在县报社工作，流着眼泪读完了路遥《平凡的世界》，第一次感受到文学作品给予人的精神的伟大力量，但也从那句"早晨从中午开始"，知道了当作家其实是一件艰辛的事业。为了继续自己的文学热情不灭，我用稿费创办了一个小印刷刊物《文学爱好者》，像个山大王一样扯起文学大旗，乌合起二百左右喜欢写作的男女啸聚山林，自己写自己发，拖欠的印刷费托国家破产政策的福，县印刷厂改制时才被清零。想起初中时曾在日记本中写下豪言壮语："我的理想是成为文学家，我的理想职业是文学编辑。"不成想把个理想落实成眼下的情形，不禁感到万般凄凉。当时的环境中，没人和我畅谈文学，没人指导我阅读，也没人交流创作方法，就像在黑暗里摸索着行走，不愿意承认创作上穷途末路，却无计可施。这个时候，从晋东南师专毕业回来一个叫乔文波的家伙，自称中文系毕业，一副文艺青年的形象和文学大师的气魄，可惜他只是个实习生并且一文不名，我就让他做了《文学爱好者》编辑部的主任，让他替我看稿子干活儿。一个晚上，我带着一箱方便面去他寄居的县委大楼宿舍里，想和他谈谈文学。他飘洒着乌黑浓密的过耳长发傲慢地问我："你看过《百年孤独》吧？"我压根儿没听说过是个什么东西，他不敢相信地说："你不会连马尔克斯也不知道吧？"我说我当然知道，但看过太久，忘了。他从枕头下拽出一本不太厚的绿皮册子说："你拿去看吧。"——那是我第一次触摸到《百年孤独》，那本影响了包括诺贝尔文学奖获得者莫言在内的无数中国作家的盗版书。可惜我对它是免疫的，因为我底子太薄了，不足以被他调动写作欲望，而且我写的《清早的阳光》基本上也是魔幻现实主义那一套，只是充当了我后来炫耀自己文学修养的谈资。

就是从乔文波嘴里，我第一次听到了当时中国文坛三位响当当的女作家的名字：池莉、方方、陈染。她们被相提并论，排名先后也是乔氏所为，但他最爱陈染，他有一个十六开笔记本，上面大段大段抄写着陈染的小说，——因为家寒，他买不起杂志，只能跑到图书馆抄写，——他激情四射地站在地下给我朗诵陈染的小说，并且很暧昧地提到一个情节，大概就是在夜晚的出租车后排座上，一个女人在给一个陌生男人口交，让当时尚是童男子的我瞠目结舌心乱如麻。读到高潮处，他大声地喊出："陈染就是我的梦中情人！"

李巍期望把我打造成中国的 J.K. 罗琳

我此生最引以为豪壮的第一件事情，就是1997年倾尽所有的积蓄为我弟弟马顿付了一半上大学的学费，并且尽我所能为他提供生活费用，最后的结果居然是拯救了我前途渺茫的文学梦想。山西师大中文系1997级的大学生马顿，听了一个学期课后发现他自诩为作家的亲哥哥其实对文学的认知少得可怜，他像个导师一样把课堂上听到的大师作品买上几本，带给他可怜的哥哥恶补，换取当月的生活费。马顿是个爱书的娃，他把在校门口的儒林书局买到的名著，都认真地用画报包上书皮，然后在书脊上用他古怪的字体写上书名和著者，在他买给我的一堆书中，有一本是王永年翻译的《小径分岔的花园——博尔赫斯小说集》，很多名著我怎么都读不进去，但这一本很舒服地就读下来了，而且获得了洗礼般的快感和享受。博尔赫斯，这个被称为作家中的作家的盲眼老人，在小径分岔的文学花园里，用他的拐棍儿为我指引了第一条通往文学殿堂的小路。

正是1997年，一位青年作家的死亡轰动了中国文坛，马顿适时地把他的《时代三部曲》带给了我这个在小县城里耳目闭塞的哥哥。像当时很多文学青年一样，我一下子就被吸引并且打开了。从

1997年第一眼看到王小波的作品，直到2007年的十年间，我几乎所有的中篇小说，竟然都是模仿王小波先生风格的，有8篇30万字，我是多么地迷恋和敬仰他啊。记得2007年编辑中篇小说集，心中充满了怎样的温暖和欢悦啊，我像那些续写《红楼》的痴人，只为翻烂了原著，只觉得还意犹未尽，索性自己写给自己看。于是，就有了那本向王小波先生致敬的《李骏虎中篇小说集》。我是个无趣的人，是从王小波的作品里硬生生地体味到什么叫作"有趣"，我几乎拥有他所有版本的作品，那几年里，家里到处扔的是"黄金""白银""青铜""黑铁"，随便坐在沙发上，靠在床头；或者蹲马桶上，抄起一本来，随便翻到哪一页，都能立刻读进去，嘿嘿地笑起来。坐在山西日报社的花园里捧读《红拂夜奔》，我埋着头呵呵呵呵没完，几乎被人疑为脑子有病。每天捧着一个本子，铺张报纸在大楼背后的角落里，练习"王小波体"。其实，我最钟情的是《万寿寺》，我的第一个中篇《雪落的声音》几乎就是临摹着它写的，洪治纲老师还写过一个很长的评论。我知道了早晨的雾气可以用扯开的棉絮来比喻，我知道了天空垂下来，像一颗没有瞳仁的眼珠子。一部《黄金时代》足以代表王小波，但《青铜时代》的《寻找无双》《红拂夜奔》《万寿寺》，则真是王小波的"世界奇观"，无人能及。

  我认为，评论界把王小波的小说界定为"黑色幽默"是浅显的，实际上，王小波的创作已经达到了艺术的最高境界：荒诞。小说中的讽刺意味与苦涩的幽默结合在一起，通过不确定的时空和人物来表现作品思想内容，将现实中的具体人物抽象化。他的小说已经达到了"在故作平淡无奇的日常形式中表达出反常的内容"，使不受制于现实的事件，显得"比真正的生活真实还要现实"。在当代中国作家里，无出其右，莫言也难望其项背。

1998年的冬天，我到太原应聘《山西日报》的编辑，考完后到当年读书的山西广播电视学校门口的报摊买了一本黑色封面的《大家》，一个人在永济饺子馆就着素鸡和皮冻吃饭时，翻开其时影响巨大的《大家》，看到上面残雪等名家的小说，我暗自叹气说："这辈子能在《大家》发表一个短篇小说就足矣了！"没想到转过年来，我就在出租屋里接到了一个南方口音的电话，他说，他是《大家》的主编李巍，决定发表我寄去的小说，并且希望我再给他两篇小说和一张艺术照片。第二天早上，我六点钟爬起来，一天没吃没喝也没上厕所，一直在我的旧电脑前坐到晚上六点，十二个小时完成了一个中篇、一个短篇，然后跑到照相馆去拍了一张意气风发的艺术照。

正是《大家》的主编李巍老师给了我重新出发的机会，2000年第五期《大家》为我发了一个作品小辑，包括两个中篇、两个短篇，使我真正浮出水面。他把我模仿王小波时疯狂练笔的那些习作，史无前例地一划拉全拿到他的刊物上去发，让我一起步就成了"master"。虽然我没有像李巍老师期望的那样，被他打造成中国的J.K.罗琳，但他让我压抑多年的文学激情有了发泄的渠道。中篇小说《睡吧》是李巍先生策划，我完成的作业，当时他是那么兴奋，要发来年第一期的头题，他那么兴奋，以至于经常在我还没起床的时候就把电话打到我租住的房间，把我的破手机打得烫手，把我的话费打光。虽然《睡吧》的写法在他们编辑会上遭到质疑，最终没发出来，但我在老家砍玉米的时候，还是坐在玉米地头的牛车上，挽着袖子捧着手机，尽量地安慰了他失落的热心。因此，当2012年的冬天传出消息，下野多年的李巍老师临危受命，正筹备《大家》复刊时，我猜他一定会找我，这个他当年鼎力扶持、如今已经获得了鲁迅文学奖的青年作家。果然心有灵犀，我很快又听到了那个亲切的南方口音，当年曾如同文学使者在替缪斯之神传达福音，虽然此时稿债压得我几乎直不起腰来，我还是毫不犹豫地答应了他在几周内写一篇解构类型小说的作品。而在创作当中，我意外地解决了这些年一直困扰我的不知如何切入时代、书写当下社会的难题，再一次，我的报恩获得了巨大的回报。

我不能记起来第一本《悲惨世界》是从哪里得来的，有前皮没后皮，确切点说是第二部"珂赛特"，只记得在一个百无聊赖的雨天时光里，我在老家的屋檐下拿起了它，然后就像陷入流沙一样被吸了进去，浪漫主义鼓荡起我没有信仰的魂魄，深深地记住了雨果和译者李丹的名字。我欲罢不能，读完后倒回去寻找到第一部《芳汀》，并在插页上看到了雨果的照片，他和我心目中的文学大师长得分毫不差。其后，我多年着迷于阅读雨果，搜集购买到他所有版本的全集和作品，凡我有书架的地方，都有一套雨果文集，他是公认的浪漫主义教父，但他笔下的芳汀的悲惨命运，主教对冉阿让人性的转变，以及他对宗教的长篇累牍的评述，还有他笔下拿破仑的滑铁卢之败，都是那样的直击人的精神归宿和人类社会的本质以及人生的苦难。很多年里，我都怀疑雨果不是一个人而是一个神。和王小波一样，雨果对我的影响是巨大的，我所有的作品都摆脱不了他们的巨大阴影。

陀思妥耶夫斯基这个名字太长了

迄今为止，我认为自己最具有文学品质的长篇小说，还是第一部《奋斗期的爱情》。那是受到陀思妥耶夫斯基的《被侮辱与被损害的》和卢梭《忏悔录》深刻影响的作品，它几乎具有西方经典小说的所有元素，虽然笔触稚嫩，却格局合理、营养全面。正是在乔文波的介绍下，我在1998年应聘山西日报社编辑的时候，到他的同学杨东杰的出租屋里借住，以文学的名义我们一见如故。虽然同样出自晋东南师专中文系的杨东杰和乔文波同样"傲慢和自负"，我还是用自己的韧性从他那里获得了新鲜的补充。像乔文波问我知不知道马尔克斯一样，杨东杰问我知不知道陀思妥耶夫斯基，这个名字太长了，我不能复述，就无法假装知道。杨东杰嗜书如命，据乔文波讲，上大学的时候，他读西方大师的作品，都是把一个人的所有书借出，全部读完后再读下一位的，如此厉害的人物不是我浅薄的文学修养所能对话的。但我的精神胜利法是学以致用和"走着瞧"，因此我死缠烂打从他手里借出了陀思妥耶夫斯基的《被侮辱与被损害的》，并且看了两遍。在此期间，他竟然打电话问我要了不下三次，生怕我弄丢。就是在杨东杰租住的平房里，他像乔文波向我灌输池莉、方方和陈染一样，让我知道了余华和朱文。其实早在我上中专的时候，就在一本杂志上读到过余华的《活着》，当时宿舍的同学都出去玩了，我一个人躺在高低床的上铺边看边流泪，只是不知道作者就是余华，而《活着》是他最好的作品。但杨东杰坚持说余华最好的作品是《在细雨中呼喊》，并强迫我阅读它验证一下，我和他住在一起的那几天，一直在读这本书，我觉得并不如《活着》好。可怜那个时候我哪里能体味一部作品的文学品质啊。我能清楚地记得杨东杰站在他的藏宝洞一样的书柜前，给我大力地推介朱文多么有张力，他说得太专业了，我不能理解，我理解"张力"这个词，是李巍在第一次打电话时这样夸我的小说。但他的推介起了作用，我两年后读到了朱文，并且觉得朱文很厉害，我有几篇小说受他影响很深。后来朱文突然不写了，去拍电影，我着急看他的新作看不到，很不理解他那么有才气干吗要放弃。现在我理解了，朱文的写作激情来自于年轻时和这个社会的对立情绪，后来年纪大了，人平和了，也就无话可说了。

我年轻时最狂妄的一个念头是，离开山西，搬到青岛的海边去专业写作。这个不切实际的想法是夭折在我第一篇小说的责编祝大同老师口里的，在《大家》一次性发表四篇小说后，我在太原尔雅书店门口邂逅了祝大同老师和他的夫人，给他透露了我的雄心壮志。祝老师当时绽露着他标志性的玩世不恭的笑容说："我劝你还是别这么想，《大家》《花城》这样的刊物，文学标准不太靠谱，他们的认可不说明你就写成了，不信走着瞧。"不幸被他言中，不久李巍老师退休，又过了几年，《大家》居然停刊了！

被第一篇小说的编辑泼了一头冷水，使我成为一个安分守己的人。也是那次在尔雅书店买到了卢梭的《忏悔录》，没读几页就有了写部长篇的冲动，于是每天晚饭后，在山西日报大楼19层的楼道尽头打一盆开水，回到办公室，放在实木的办公桌底下，把脚泡上，用《山西日报》专用的208个字的稿纸写三千到五千字，坚持了一个多月，完成了第一部长篇小说《奋斗期的爱情》。拿给《黄河》杂志的张发主编看，张老师很兴奋，给我发了个头条，转过年来，李新华老师青眼有加，把它收入长江文艺出版社著名的"九头鸟文库"，与梁晓声《婉的大学》、方方的《何处家园》、阎连科的《斗鸡》并列，俨然"大家"了！最使我引以为傲的，是《奋斗期的爱情》的章节标题，参照了雨果的习惯和风格，叙事情绪深受陀思妥耶夫斯基《被侮辱与被损害的》影响，而在书的正文前面，我像西方作家常引用《圣经》的话那样，引用了卢梭《忏悔录》里的一句："虽然我的血液里几乎生来就燃烧着肉欲的烈火，但直到最冷静、最迟熟的素质都发达起来的年龄，我始终是守身如玉地保持住纯洁。"

　　省委宣传部分管《山西日报》的副部长的公子薛飞飞，是个内心风花雪月的散文家，我们成了好朋友，他送给我一套《博尔赫斯全集》，我兴奋得老虎吃天不知从哪里下口。那是2002年的光景，我不能肯定是不是博尔赫斯看多了，以至于直到2004年，我所有小说的灵感和素材都来自于梦境。日常生活的经验，常常在我的睡梦中反射成奇幻的故事再现，睁开眼睛后我抓住它的尾巴，很有感觉地敷衍成小说，也是那个时候作品开始被转载和收入年度选本。2004年我把十二篇以梦境为素材的小说排列在一起，惊奇地发现它们从形式和精神上都是连贯的，自然就是一部长篇小说。当时网络上小说社区正如火如荼，我把它贴到了搜狐的小说社区，很快被一个书商的弟弟卢山看上，拿去出版了，就是《公司春秋》。

　　《公司春秋》的出版也暴露出我创作上一个致命的困境，那就是生活积累几乎用尽了，原料告罄，很多素材在多部作品上使用。就在这个时候，省作协选拔青年作家下基层挂职体验生活，我报了名，并最终入选。2005年的元月我结束了省报文学编辑的生涯，被组织部一纸文件安排到故乡洪洞挂职锻炼，因为县政府还没给我安排好分工，其间有了三个月的空档期，我便在网上连载了长篇小说《婚姻之痒》。因策划出版"布老虎丛书"驰名书界的春风文艺出版社总编辑臧永清致电给我，签订了首印四万册的出版合同，但是很快臧总被出版《谁动了我的奶酪》而走红的中信出版社挖去了，他签下的书稿成了悬案。就在这个时候，如今民营书商的大鳄磨铁图书的总裁沈浩波突然来到了太原，当时他是磨铁的前身铁虎文化的总策划，他找到了时任山西书海出版社社长的杭海路，希望通过他来问我拿到《婚姻之痒》的书稿。而沈浩波的弟弟、时任新浪读书频道的编辑沈笑和我也是好友，正是沈笑向他哥哥推荐了在新浪读书"走红"的《婚姻之痒》（累计点击率4300万）。我对沈浩波的承诺并没有抱太大希望，只是因为要下去挂职了，就把书稿给了他。沈浩波却让我见证了有别于传统出版机构的巨大能量，《婚姻之痒》成为《当代》杂志统计的当年全国新华书店文学类畅销书第五名。

我一直认为一个好作家在任何时代都是可以用笔来养活自己的，刚参加工作时我验证过一次，1997年起靠投稿月入600元，当时县城正式干部月工资360元；世纪之交我验证过第二次，靠给报刊写随笔月入6000元，当时省报工资1900元，只是怕把自己的聪明零售了，才集中精力写小说；而《婚姻之痒》在网络上造成的巨大影响，和民营书商推动的畅销，使我彻底改变了自己的生活，靠着一部小说的版税和影视版权买到了一套房子。《婚姻之痒》在网上连载的时候，很多网友留言说这部书使她们决定保持独身，而很多夫妻把它打印下来作为生日礼物互赠。这部书使我坚定了一个作家应该影响时代的信念，虽然在某些评论家眼里，看上去一个有希望的青年作家正往非主流的文学道路上下滑。

如果不上鲁院，我可能已经不再写作了

在等待回故乡洪洞挂职的那三个月里，《婚姻之痒》交付出版后，衣锦还乡的骚动和对故乡风土人情的回忆，使我产生了创作的冲动，不知不觉开始写作一个跨度60年的风俗史小说，在回忆中塑造了我出生的那个小村庄一个叫兰英的传奇女人，以及她的命运遭际和抗争精神，可惜的是写了六七万字，县里就通知我回去工

作。适值曾在《十月》杂志做过编辑的凌翼老师约稿，就给了他，发在《现代小说》2006年"寒露卷"的头题，他在卷首语中说："这期的'开卷'浓墨重彩地推出了山西作家李骏虎的中篇《炊烟散了》，这绝对是一副让人耳目一新的乡村画卷，读者肯定能有赏心悦目的收获。"而此时他的赞扬激起的已经不是一个青年作家的文学情怀，却成了一个全省最年轻的民主副县长春风得意的文化标签。

我挂的是县长助理，其实是民主副县长的角色，分管过文化、体育、新闻、广电、教育、保险、石油，协管过林业、旅游、科技。从2005年到2009年整整干了快满一届，建设了洪洞县文化活动中心、重修了飞虹影剧院，把洪洞县失去的全国文化模范县的称号又夺了回来；并且创造了一项至今全国县份无人能破的纪录，那就是同一个年份成功申报三项国家级非物质文化遗产项目。我分管教育的时候，完成了省属、市属三家国企的学校的数百名教师和数千学生的移交地方工作。还当选为洪洞县的第十三届人大代表。至于上山下乡、走村入户那是家常便饭，想方设法帮助老百姓解决饮水困难等事情就更多了。至今洪洞人都喊我李县长，对当年的文化县长，那是"到处逢人说项斯"。一度，我觉得自己在政府工作方面比写作上有才气，如果不是遭遇安全事故引起的政治地震，我可能就从政了。如果不是那时省作协推荐我去上鲁迅文学院的高研班，我可能已经不再写作了。

在挂职的那四个年头里，我几乎没有写任何小说，连阅读都变成了读历史书籍，虽然有时候真的很手痒，但那种浮躁的心态是不能用来创作的。所幸，2007年的9月，省作协推荐我去鲁迅文学院第七届中青年作家高级研讨班学习。在第一堂课上，我就发现自己其实一直在寻找着写作上一个质的飞跃，我一直没写作，是因为不知道该如何突破困境。在那堂课上，时任鲁迅文学院常务副校长的胡平老师用他略含嘲讽的思索语调说："一个好的作家，他写出的作品那是应该照亮人生、照亮灵魂的。"他提出："真正的好作品是这个时代绕不过去的，比如说陈忠实的《白鹿原》，茅奖想不给他都不行！"我就像孙悟空当年听到菩提祖师讲道一样心花怒放，心领神会。在鲁院的课堂上，我几乎获得了新生，每一次讲座都能有重大收获，《人民文学》主编韩作荣老师给我们讲诗歌美学，老诗人娓娓道来，引用了一个著名诗人的几句诗，最后一句是"前面就是夏天"。我一下就被击中了，把这句诗写在笔记本上。鲁院的一个伟大之处是，调动你的创作冲动，然后给你大量的空闲时间，就在这样的理想环境中，我重新拿起那部写故乡风俗史的小说，为了试笔，润开我干结多年的笔头，我先用兰英的闺女秀娟写了一个中篇，同时是在实践着胡平老师关于小说的指导。回顾自己在外求学、工作多年，以及重新回到农村的这几年，我发现自己的血脉里流淌的农民的血液一点没有变质，我是那样地渴望回到庄稼地里去劳作，走在村里的大路上我感觉是那样的坦然，和乡亲们搭几句闲话都让我觉得快乐和幸福，我从灵魂深处对生我养我的那块土地充满了无法形容的热爱，想起这些，我的浑身洋溢着对故乡的土地、庄稼和人们的爱和幸福感。也是在鲁院期间，我的女儿出生了，我成了别人的爸爸，突然就懂得了人世间最大的幸福其实是付出爱，能不求回报、毫无保留地付出自己的爱，就是真正的幸福和快乐。我想，我应该写一部作品，献给那些灵魂纯净的人们和与他们的生命同在的大爱！完成后，我把韩作荣老师那句"前面就是夏天"拿来变通了一下，用作这篇小说的题目，它就是后来获得第五届鲁迅文学奖的中篇小说《前面就是麦季》。这是一部关于付出爱、关于乡村生活的诗意、关于生命的生生不息、关于灵魂的纯净的小说，但它首先是一部关于爱的付出的作品。付出爱,获得心灵的幸福和灵魂的安宁,这是主人公秀娟的信仰,是中国乡村女性的信仰,是和土地朝夕相处的人们的信仰,也是我这个泥土捏成的娃娃的信仰。

从前,我在《人民文学》《小说月报》等刊物上发表的写城市体验和梦境的小说,并没有成为无效信,我的鲁院同学郭海燕和毕亮到我宿舍看我时说:"我们上大学时就喜欢读你的小说。"当时我还有些汗颜。而当著名作家刘醒龙老师来鲁院为他主编的《芳草》杂志选择"年度精锐"专栏作家时,作为《芳草》小说编辑的郭海燕理所当然地推荐了我,这个专栏的第一篇作品就是《前面就是麦季》。

紧接着,《十月》的主编王占君老师约我写部长篇,我就在《炊烟散了》和《前面就是麦季》的基础上,完成了长篇小说《母系氏家》。《前面就是麦季》的精神向度使这方面有所欠缺的《炊烟散了》也一下子有了灵魂和思想,使我很顺利地完成了长篇小说《母系氏家》。2008年第4期《十月·长篇小说》头题发表了这部只有十万字的长篇小说。2009年,挂职结束调到山西作协工作后,我用了三个月的时间,把它重写过了。《母系氏家》是我心里最有底的一部作品,我对它寄予厚望,因此《十月》发表后,成书之前,我进行了逐字逐句的修改,增删过半。一来我希望它能成为我的代表作;二来我希望它能开一个从风俗史和人的精神角度去描写乡村世界的先河,我希望我呈现的乡村是醇香的原浆。而修改前的《母系氏家》达不到这两个目的,有三个原因:一个是原先的结构和叙事都有明显的中国古典话本小说的痕迹,线索和人物关系都比较单一,不具备一部厚重的小说的复调结构和交响乐的效果;二是自然和社会背景过于淡化,时代感和风俗味不足;三是人物的精神世界缺乏广度和高度，造成作品的精神内核不够强大，感染力有余而冲击力不够。这些都不是简单的修改所能解决的，因此在和陕西人民出版社签订了出版合同后，我决定用比较长的时间来重新写作。这一重写，收获很大，发现原来的故事节奏过快，缺少闲笔。一部好的长篇小说，要把人物命运放到社会时代背景上去，既要把风云变幻写出来，也要把风土人情写出来，而且在故事进行的过程中，要有意识地慢下来，或者干脆跳出故事，去谈点题外话，或者写写风景，这样才能更好地把握节奏，让小说离故事远一些，靠艺术近一些。再就是，小说的灵魂人物由原先好强的母亲兰英，渐渐转移到了善良的女儿秀娟身上，这个姑娘，终生未嫁，"质本洁来还洁去"，对她的世界里的人们给予了博大的爱和无限的包容，她是乡村精神世界里淳朴和美好的高度凝结体，她的灵魂是纯净和高贵的。要塑造这样一个菩萨和圣女般的人物，用中国话本小说的技法是无法完成的，只能借鉴西方名著的方法去刻画她的精神世界，好在，我阅读过许多大师们的杰作，他们能够像上帝一样指引迷途的羔羊，使它回到丰美的草地，也能使我的精神回到我笔下的故乡。

　　长达四年的挂职体验生活和短暂的鲁院学习生活，这一前一后真是个奇妙的组合，它们接力完成了对我的潜移默化，同时完成了自己的回归、转型和突破。在外界看来，我的转型似乎是刻意的，但我知道是遵循了自身的创作规律的，我在最有激情的年龄写个人体验，在走向成熟的年龄写自己最熟悉的乡村，在有一定阅历之后写历史，以后再在把握一段历史规律之后写当代，这都是有点"随波逐流"的感觉的。

现实是文学上一切主义的起飞点和落脚点

山西作协的办公楼，是阎锡山在太原的一处老宅，属于太原市的文物保护单位。据说，五妹子阎惠卿生前一直住在这里，因为历史并不久远，这一点是确凿的。出了南华门东四条，左拐就是府东街，如今省政府的办公大院，就是阎锡山当年的督军府，也是后来的绥靖公署。我从开始写作就常跑作协投稿、开会，三年前又调到作协工作，每天进出于阎锡山曾经进出的宅第；张平主席又是山西的副省长，找他批文件就要去省政府——往返于阎氏老宅和"督军府"，没有想过有一天会拽着他顺藤摸瓜，探究才去不远的那段历史。

作为深受"山药蛋派"影响的山西作家，我的写作从现实主义起步，但审视自己的创作和作品，依然有大的不满足，尤其是长篇作品，明显缺乏大作品不可或缺的历史背景。没有对历史的参照和思考，对现实的表现和关注就是无力的。于是，就有了寻找一段可表现和把握的历史的想法，通过廓清历史，形成自己的认知观念，并为创作和作品提供一个深远而强大的背景。

于是，我想到山西在抗日民族统一战线时期的重要地位和复杂形势，就查阅了从阎锡山请薄一波改组牺盟会到"晋西事变"国共决裂的史料，一下子就陷入这段历史当中去了，并产生了强烈的创作冲动。这个时候中国作协征求定点深入生活创作项目，我就顺理成章地申报了这个选题。申报通过后，我先后在晋西南乡宁县考察了当年著名的"关王庙战斗"遗址，还有阎锡山指挥第二战区反攻日军的云丘山"五龙宫"，以及这一带的人文地理遗址。在隰县，采访到了"山药蛋派"五老之一西戎老的发小、和他一起参加牺盟会的92岁高龄的常培军老人。这次深入生活对我来说是一次历史常识扫盲，关于山西对华北战线以及全国抗战的地位和贡献，还有随着抗战形势不断变化的政治和军事博弈，之前我还没有读到全面和正面表现的大作品。有大量的一手资料和亲身经历者可以确证，以牺盟会为基础的抗日救亡统一战线的形成和山西新军的建立，全民抗战的发动，还有持久战、游击战等正确战术的运用，这些对中国人民抗日战争的最后胜利、对八路军的发展壮大、对后来的全国解放都是做出巨大贡献和具有深远意义的。而表现这一时期复杂的政治和战争形势、塑造山西战场的爱国将士的文学作品还相当匮乏，从这个意义上说，作为一名山西作家，我有这个责任和义务去完成它。

对于我来说，廓清这段历史还有一个意外的收获，那就是通过对历史真实的探究和认知，形成了历史观念和对现实的参照，有了这个参照，对于站在历史角度审视当下、反观时代和社会就有了一个质的变化。用历史眼光看当下，还是站在当下看当下，对一个作家的创作来说是两个概念，对于作家本身来说也是两种眼光和境界。我想我会用很多年来表述这段有着特殊意义的历史。同时它也解决了我一直以来的心结，一个作家，不了解一段历史，没写过一段历史，他的历史观是有缺陷的。我很感谢能和这段历史结缘，让我有机会去表述一个宏大的历史背景和人物。写作现在对于我来说，就是展现人的命运，以及表现历史和当代的关系。

这个题材已经被中国作协确定为2012年的重点作品扶持项目，暂定题目是《中国战场之共赴国难》。

在创作上，除了找历史感之外，我想实践"去小说化"，对这部历史小说而言，我想让读者像读史书一样信任我的小说。这里面，还有一个原因就是这么多年，我对中国当代小说的拿腔拿调厌烦至极，我要去小说化，就是要摒弃这种讨厌的小说腔，让人说人话。为了给长篇做准备，我先用这个素材写了一个中篇《弃城》，得到杨新岚老师的认可，发在《当代》上。

现在，我打心眼里喜欢托尔斯泰，一遍又一遍地阅读《战争与和平》《安娜·卡列尼娜》，而且我已经理解，现实是文学上一切主义的起飞点和落脚点。我说最先锋的就是现实主义，正是因为现实的"超验性"。而我坚定现实主义的创作道路，也正是看到了它的包罗万象涵盖一切，在我的所有作品中，即使是最"现实"的作品，也总是不自觉地运用着"超验"，它仿佛神性的东西，赋予作品以灵性。我不认为现实主义的创作束缚了我以前作品里明显的超验性，相反，我觉得是现实赋予了超验更大的艺术表现力，超验之于现实主义，就像闪电在乌云和大地之间窜动。

阅读和写作这么多年，我发现自己对于所有经典都没有了排斥感，抓住就能读进去，而且非常享受。写作上也逐渐领悟到古人对音乐真谛的评价"丝不如竹，竹不如肉"，任何巧妙的构思，都不如发乎心灵的文字。

沁河芳踪

　　应当是到沁水第一天午睡时悄悄落下的霏霏细雨，预示了这是一次略带伤感、却潮润心灵的诗意旅程。说到心灵，这已经成了我眼下唯一敢于面对的东西，一个陷入生活的泥沼、事业上也心生倦怠的人，尚能面对自己的心灵，不隐藏心迹，似乎不能称为勇气，而是一种无奈的坚守，但又仿佛一个已经被敌人攻破城池的将军，站在夕阳下的城头，手握被血与火沾染的残破战旗，他在坚守，但坚守的是什么，坚守的意义又是什么，连自己也不知道了。长久以来，我把自己装扮成一个快乐的人，一个春风得意的家伙，只是为了掩藏我的城已破、心成灰的事实，不让人看穿我的伤感。此行，我本可以不来，可我已经对用出行来舒缓自己的心灵产生了依赖；或者，经过故乡洪洞之后，我又可以留下，不必再往前走，但是，我又贪恋着此行的戏谑带来的快乐，那种近乎恶作剧甚至自嘲般的取乐方式，太切合我的需要，它像海浪激起的一层白色泡沫覆盖在大海上，让别人看不到大海深沉的蔚蓝和无底的悲伤。就是这样，来到沁水之前，我一直不知道自己为什么来，就像那位坚守空城的将军，本身就是一个丧失了意义的符号，更像所有坠入人生迷雾中的人，找不到，也没有心气去寻找人生的方向。

我为什么这么絮叨？像一个困守许久的人，梦呓一般自语个不休？只有一个原因，那就是我真的废了，我曾经对文字的无限钟情和指挥若定都和对生活的激情一起如烟尽散了。没有人知道，这一年多来，我已经无力把一部万把字的短篇小说进行完，我总是写着写着就找不到感觉了，气就散了，我的激情和才情一起抛弃了我，那么决绝，那么无情。残留在我电脑里，十几部这样的残篇败章。我似乎得以洞悉，当年江郎不是才尽，而是和我一样，激情不再，心字成灰了。偶有所感所悟，写成散文和诗歌，写完了也想不到要发表，放在电脑里就忘了，有刊物的朋友约稿，无论是名刊大刊，或者普通刊物，一样的告诉人家没有现成的作品可提供，过后却发现有很多，暗暗吃惊自己如何像个老年人一样散淡、健忘了。而外界不明就里，有人猜我是获奖后对自己的作品要求高了，不轻易出手了；也有人判定我是眼光高了，不肯再把稿子给殷勤约稿的朋友。而我竟然连解释的欲望都没有了，哀莫大于心死，我现在才知道，我年少时也曾为赋新词强说愁，写过什么《废人之思》的矫情文章，而今真的废了，却欲说还休。

午后重游柳氏民居，多年前它还是一处被烟火百姓占据的荒村时，我就来寻踪过柳宗元后人的历史风云。古来大文人都是大政治家，唐宋八大家就是典型代表，我一直都以他们为偶像，高山仰止，景行行止，虽不能至，心向往之。但少年时，我是更爱辛弃疾的，为的是他腰里的剑不是装点门面，而是真的诗和剑都淬了火、所向披靡。"醉里挑灯看剑,梦回吹角连营。八百里分麾下炙,五十弦翻塞外声。沙场秋点兵。马作的卢飞快,弓如霹雳弦惊。"这首《破阵子》并不是一个文人的狂想和梦呓,就是一位披肝沥胆驰骋沙场的将军的真实写照。辛弃疾二十一岁时参加抗金义军,曾亲率五十多人袭击几万人的敌营,杀入万马军中,生擒叛徒后全身而归,令敌人闻风丧胆。因为南宋朝廷的暗弱,辛弃疾出生前中国的北方已经沦陷金人之手,为收复失地,他年仅弱冠就揭竿而起,带领两千多人参加抗金义军,疆场驰骋,建功无数,并且写下六百多首词,其中不乏表达豪迈爱国热情和壮志难酬的恢宏篇章,读来令人血脉贲张。在这个没有英雄和伟人的时代,读读《稼轩长短句》,多少会激励我们一些爱国热情和英雄情怀吧。然而,现实是残酷的,辛弃疾的才情和胆略为现实所不容,被投降派压制,壮志难酬,终因忧愤而卒,临终高呼:"杀贼!杀贼!"我爱稼轩词,更爱他的情怀,但这些渐渐为岁月风尘掩埋,我的笔已锈蚀,心也成灰,事业和生活都进入困顿的迷途,前路茫茫,不知该去往何方。辛弃疾有恨,尚可发"了却君王天下事,赢得生前身后名。可怜白发生"!我却连恨都没有了,终日碌碌,年少轻狂时自负,学郁达夫,"曾因酒醉鞭名马,唯恐情多累美人"。回头想想,是否真的爱过都变得很可疑,曾因意识到自己是个"爱无能"而暗暗惊心。为了印证,也为了去疑,在心灰意懒之际也曾试过用爱情来调动自己的生活热情,倒是真体会到了"多情应笑我,早生华发",真就多了几根白发,只可惜年纪已经老大,瞻前顾后,一片"慈悲心肠"只怕累及人家原本的幸福,终于无果而终。于是心更灰了。

多年前来拜谒柳氏民居,曾写过一篇游记《寻踪柳宗元》,自己编发在《山西日报》的副刊。今天再来,虽不复从前石缝里的野草和砖墙上的青苔,到底没有开发过度的痕迹,实在可看。但我却视而不见、听而不闻，无意识地尾随着大家，陶醉在自己的遐想里，视线被稀世难得一见的美牵扯着，灵魂被震慑着，仿佛提线木偶，又仿佛被勾了魂的躯壳，做着没有自主意识的梦游。是什么呢，不是花，花的美虽然也惊心，却没有内涵；类似于水，如涓涓溪流，清澈而隽永；又仿佛美酒，初尝怡人，渐渐醉人。原来这文脉深厚的沁水，还有更沁人心脾的美，仿佛温玉，仿佛清泉，令人沉浸其中，渐渐无法自拔，渐渐物我两忘。我进入忘我的境界，如游魂一般了。但这美实在无害人之心，她如璞玉，如甘泉，没有华光，只有甘洌，让人心疼，让人怅惘。我因此而忘形，因此而忘忧，因此而故意把自己灌醉，因此被打回原形，成为一个轻狂的家伙。但我的问题是，一旦发现自己真的在意，就放不开了，到底是本性良善，还是已无英雄情怀，无法判断，只是坚定地认为，越是感到美的，越不能亵渎。子曰："吾未见好德如好色者也"，我却认定人若能敬美如敬神，就是人性的大美。子还曾曰过：乐而不淫，哀而不伤。这是评《关雎》的话，意为对美的欣赏应该在产生愉悦感，不亵渎，不哀伤。可我为什么又愉悦又伤感呢？

  于是渐渐明白过来，此来沁水，一为拜赵树理墓；二为游舜王坪，舜王坪的高山草甸，也是我早已向往的；三为寻访沁水公主园。闻汉明帝刘庄甚爱第五个女儿刘致，因刘致美而善，好雅静，明帝为爱女选择了一个如意郎君，开国元勋邓禹之孙高密侯邓乾。为了给女儿一块幽静祥和的封地，让自然环境和她的性格和谐，皇帝亲自踏遍山山水水，在沁河北岸找到一片幽静的竹林，"地在无尘境，人来不住天""筼筜突淇澳，风景胜江南"，便于此处修建了"沁水公主田园"，作为公主的陪嫁。而今沁园已经像楼兰古城一样成为美丽的传说，它的遗失之美，它的神秘之美，千百年来让无数文人墨客遗憾和向往，留下不朽的吟诵和美丽的词牌《沁园春》。元代耶律逊《过沁园有感》，极尽对沁园破败之美的遗憾之情：

  昔年曾赏沁园春，今日重来迹已陈。
  水外无心修竹古，雪中含恨庾梅新。
  垣颓月榭经兵火，草没诗碑覆劫沉。
  羞对覃怀昔时月，多情依旧照行人。

  耶律逊的含恨，是因为修竹的无心吗？他实在不应该恨，——至少他还能见"垣颓月榭""草没诗碑"，而我辈只能遐想它的梦幻般的幽静——，他恨的是无缘得见那位温婉恬静的沁水公主，这位过沁园的行人犯了古往今来所有文人墨客的毛病，他太多情了。而我呢，我来寻沁园为的是什么，我一到沁河北岸就失魂落魄，难道不是心里有鬼，也来寻找公主的芳踪？

  雨雾笼罩着舜王坪，传说中的远山圣境都隐没在一片白茫茫的雾海里，只能看到脚下的草丛中胭脂般鲜艳和红润的野草莓，红宝石一般养眼和内敛，我摘了一颗，带着露珠和叶片，小心地递给公主，请她品尝。她恬静地笑着，轻启玉齿，白生生的贝齿轻轻地咬住那颗胭脂，我不由看得痴了。恍惚间，眼前云雾浮动，哪里有什么公主，唯余一片白茫茫，就像我目下的人生处境。我早就掉队很远了，撑着在酒店租来的那把大伞，一个人踏上去往舜王庙的石板路，眼前高山草甸如同草原一般平坦，奇花异草遍布，不能呼出名字，耳畔雨声敲打着伞布，心中惆怅着戴望舒的惆怅。我独自撑着伞，一步三回头，走在这悠长又寂寥的石板路上，我希望后面跟来，一个公主一样，结着愁怨的姑娘。她是有公主一样的美貌，公主一样的芬芳，公主一样的雅静，在雨中哀怨，哀怨又彷徨；她彷徨在这寂寥的雾中，撑着一把蓝色的伞，像我一样，像我一样地默默行着，温婉、恬静，又惆怅。她默默地走近，走近，向我投出叹息一般的眼光，像梦一般地，像梦一般地温婉迷茫。我多么希望，她能和我共撑一把伞，漫步在这悠长的路上，喁喁私语，互诉衷肠。可是，在这雾中，她像梦一般地飘过，像梦一般地，我身旁飘过这女郎；她静默地远了，远了，走进眼前的雾墙，走进这雨雾，走进我的悲伤。在雨的哀曲里，消了她的颜色，散了她的芬芳，消散了，甚至她的叹息般的眼光，公主般的惆怅。我仍然是一个人，行在高山草甸的雨雾之中，满心惆怅，前不见去处，后不见来路，伙伴们早就唱着歌消失在前面的雾海里，这会儿连歌声都听不到了。脚下是看也看不完的奇花异馥，路边有提示牌，说山中有珍稀的豹类和蛇族，然而我深陷这白茫茫的云雾之中，除了寂寥，竟然没有丝毫的恐惧感。是什么让我对生死如此漠然了呢，我甚至有一种对结束生命的渴望，我曾经是个多么热爱生命的人啊，而今竟然怯懦到要用死亡去逃避这不堪的现实，用最哀伤的方式来挣脱生活的痛苦，是什么让我如此的畏惧，如此的没有心力去走出这迷雾？我曾经对日本人崇尚的"生时丽如夏花，死时美如秋叶"不以为然，而今，从什么时候起，我居然暗暗认同了它？我一次又一次的出行，难道是一次又一次的出逃？可是我又能逃到哪里去呢？连舜王坪上都迷雾重重，又有谁能为我指一条光明之路？安徒生说，艺术是一条光明的荆棘路。人生何尝不是一条荆棘路，更糟糕的是，这条路往往不是指向光明，它的远方隐没在迷雾之中，洞穿它，走出它，需要多少的勇气和毅力啊？

然而，即使像我这样彻底颓废的人，也有把脚下的路走尽的时候，雨雾依然，看不见的前面却是人声扰攘了。这一路走来，我满心思念和遐想，那样的赏看着这神秘的草甸上的奇花异草，却竟然没有想到,这里为什么有许多的名贵草药和珍稀花卉呢?你看那不起眼的弱小枝叶,不过几寸高低,仿佛普通的树苗,也许,它的根系就是一棵千年人参。这没有什么不可能,也没有什么奇特,因为这里,就是远古圣王大舜躬耕过的高山草甸,舜王坪啊!从远古到现在,中国只出现过原初的民主时期,那就是尧天舜日的时代;远古圣王,也只有尧舜二帝是真正的公天下,尧访贤得舜,禅让天下;舜效法尧帝,因大禹治水有功,禅位于禹;禹传位于儿子启,启建立夏政权,从此公天下终,家天下始,那种"日出而作,日落而息,帝力于我何有哉"的理想社会终结,成为传说。风卷雾流,眼前的迷雾如同历史风尘一样若隐若现,我看到一座石头砌成的小院落,三间矮屋,院墙颓圮,房后插着几面破旧的彩旗,像是一座庙宇的样子。大家都聚集在院子里,雨伞像各色的花朵盛放。我寻思这该是舜王庙?询问之下,果然是。这一刻我忽然想去拜拜大舜,一种因为敬仰而生的豪气从死寂的心中生发,暗暗激励着我潜在的功业之心,心中默祷:远古的圣王啊,你的赫赫功德、不朽仁心,与日月同辉、江河万古,让我这样蝼蚁般的生命也能穿越五千年而感受到你的力量,我来这里拜谒,只是想问问,一个灰心的凡夫俗子,还能否重拾雄心,成就一番功名?

我不愿大家窥破我的心思,等人都散了,才步入低矮的庙门,然而抬眼间,我看到慈爱庄严的大舜身边,左右端坐的是娥皇、女英两位姑姑。我的眼眶就湿润了,我猛省,我从娥皇、女英的故乡而来,是来看亲戚的啊。自小,我就常去唐尧故园玩耍,在汾河东岸的羊獬村,那里也是帝尧的两个女儿娥皇、女英出生和长大的地方,帝尧访贤得舜后,先把两个女儿都嫁给他,考验他处理家务的能力,后来才把天下禅让给女婿。每年的农历三月三到四月二十八,唐尧故园和舜的家乡万安镇的神立(相传,舜曾在此迎娶娥皇和女英），都要举行盛大的庙会，作为娘家人我们无论老幼都称娥皇、女英为姑姑，称舜为姑父；而舜的家乡人，称舜为爷爷，称娥皇、女英为娘娘，因为是女婿辈，无论老幼都尊称我们娘家人为表叔。三月三娘家人抬着嫁楼敲打着威风锣鼓去万安把两位姑姑接回来省亲，四月二十八舜那边再派人来敲锣打鼓把两位娘娘接回去和人民一起收割麦子。这一接一送成为尧都平阳大地一年中最隆重的节日，沿途家家户户黄土垫道、清水洒街，门口摆上供桌，供奉着家中最丰盛的食品，焚香叩拜，争相把亲戚拉回家中吃饭住宿，一如远古理想社会一样的图景，绵延至今四千七百多年从没有断绝。我在故乡挂职分管文化工作期间，把这项举世绝无仅有的"神亲"成功申报为国家非物质文化遗产项目，也因此得到父老们的肯定和爱戴。家乡父老对两位姑姑的尊重，似乎超越了对她们的父亲的膜拜，原因其实很简单，那就是两位姑姑能够治病救人，解救民间疾苦，而帝尧治理国家，管的更多的是大事，老百姓关注的不过是眼前和一己之身，正所谓"帝力何有于我哉"。

　　守庙的小伙戴着眼镜，像个读书人，问我是否要烧香，我告诉他我是从娥皇、女英的老家来的，来拜谒大舜和两位姑姑，他顿时眼里放出光来，像接待亲戚一样殷勤接待我。当执礼焚香，挺身跪拜在大舜和两位姑姑面前时，我却不知该如何祈祷了。我自家乡而来，对着两位温柔恬静的姑姑却无法启齿自己的心事，因为我没有把自己的生活经营好；当仰视大舜的仪容，我更加自惭，一个心灰意懒就要半途而废的人，有什么资格跪拜在千古圣王的膝下？我借着亲戚遮脸，心中暗暗许愿：两位姑姑，我来看你们，请保佑我的父母、孩子健康平安。然后我只能再发一声叹：大舜，远古的圣王啊，我还能重新振作，成就一番功名吗？大舜无言，两位姑姑无语，他们三个端坐在那里，夫唱妇随，恩爱有加，让人羡煞。多少年来，人们只记住了尧天舜日的功业，忽略了舜帝伉俪的美满姻缘，两位姑姑对大舜事业的帮助，对丈夫的热爱，更能彪炳千秋成为美谈。读《红楼》知黛玉号为潇湘妃子，却少有人知湘妃和湘妃竹的由来正是帝舜和娥皇、女英的爱情绝唱。当年，帝舜年老时，去烟瘴之地的湖南平叛，重病于荒山，两位姑姑闻讯千里赶往照顾，风尘仆仆赶到时大舜已经离开人间，两位姑姑连日痛哭，泪尽血出而死，血泪斑斑洒于竹林，至今湘地竹子都是泪痕斑斑，后人纪念娥皇、女英对大舜至死不渝的真情，尊二位姑姑为"湘妃"，把那些留下斑斑血泪的竹子称为"湘妃竹"。

出门时，守庙的小伙热情相送，也许，他不多见有人给功德箱里放那么多钱，和舜的故乡洪洞万安那个历山的恢宏大庙相比，舜王坪的小庙的确寒酸了些，但它同样承载着帝舜的不朽功绩；也许是我俗了，小伙真是把我当亲戚看待。我站在院门口，面对着依然茫然的雾海，在这个残破的石头小庙前，我仿佛站在孤岛上的鲁滨孙，望眼欲穿，却看不到汪洋大海上有船的桅杆，更望不到那歌舞升平的人间的海岸线。但我真的听见我冷灰一般的心里有水声潺潺，它开始流淌着爱意的暖流，像阳光照射到远古的冰川，就要结束千年的冰冻。

我来到沁水，没有寻见沁园，未曾得见公主的芳踪，却有幸领略到她温婉恬静的美，她清新脱俗的花容。我拜谒舜王坪，更惊喜地得见两位姑姑的神仙仪容，更对她们的爱情心悦诚服。我不虚此行，在沁河的芳踪里，不仅有汉帝挚爱的公主，更有帝舜的两位爱妻，远古的绝唱和上古的神秘都在沁河的波光里浮现，这是一条功业之河，更是一条爱情之河。然而凭谁能告诉我，我的事业，我的爱情，也能不虚此生吗？没人能告诉我，我只能让我的公主在心头端坐，依然独自撑着伞，从舜王坪下到西峡，偶然驻足，仰头望着云山雾罩的摩天奇峰，当云雾流转之际，高崖峭壁上幻境隐现，仿佛天宫的琼楼；而眼前不远，在西峡的霏霏细雨中，有一对年轻人趁着这天上和人间混沌不清的美好景观拍摄婚纱照，新娘身上的白纱和山间流动的云雾相接，仿佛仙子下凡。就是这样，不幸的人眼前的迷雾，也是幸福的人眼里的天堂。但我愿意用真挚的微笑和热切的眼神为他们的幸福祝福，然后，微笑着转身而去，独自撑着一把伞，继续寻找公主的芳踪。

据说，生命是可以轮回的，那么，当千年之后，我和我的公主能够在红尘中相遇，她是否还能记得今天在沁河岸边的魂梦相会？是否还能认得出我哀伤的眼睛？如果公主的柔情真如这逝水一般不舍昼夜一去不回，她娇美的容颜也和时光一起化为流水，我愿意化作这沁河里的一根水草，在她的柔波里招摇，招摇着我的哀伤和幸福。

北方有仙山

——云丘山记

一

　　北方的山，多雄峻，如万马奔腾之势，有一种叫人叹服和畏惧的气魄，你仰望它，它高耸入云沉默巍然，天意从来高难问，让人有凛然之感；你欲攀登它，它便睥睨你，如一尊老虎般蹲着，使你战战兢兢，几欲匍匐，从它的深谷沟壑间寻路，每每抬头，望见的不是一线可怜的青天，就是它铁一般高不可攀的脊梁。这样的山，本身过于威武，不要说人，就是神仙也难以镇伏，虽然四季景致也堪称美不胜收，但是驻足山巅，一点虚假的胜利者的豪情之外，你感到的是无与伦比的渺小，那种渺小，仿佛一粒微尘置于巨鲸之背，仿佛草芥粘于神龙之脊，使你恨不能脚下生出指爪，以牢牢地抓住它，生怕触怒了它，被雄劲的山风吹走。

北方的山，威风八面，睥睨苍生，剥夺你的自大与狂傲，使你不敢轻慢，不敢忘乎所以，甚至，使你甘愿谨慎地做一个微末的人。

而云丘山不同，云丘山是北方诸山中的仙品，它专意引导你的灵性，让你超凡脱俗，让你平步青云。登北方诸山，实在无所谓一个"登"字，用"爬山"更能形容你的行状和辛苦，而登云丘山，才能体味到什么是登，才能领略到登山的妙处。若把云丘比苍龙，第一步你的脚便踏上了龙尾，然后每一步都在蜿蜒起伏的龙脊最高处，顾盼之间，总在山势之巅，时时有登临之感。古村落、玉莲洞、一天门、蓬莱境、二天门、众妙之门、三天门、祖师顶、玉皇顶，诸天门胜境都在山脊之上，一路走高，头上有青天，足下踩天阶，左有灵蛇隐线，右有神龟潜修，清风徐徐，飘飘然有神仙之姿也。

登云丘山，须有仙缘，或有引渡之人。中秋前夕，心血来潮，致电天山哥，欲往乡宁山村看望他的耄耋老母。实在是当代人胡乱用词，把个"心血来潮"用成兴之所至、突发奇想的意思，真正遮蔽了这个词义里的道家心得，忽略了一个缘字。当年太乙真人在洪洞县乾元山金光洞修炼，忽感心血来潮，掐指一算，原来该是哪吒莲花托生了。这是天数，也是人道，更是缘分。我的心血来潮当然也事出有因，——春天里天山哥寄来个散文《我的大学我的妈》，读来令人心中暖流涌动，后来发表在《山西文学》，并且配发了他老母亲的近照，老人家白发胜雪脸膛紫红，神态宁静而庄严，眼神浑浊而悠远，令人起敬。我曾与天山哥同事而师兄弟，师兄弟而知己，却未曾去拜望过他的老母，只缘老人家执意不下山，守定青山，不愿到红尘当中去受罪。如今得睹慈颜，我便把这件事挂在了心上。

　　八月初，与天山哥约好，他摒弃了烦冗的公务，专门抽出两天时间来和我一同回乡宁山中看望老母。车过云丘山，天山哥已经难以抑制心头热爱家乡之炽情，要走几步路带我赏景，见我有些心不在焉，问我心头是否有事，我说觉得有些心志难酬。他便建议我去后山的三祖庙走走。循路而上，隐约可见一座山门的座基，虽然石门已然只余基石，守护的石狮还在风尘中挺立，那被剥蚀到模糊的轮廓，无语地昭示着天地的久远。庙不大，有古意，格局却清新，供奉着儒释道三家鼻祖：孔子、释迦牟尼、老子。老子鸡皮鹤发端坐大殿中间，可知他是主人，天山哥又介绍前山的庙宇坐镇的是神武大帝，我便知道这必是一座道教的山头了。儒释道三家鼻祖，都是远古的哲学创始人，千秋万代受人敬仰，我有缘到此，当然焚香三炷，欣然下拜。起身仰望之时，灵犀中已经有微风在拂动。

　　拜过天山哥的慈母，用过钵大的馒头和山中小菜，他引我登上屋后所依的山头，举手指着莽莽苍苍的远山说，那里便是适才你拜过三祖庙的云丘山，这个时节还是满山苍翠，等到九九重阳之时，满山红遍，层林尽染，美不胜收，那时，哥再陪你登顶览胜。我才想起那会儿在三祖殿前，仰望云丘山，只见笔立的峭峰之上，有一座玲珑的庙宇，灰顶白墙，有飞腾之势，仿佛神仙府邸，那便是祖师顶了。而祖师顶并非最高处，也不是最后的胜境，顺山势起伏再往深处走，更有高山在后头，海拔1587米的绝顶，就是玉皇顶了，庙高8米，极顶正好1595米，是为九五至尊四极八荒的主宰。我已经在向往着重阳节的登天之行了。

二

　　九月初八，心乱如麻。渴望着到山水之间去放松身心，遂依前约，招呼三五文友，大运高速一路高谈阔论，驱车飞赴临汾，当晚与天山哥会合，次日一早奔乡宁关王庙乡云丘山下。

　　山有口，亦有门户，来到云丘山下，却不见了山势，一道溪流潺潺而出，溪边杂树生果，黄叶红实，缘溪而上，转过山口，竟然是几户古村落，一片偌大的磨盘半埋在土里，有金色菊花从磨盘眼中簇簇生出，养眼养心。坐在磨盘上，背后古村幽幽，脚下溪水潺湲，一时乐而忘忧，寄情山水之间也。

　　拾级而上，迎面壁立的峭崖上是秦王庙的遗迹，而左右顾盼间，已经可以把山势一目了然了，尚未登山，山已在眼底，虽未修道，道已在心中，云丘山的妙处，就在让凡夫俗子也能领略胸有丘壑的大气，体会得道成仙的飘然。未曾经过玉莲洞，不能登天门，那么，就在玉莲洞之前，昭示给你凡间的生息与快乐。对面山峰之侧，一道阳具昂然挺立，风吹雾散，环绕着它。遥遥相对的三座山峰上，是天地造化、鬼斧神工的女性三个生命阶段的生殖图腾，惟妙惟肖，非人力而能为。你只有瞠目结舌，断然生不出丝毫邪念，天地玄黄，精妙无极。伏羲女娲的遗迹，带来太古的神秘与昭示。

　　玉莲洞，绝类恒山悬空寺，在一面千仞吊崖凹进去的地方，凿石穿木，建造庙宇回廊，传为吕祖修行所在，因洞中悬挂巨大的荷叶状钟乳化石而得名，但据我看，那块化石活脱脱一片仙草灵芝。多有传说吃了灵芝草便能超凡成仙，八仙正是由凡人而修炼得道，这里作为登天门的中转站，下有人间乐园，上有天上奇景，真的是最合适不过了。玉莲洞其实不是一个封闭的洞，修在悬崖的凹处而已，还是一座露天的庙宇。庙前绝壁上的石龛里，横斜出一棵桑榆同株之树，天旱少雨的年份叶片又圆又小，是一棵榆树；雨量丰沛的年头叶片宽大舒展，俨然是一株桑树，引起不同年头来瞻拜过的香客的无休争论。散文家乔忠延是云丘山旅游开发项目的文化顾问，熟稔此处风物，能够解释所有名山绝壁上生长树木的奥秘。原来植物的种子和人的种子一般无二，都有与生俱来的神秘酸性，一颗种子乘风飘来，偶然粘在石头崖壁上，雾霭天露的一点湿润，足以让它的酸性释放，渐渐把石头腐蚀出一小片凹槽来，石头的粉末浅浅地供它藏身，如果再有一滴雨水滴在它开发出的这个小小的坑里，那么生命的顽强就会创造奇迹。黄山松是这样诞生的，云丘山的桑榆同株也是这样诞生的，而桑榆同株更加昭示了生命适应自然法则的悟性。

一天门，有金刚把守，令人生畏。台阶漫长陡峭，果然天路难登，石阶整齐稳固，坡度却极大，使你不得不匍匐，时时有手脚并用五体投地的冲动，顿生敬畏天地之感。《淮南子》说："建木在都广，众帝所自上下。"你笃信眼前就是天梯，古往今来的神仙帝子都从此门中往返。入得天门，眼前道路平坦，正好闲庭信步，两侧树木掩映，五色斑驳，树影宜人，果然仙界非同一般，路旁遗一太古巨石，高若屋宇，不知何处仙人勒字石上，曰"蓬莱境"，笔法古朴雍容，已被时光洗却得只留些许浅痕。我肉眼凡胎，心事重重，脚步沉重，落在后面，好容易挨到二天门下，仰首望见一道更加漫长陡峭的天梯，立刻产生了畏难情绪。天山哥体胖，挂根树枝当拐杖，在石阶下等我。我们并肩背靠石梯坐下小憩，饱览眼底风光，这里还不能得云丘山的全部妙处，但是右手蜿蜒的蛇山和左手盘踞的龟山已然在秋光红叶里显出玄武幻象。清风徐来，似有仙乐飘飘，因此稍减疲乏倍添精神，我与天山哥携手奋登天梯。气喘吁吁上得二天门，天门上一副对联，蓝底白字映入眼帘，这里只录下联："意志坚强克难必成功。"虽然浅白，却仿佛一道谶语击中我的心事，倍感振奋，招呼同行的摄影家任斌赶紧给我在此联下留影，以志此时，求证将来。

天梯难攀，天门内却又是一条坦途，再往前行，渐有所悟，觉得这一路眼前有景而心中渺茫，枉负了这大好秋光。脚下的路很平坦，渐忘路之远近，蓦然抬头，两道巨岩横亘眼前，有曲折石阶掩映其间，仿佛岩上有字。手抚崖壁仰首细察，四个大字直贯灵犀："众妙之门"！不禁失神，沉思良久，然后释然，我生何以不得人生之妙处？患得患失也！参破之，方能得其门而入。我这一路心不在焉，实在是因为面临人生大的关键，怕不能成功，不知以后人生之路该如何设计，所以心头如压巨石。此时却被点醒，仿佛醍醐灌顶，自己想开了：人生本无所谓得失，得妙处者，失也是得；不得妙处者，得也是失。迂回登上众妙之门，竟然有一个平台，大家都在那里小憩。朝山下眺望，竟然村镇公路就在眼前，人间烟火清晰可见，不过一千米的直线距离吧，原来人间仰望天上渺渺茫茫，天上俯察人间一目了然。唉，人的境界高低，竟有天地之别，那些太古远古的哲人喜欢选择这样的高处冥想，果然很有道理。

过三天门，登祖师顶，一时荡胸生层云，周围山势一览无余，有白云朵朵从道观升起。云丘山与北方诸山的不同明白可见，它有着雄峻的基础，但绝不鲁莽到顶，却像一道龙脊一样高耸起伏，一线天路总在最高处，每到天门，突兀高耸，天门内却都是坦荡如砥，而祖师顶与更高处的玉皇顶更是拔峭而起，坐落于挺拔飘逸的秀峰之上，白云缭绕，松声鹤鸣，一派化外洞天福地。北方的山，多没有云丘山的灵气，不似云丘山这般的飘逸和脱俗。我去过湖北的张家界，那里奇峰兀立，奇绝胜过云丘山，但没有仙气和仙品，多处只能观赏，无法亲近，显得清冷，不过奇石怪树而已。而云丘山有人间所向往的一切美好，不但可以攀登，而且总让你在最高处走，让你有脱俗之感、登天之乐。所谓"形而上"者，莫过如此吧。并且登上天来，也绝不孤寂，此刻我们瞻拜完披头祖师，高处是玉皇顶，云层下是烟火人间，心中充满着大快乐。

登玉皇顶，景致又有不同，石级曲折，更加陡峭，两旁奇花异树应接不暇，一般人从祖师顶下来，感觉疲乏，就会循后山乘车下去了，那他就错过了天上胜境，那些夹道的珍稀草木，你在人间别说见过，恐怕连名字都很少能听到，奇花异果，香气更异，飞禽走兽，声闻于天，光是这般瑶池风光，不领略一番也算你是无缘之人。玉皇顶，1595米，乃是晋西南最高的山峰，可观天察地，尧帝时，羲和氏在这里观察日月星辰的运行规律，制定历法。庄子《逍遥游》有记："藐姑射之山，有神人居焉，肌肤若冰雪，绰约若处子，不食五谷，吸风饮露，乘云气，御飞龙，而游乎四海之外；其神凝，使物不疵疠而年谷熟。"描写的就是制定历法节气使物阜民丰的女神羲和。而吕梁山又古称昆仑山，《山海经》说："昆仑者，高山皆得名之。"《河图括地象》记载："地中央曰昆仑。"在上古尧天舜地之时，晋南乃国中之国，云丘山仿佛中天一柱，与仙界通，"众帝所自上下"。所以帝尧多有神仙朋友来往，给泯灭了神性的后世子孙留下许多传说佳话。

此刻，驻足玉皇顶，极目四望，群山苍茫朝拜，有如巨龙盘旋，有如卧虎酣眠，端的"会当凌绝顶，一览众山小"，苍山密林之外，有祥云吉光万道而起，果然无限风光在险峰。

2010年11月17日 惜羽书房

毕竟东流去

我猜想这条鹅卵石遍布的路，尽头会消失在河水里，踩着它慢慢往前走。左边是黄河，浩大而安静的水流，在脚下向东去；右边是密密的蒲棒地，在似有似无的微雨中一直铺展到远处的树林。在北方彤云密布的雨天黄昏，那同样浩大无声的天底下，我踩着鹅卵石，尽量让鞋底避开那些小小的水洼和缝隙里钻出的野草。路比想象的要长，我渴望着能有一个伴侣走在身畔，低声地、无心地边走边谈，可是连黄河都无语，谁又能知道你是个多情的人？我拄着伞，想象着她走在我的身边，用怎样的眼神、怎样的语调，和我共享这万古奔流的江河在苍穹下沉静安闲的时光。——可我，也不知谁是那个有情的人。哈代说过："所以呼唤人的和被呼唤的，很少能互相应答。"

颓圮的旧木船，沉在河边的沙石里，雨雪和烟尘使它腐朽成黑色，而侧身的草丛竟然是那样逼眼的绿。我离开人群时，篝火已然烧得很旺，在这样微寒的天气，我贪恋那跳动的温暖，但我还是从玉米地头那几株老柳树边下了缓坡，一个人踏上了陌生而熟悉的有点泥泞的河边的土路。我爱着那群人，和他们在一起享受着快乐，我们相处自然，因为是人类里同一个族群。35岁后，我的叛逆自己消散了，清高也被美酒淹死多年，永远地告别了那个为赋新词强说愁的少年。我的出走，是感受到了两个人的召唤，一个少年，在二十年前的田间路上望着我，他羞涩的笑容让我伤感，他的目光牵引着我的脚步；还有一个有着星星光芒的眼睛的人儿，她说想一起去走走，我陪着她慢慢走向河边。而此时，抬眼望，少年已经化作了烟霭，笼罩着山顶古老的烽火台；驻足倾听，身侧也没有另一个人的脚步声，河水的浅吟低唱，是我低回的心弦。

黄河之水从天上来，奔向何处去？上穷碧落下黄泉，两处茫茫皆不见，你尽可以面对着她，发万古之忧思，转过身，你又敢对谁诉说相思之忧愁？谁又能不顾羁绊站在你身侧和你一起看这河水？我们已经忘记，终究尘要归尘，土要归土，世道并不艰难，却是人间自由艰难。忘情已经被古人永远带去，现在，谁不是以为自己会永远不死？欲望巨大到奢望永生，我可怜的人儿啊。我拖着伞走，身畔的黄河笼罩着烟霭，那浩大的逝水看上一眼就足以洗心。几天来的狂乱和忘形，那些不可告人的小心思，被河水带去了天边，还有什么值得计较的呢？这无尽的江河，把胸中多少的块垒浇不灭？青山遮不住，毕竟东流去。这万古的洪流，它入了我的眼，入了我的心，我得到了我真正需要得到的，隐秘而浩大。

人心难猜，天地造化却总如人所愿。这条也许是河坝的石头铺就的路，在我的脚下消失在了滔滔河水之下。我站在水边，缓缓的潮水涌动着洗刷着我的鞋底，那个少年再次显现，他正弯腰在浅水里摸鱼,身后洪波涌动,星汉隐耀。他无暇顾及不远处那个对他怅望的人。二十年的光阴就像眼前的流水一样逝去如斯,不舍昼夜。我认得出他,他认不出我;他就是我,而我已经不是他了。我踩着几块大石头,跳上水中的石堆,四顾之下,一片茫然。铅云低垂,暮色欲合,我该回到人群当中去了。循着来路往回走,岸上的野草和水中的水草一样丰茂,虫声已经很高潮,喧闹而寂静,虫声和水声密密地冲击着耳膜,如鼓如雷,我却听到了后面巨大的寂静,如同二十年前那个在田地里怀着无望的心绪劳作的少年,他似乎没有未来,但他拥有天地。

放河灯的人排着队迤逦走向河边,我们这些客人,因为人数众多,竟然也洋溢着庄严和肃穆,好像点亮后随水漂去的河灯,不是游玩的项目,却是祭奠那些顺流而下一去不返的走西口的灵魂。黄河的水喝不饱肚子,却带走了那么多走口外的汉子,民歌的成分里,有河水,有泪水,也有血水,我只记住了一句:"难过不过人想人。"当年唱这歌的人,他死了,我们知道他真正的活过;而我,我活着吗?

人多处最多的是笑声,这方圆不过三百亩的河心沙洲,承载着超重的快乐。传说中,这里是李广的后人保护刘恒的母亲避难的所在,我想起了他们,也想起了"李广难封",李广至死没有封侯,但他是汉人心目中家国的守护神,"但使龙城飞将在,不教胡马度阴山"。我们此时点燃的烽火,是否激动了李广的英灵?刘恒把母亲接回去做太后了,保护她的飞将军后人却留了下来,据说,多少年来这里都保持了108口人的格局。他们给太后盖了庙,两千年后,我走进小庙的大殿,只有一位僧人敲着木鱼,和着一个小录音机里荡气回肠的唱经声,那歌声,让你多情,让你清心寡欲,让你心生欢喜,又让你悲欣交集。我想起了李叔同那首《送别》词:"长亭外,古道边,芳草碧连天。晚风拂柳笛声残,夕阳山外山。天之涯,地之角,知交半零落;一壶浊酒尽余欢,今宵别梦寒。"弘一大师就是用佛经颂唱出了万古愁绪,告诉俗世中的人他体会到的悲欣交集。

　　天黑涨水,渡船上载的人太多了,扳船的老人已经八十多岁,万古年轻的河水让他力竭,渡船离开了航道,顺流而下,几欲在几处沙洲搁浅。船上的人悄然无声,默默地等着这苍老的水手勉强把船拢到了岸边,这里不是码头,是湿漉漉的庄稼地。大家无声地跳下船,陆续穿过玉米地,在泥泞的路上走成企鹅一样的队伍,没人说话,听见先头船上的人在岸上此高彼低地打手机询问谁在那条船上,——各人自有牵挂的人,说不清楚为什么总是在危急时刻会觉得里面有他。对岸苍茫的暮色里,依然有许多刚放完河灯的人,等着渡船,像是战时的难民。人在天地间活着,除了要面对人心,还要面临困境。活着的继续玩乐,逝去的人像河灯一样逐水而去。无尽的水声里,你能体味到某种彻骨之寒,同伴说话的声音,又像篝火一样带来温暖。

　　人都平安,历险就成了快乐。但却有人暗中伤怀,这样的氛围里,我们容易想起逝去的亲人。然而,我却不知道如何去安慰一个伤心的人儿,在热闹的人群里,怎样去揣度一个人流泪的理由呢?我只知道,一个人和自己的时候,有很多事情可以伤心。那年,96岁的奶奶终于去世了,我们都解放了。父母到太原给我看孩子。空荡荡的老院子,生长了我们几辈人的地方,荒草丛生,只留奶奶的灵魂蹒跚来去,成为院落的保护神。没人知道,多少年来,我一个人的时候会突然痛哭失声,怀念那个世界上最疼我的老女人,而我就算愿意砍掉一只手臂,也不能换回她对我的一个溺爱的眼神,对我溺爱的抱怨了。我知道,奶奶的去世,意味着我已经不是这个世界的宠儿，我永远的失宠了。清明节或者七月十五，我会去奶奶的墓前磕一个头，我偶尔去那片荒草中独坐，靠着墓碑，承受着夕阳的抚摸，感受着自己还是一个可以蛮横撒娇的孩子。而我，永远不是了。因为那个叫奶奶的老女人再也不会回来了。我至死，都会用孤独的饮泣来思念她，而这些已经是徒劳。我能理解，因为思念而伤心，是因为觉得她活着的时候对她不够好，愧疚不像这滔滔逝水渐去渐远，心里的伤，只能用泪水去冲刷，河水无能为力。

还有谁在伤心呢？她又想起了谁？当一盏盏孔明灯升起在长河上的夜空，我觉得，它把我的心揪了出来，飘飘摇摇带去了夜空之外。有两点星光，它们在夜的天空里的光芒，像是那双眼睛。我是个出了远门就容易丢魂的人，从来喜聚不喜散，飘摇在这李白曾经飘摇过的黄河之水上，望着河对岸夜幕里的山顶上我们点燃的李广的烽烟，听着这欢聚时刻的笑闹声，面对着即将到来的分别，那且喜且忧的两亮点星眸，如何能不念天地之悠悠，独怆然而涕下？

愿这天地，这黄河，你和所有古往今来的人，都能原谅我的俗，我的悲欣交集。

2009年9月7日凌晨　写于河曲翠峰宾馆

北地树　佛脚印

北地树，月华清凉

　　就算是北方省份，也有着明显的南北差异。从太原往北走，一路走高，树木的姿态变得内敛，枝和叶都往里收，收成一束朝着天空高举。叶片极小，像鱼鳞，遍体都是，连主干都不能放过。且都聚集成林，密集生长，这里一簇，那里一簇，或在山洼，或在路边。所以北地的树少有成材，多是因为主干自根部就多生旁枝末节，且树间距过小，密密匝匝拥挤着过集体的生活，没有过硬的自身素质和足够的发展空间长成参天大树。就连树林也称不上，顶多算作树丛，这样的树丛不堪大用，却极具国画的意象，——在山间，突然有一片较为开阔的坡地，那坡上就有这样一簇树丛，便是天然的国画，意象横生到叫人心胸涤荡着诗意了；要是恰巧这树丛再抱着几户人家的一个小村庄，更巧像我们遇到的这样一个空山新雨后的黄昏，一抹夕照从西天直射照亮这个小村庄的所有房屋的一面山墙，那意境，就有了油画的鲜亮和身临其境了。

北地的树木都内敛，恰和北地汉子的豪放粗犷相反；正如晋南的树木疏放，而人却多儒雅细腻。这里可说是有着水土的关系，但也不独是水土的关系，你看北地干旱少雨，主产粗粮，连麦子也是大麦，女儿家却多奇葩，倒是水灵灵的如同江南浣纱女，譬如大同，更是可以说美女如云；而晋南风调雨顺，麦子养育了五千年的文明，粗粮向来是牲口的饲料，可女人多不能看，尤其运城，难得一见能和文化相配的婀娜身姿，倒是粗笨者居多。这里就无关水土，而是人事缘故了，盖中原文明数千年多遭游牧民族侵扰，以五胡乱华为盛，为害范围常在太原之北，倒是起到了融合血脉、改良人种的作用，是以北地人多翘楚；而晋南表里山河，人种固化，进而不免退化，长期的农耕劳作，使衰退的基因更加受到后天的改变，不免渐露粗笨之相。可知人非草木，怪不得水土也是有的。

明天是农历的十五，我们这几个晋南人提前一天进入五台山的腹地，准备着来日凌晨的礼佛进香。即使在山下，海拔也已经在一千六百米之上，季节从炎夏返回了仲春，西装也难抵这清凉胜景的寒意了。纵然明天要焚香礼佛，也免不了晚饭喝两口酒驱驱寒意。下车已经是山间黑夜，甫一抬头，便见一轮皎月如同射着毫光的玉盘，升起在黑乎乎的山脊之上。月之皎皎，更显山之巍巍，月如玉琢而山似墨染，当时就看呆了，不忍扭头而去。月之皎，尽显其清冷气质，如美人之心，总不肯俯就痴痴之人。从前，我青春年少之时，遇此景常有亦真亦幻之感，把现实和梦幻颠倒着来过；而当此时，我已经中年，自我渐渐回归本我，不再能轻易灵魂出窍了，因此此时的欣赏和惊叹，便是实实在在地被震撼心魄了。两位师兄更长我几岁，繁忙之余竟也悠游了许多，人生更加回归自然，什么节日该做什么事，便就做了：九月九日应登高，即呼兄唤弟一起去云丘山览胜；谁的生日到了，念及慈母受难不易，兄弟有心便一起去拜望慈颜；似这等初一、十五进香礼佛的心，更是每年必有一次，何况同心兄弟同来，菩萨和五郎必也嘉许吧。

　　山间特色小饭店寒意逼人，欢宴许久，那对貌似夫妻的卖唱者直唱到生出热汗，男人嗓音一般，但把调儿很准，也颇能唱出些情致来，女人倒只是为他举着麦克风打打下手了。我不忍看他们沧桑的面容，只举杯喝酒低头吃菜，偶尔被歌词触动，失一会儿神，却不知该想谁。我从来不是个惜命的人，但从来也不轻贱自己，只这半年来，常常会冲动到恨不得即刻就让酒把自己浇灭，或者干脆自戕了才觉得痛快。但我不敢对人言，亲近者和疏远者都会因此质疑我的精神状况。佛解决不了我的问题，早在三月里，我连佛的故乡蓝毗尼都去过了，带回几片菩提树叶和一首诗，可我的苦恼依然未得指点迷津。

　　想起一首诗来，散步回来的路上背给他们听：

> 我修习的佛的脸面，
> 从未在心中显现。
> 我未修习的情人的容颜，
> 却清晰地在心中呈现。

　　当然他们不难猜出是情僧仓央嘉措的歌，可见他这一世的达赖虽然因情招祸没能位列金身塑像，却实在是被塑在世间有情人的心间了。

其时月光如练如华，脚下婆娑的树影让人不忍去踏这御笔所赐的清凉胜境。

震悟大千，佛脚印

我竟是如此的孤陋寡闻，二十年来居然以为闻名遐迩的五爷庙就是当年金沙滩血战后出家五台山的五郎杨延德修行的庙宇，还私下里嘀咕过多次：这杨五郎一介凡人，怎么出家后就成了神灵，还抢了文殊菩萨的风头了呢？想来想去没想通，我的规矩是，想不通就先接受，然后再慢慢往通的去想。去五台山的人，多是到五爷庙许愿，怀着大的心思和心结去，很郑重其事地去，而我这么多年来，竟然没有什么值得去祈祷的正经事情，所以居然没有去拜谒过五台山。此番要不是两位师兄的盛情，还真不知道会有什么机缘这般车马浩荡地前来。

五爷庙的名头太响了，以至于当我来到这座神奇的庙宇之前，它的朴素远不如我想象中的气势恢宏和面积广大，倒是山门前烧香的人海证实了传说的不虚。我当然不能免俗，既然来了，就是为了拜一拜，以示对神灵的敬畏和折服，于是排队请香。香火大致分五种：一种为自己祈祷平安健康；二种为全家祈祷平安健康；三种求财；四种求官；五种求财兼求官。价格都贵得吓人，但跟神灵是不能讲价钱的，你要和神灵讲价钱，神灵就要和你讲价钱，说到底是和自己过不去，且不论心不诚事不灵，还不如不来这一次。陪同的小张提醒我们提前想好要许什么愿，说可以向五爷提三个要求，我扪心自问了一下，居然发现自己无欲无求，很把自己吓了一跳。

其实也不是没有心愿，只是我的烦心事哪里能对五爷讲，别说诉说给神灵了，就是讲给人听，恐怕也会让人家对我的人品产生怀疑。但是既然到了跟前，还是要对这五种香火做个选择的，我选了第二种，并且在焚香祷告的时候只向五爷提了一个要求，那就是请他老人家保佑我全家都能健康平安。还有什么比一家老老少少的健康平安更大的事情呢？其他的，随缘吧。

山门外烧香，大殿里叩头，我一边拜五爷，一边打量他老人家到底是哪位尊神，拜完了，也没悟出来。只得悄悄再问小张，她倒没有嘲笑我的孤陋寡闻和对五爷的不敬，告诉我：五爷是东海龙王的五太子。——原来不是杨五郎！关于五爷的神迹很多，当年雍正爷曾来五台山向他祈愿，得偿后把自己身上的龙袍披到了五爷的神像上。这就一切都昭然若揭了，譬如后世敬仰的许多大神，多是经过历代天子不断加封而万丈金身的，最著名的是我们晋南的关老爷，早就海内外都虔诚供奉了。海外多把关二爷当财神敬，而在中土大地，人们多是敬重他老人家作为人的义薄云天。我儿时听过一个民间故事，足以反映老百姓对关二爷的人性化热爱。说的是某天二爷带关平出巡，把庙里的事交代给周仓代办，可巧就来了四个上香许愿的百姓，一位说他刚点上豆子，希望二爷能下点雨；一位说他明天晒谷子希望二爷能出太阳；一位说他要扬场希望二爷能吹点风；一位说他要出海打鱼希望二爷能风平浪静。黑周仓抓耳挠腮，胡子都快揪光了也想不出个万全的办法，好在天黑前二爷和关平回转庙堂，听周仓一汇报，二爷微微一笑，吩咐笔墨伺候，左手轻挽美髯，右手挥毫写下四句：夜里下雨，白天晴；水平如镜，陆上风！——看关帝多么深得民心啊！

而在多山少水的山西北部，出身大海的五太子能够得享这样繁盛的香火，雍正皇帝的龙袍加身意义重大。记得儿时还读过一则民间传说，说龙王梦会唐王李世民求他办事，太宗惊惧道，我怎么能管了你们神仙的事情？龙王作揖，道出原委：我虽能行云布雨腾云驾雾，不过是业龙，而陛下贵为天子，乃是真龙！没有真龙的龙袍加身，业龙的神通不能如此广大。且不论这一回，单说五爷庙的香火旺盛不衰，必也是五爷有求必应，深得民心吧。而五台山毕竟是文殊菩萨的道场，却容得下五爷庙如此这般的红火，更是体现了菩萨的智慧和雅量。我佛慈悲普度众生不是诳语，断非钩心斗角、蝇营狗苟的俗世中人所能理解的。车水马龙来拜山，熙熙攘攘来进香，倒伏跪拜在尘埃，自以为涤荡了身心，满足了心愿，当回到红尘万丈中去，有几人还能记得菩萨苦口婆心的絮叨？

五台山寺庙百余座，到处是帝王将相们前来拜谒的足迹和手书。从五爷的地盘能望到五台山的标志：白塔。白塔都被用来作为拍照的背景，塔院寺却相当的冷清。我趁着大家欣赏山门前影壁上的画，径自迈过门槛进入寺中。正是朝晖泼洒的时分，富态雍容的白塔，也似一尊巨佛矗立，雄伟庄严中有灵秀之姿。朝晖如洗，碧空无云，更显其洁，我正叹为观止，一声雄浑深邃的钟声响起，震慑灵犀，接着又是一声，几欲将俗魂糟魄荡去。有飞鸟在钟声悠扬的声波中飞起，似心生喜悦，报以翩翩。真个是"震悟大千"，无一幸免。

小张跑上来宣布：大显通寺今天做大法事，要不要去看看？我们问何时开始。她指指天空说，听这钟声，就是开始了。于是急匆匆围着白塔转了一圈，把那无数转经筒拨动，再赶去大显通寺瞻仰聆听祈福法事。未进山门，已然被海潮般的佛号所浸透，显通寺的大雄宝殿前，千百僧尼跪拜在苍松翠柏之下，双手合十口诵真经，无数善男信女在周边跪倒尘埃，有一种大力量隐隐让你心颤泪溅，那就是信仰。而我却心生慨叹，三月里，我随中国作家代表团去访问了印度和尼泊尔，在印度的佛教圣地鹿野苑，佛陀第一次讲经的地方，当年唐玄奘西天取经时所见的胜境早成了废墟。在印度，如今佛教的信众只占总人口的0.8%，那一小簇身披袈裟的僧人在菩提树下的坚守，几乎像沙漠上的蓬草一样无奈和悲壮，远不如中华佛教文化的发达与兴盛。而在尼泊尔的蓝毗尼，佛陀出生的宫殿也早成残垣，几处断壁被东南亚来的信徒用金粉涂抹得金碧辉煌，在宫苑里的两株菩提树下，环坐着两圈苦行僧，袈裟破旧肮脏，双目微闭不理睬人间喧嚣，而在其中竟然也混杂着几个假和尚，衣冠鲜艳，眼风流转，不停地勾引你过去和他合影，示意你施舍给他在尼泊尔绝对硬通货的人民币。我一边捡拾掉落在地上的菩提树叶，一边体悟着佛陀的演示和昭示，这菩提树下的真假苦行僧，不正是人世间真相和幻象并存的写照吗？

有一通两丈高的大碑，碑身的字迹已然无法辨认，碑头上一圈雕龙纹饰包围的空间里，有一块水渍经年不干，活脱脱一个脚印，寒暑易节不改其形，千百年来被无数信徒香客瞻仰。无论僧俗，都深信那是佛的脚印，佛留下这个奇迹，不是叫你科学解读，是教你信。

我们悄声问一位维持秩序的僧人：这场大法事为谁祈福？

僧人答：就是为中华祈福。

初稿于2012年6月4日
改定于2013年4月30日

逆光里的白洋淀

　　白洋淀，在秋日的长空下，有些肃穆，有些神秘，有些苍凉。天是浅蓝的，芦苇像云一样白白地铺开在蓝色的背景里，仿佛凝滞不动，让人感觉是在油画里；又仿佛闲庭信步，让人的心也悠然飘荡起来。水是墨绿墨绿的，在逆光里，是无边大的一块绿玉，木船朽黑的船帮无声地划开它，让人的心感到疼。那些苇草，密密地，挤挤地站着，看着；芦苇丛中欲言又止的港汊，想告诉你一些历史，或者一段神话，来不及，它自己却神秘地消失了，让人看也看不透，想也想不通。蔓延的绿苇不绝于目，昔日的歌声与枪声依稀入耳。白洋淀，神秘的历史，诗意的开始。

　　水浅一些的地方，开始有了荷叶。仲秋后，不是看荷花的季节，连莲蓬都被摘走了，残败的荷叶和水草一起开始腐烂，成为有营养的物质，给另一些水里的生物提供生机。芦苇已经渐成衰草，但依然站立，互相借力，手挽着手，秋日的长空云卷云舒，仿佛风烟，成为背景。在五月里，它们的头顶曾经生长出三五片阔阔的芦叶，被摘去包了粽子。能用来包粽子的芦叶，其实不过三五厘米宽，所以需要细细地缠，比阔大的竹叶包的粽子更耐人寻味。

我们的船，共有七艘，木船，有桨和篙。这些船，是渔民用来谋生计的，平时打鱼，旅游旺季就载客观光，他们没有导游词，也不会讲白洋淀的革命历史，他们会的是划船和检查水下网子里的鱼，让你来看。船老大，我们姑且这么称呼他吧，想出的第一个主意是摘荷叶，让你顶在头上遮太阳。荷花密布的水域，水浅得很，埋伏着密密麻麻的网子。船老大在船头的水里插上竹篙，伏下身去拉起一个网筒来，有青蛙，有螃蟹，有拇指大的鱼和透明的虾米，偶尔，会有一条抓也抓不牢的泥鳅。泥鳅像软泥一样滑。许多带壳的水生甲虫，扁扁地爬在那里，鱼目混珠。

船老大良莠不分，将这些爬爬沙沙、蹦蹦跳跳的生物悉数扔进船舱，让你看，让你玩。这样的情景，二十几年前我在村西的小河里司空见惯，而今，小鱼小虾和扁扁的水虫在我们那里灭绝多久已经不能记起，白洋淀的水，依然是它们的王国，它们的乐园。光阴的那一头我是主角，现在成了看客，发出陌生的赞叹。这里没有冰冷的水寒，我恍惚产生了要钻进水底的欲望。我们把所有的鱼虾都放生了，船老大也不生气，或许它们太零碎，他看不到眼里；或许今天他不是渔民，有载客的收入，不必再去计较收获与得失。那些网子，都是他自己的，鱼虾是他网里的鱼虾。

白洋淀，不见孙犁先生笔下月光里编席的妇女，也不见她们身下雪片般翻飞的苇片，也许，不是季节，也许，这一切要逆着时光去水底寻找。然而，船头划开水面，竟然没有声息，没有风，没有雨，听不到风尘的呼吸；没有诗意，只有静寂，还有淡淡的，水草的气息。

  竹篙慢溯,桨声悠悠,光影在碧玉中跃动,白洋淀,在逆光里延伸到无限。所有的欢声喧哗,沉入水底,任你凝神,也无寻迹。

沁水寻踪柳宗元

　　历史是一条长河，或壮阔或舒缓，从过去向未来绵延。无数伟大的人物的思想，像支流注入这条长河，柳宗元是其中的一位。柳宗元是一位思想家，他穿越千年与屈子对话，写出了《天对》；柳宗元是一位政治家，他是"永贞革新"的中坚人物，写出了《封建论》；柳宗元是一位文学家，他与韩愈一起推行"古文运动"，写出了《永州八记》，并使寓言成为独立的文学体裁。思想家、政治家、文学家作为支流，汇聚成伟大的柳宗元，柳宗元就是一条大河。然而很少有人知道，汇聚成这条大河的还有一条不可忽略的支流，那就是建筑家。柳宗元的政治思想和作品被后世广为传诵，而他的建筑思想，只是被他的后人所继承，像一颗遗失的珍珠，穿透历史的尘埃，隐隐放射着光华，成为他作为伟大建筑家的佐证。

千年之后的今天，柳宗元这条大河的分支遍及华夏，"天下柳姓是一家"，他们沐浴着他的光辉，继承着他的荣誉。其中一支，遗落在太行山腹地的沁水之畔，向世人昭示着柳宗元不为人所知的另一种伟大：景观建筑的美学思想。沁水是黄河的第二大支流，也是山西域内的一个县名，从沁水县城往东南25里，有一个只有50余户人家的小村子，全村200余口人，九成以上姓柳，他们是柳宗元后人的一支，明代进士柳琛的子孙。村名叫作西文兴村，依山而建，布局如展翅的凤凰，与山水相映，气象非凡。明永乐四年（公元1406年），柳宗元流散迁徙到沁水县的后人中，有一位叫柳琛的殿试三甲，中了进士，选址建宅并修祠堂、文庙、关帝庙，定居沁水之畔，后又经历代添修，形成现在可见的19座院落的规模。村子总观为典型的明清城堡式庄园，分为外府、中部、内府三部分；院落结构为四合院式，每座大院四角都有一座小院，是明清典型的"四大八小"的建筑形制。西文兴村的建筑风格虽然是明清形制，在选址和美学上体现的却是柳宗元的建筑思想，可见柳琛和他的后人不仅仅只承继了柳宗元的政治抱负和文学追求，柳宗元的景观建筑和不满现实的思想亦体现在这里的一切宏观和细微之处。在可考的文献当中，关于柳宗元的建筑理论，有这么一段话："君子必有游息之物，高明之具，使之清宁平夷，恒若有余，然后理远而事成。"他说的是，景观建筑不但要注意体现自身的功能和使用价值，还应重视景观的社会价值，从人的行为和人体生理角度看，良好的建筑景观能使人心情愉悦，有利于提高工作效率。可想而知，当年刘琛虽然要建的是宅院而非景观建筑，却把柳宗元的景观建筑思想运用到了其中，西文兴村依山而建，就坡取势，以山石地基为材料，有天然草木为景，溪泉环绕，使建筑与山水亲和相融，天然有真趣，丝毫无匠意，宛若天成，疑似神工。这正是柳宗元"逸其人，因其地，全其天"的设计原则的充分体现。

先后被贬到永州的10年和柳州的4年，柳宗元不但在文学和政治思想上完成了最为辉煌的作品，写出了《永州八记》和《天对》等著作，还亲自规划建造了两地多处景观建筑。唐永贞元年（公元805年），"永贞革新"失败，柳宗元被贬为永州司马。永州在唐时为人烟稀少的边远之地，瘴疫流行，人民困苦，虽然自然风光旖旎，却一派原生态的庞杂和神秘，没有与人民生活自然和谐的景点可供休憩和怡然。柳宗元"上高山，入深林，穷回溪，幽泉怪石，无远不到"，选定开阔或深邃之处，因地制宜，规划建造了愚溪、龙兴寺西轩、法华寺西亭等许多处景观。唐元和十年（公元815年），柳宗元被赦返京，随即又被贬到更远的柳州。在柳州刺史的任上，他同样建造了柳州东亭等多处景观建筑。柳宗元的建筑作品和他的文学、思想作品一样意义重大，而今的西文兴村是可资考察研究的珍贵"柳氏民居"。柳琛选址和规划的西文兴村，用柳宗元的两句诗来描画最为贴切："日出雾露余，青松如膏沐。""闲依农圃邻，偶似山林客。"民居与自然达到了天然相宜的境界，即使在今天，也值得观照与借鉴。

唐元和十四年（公元819年），47岁的柳宗元不堪"立身一败，万事瓦裂，身残家破，为世大谬"的遭遇，黯然病逝。他的作品被好友刘禹锡编成《柳河东集》三十卷，其中绝大部分篇章抒发他被贬后超脱的心境和对统治者的不满与批判，他的这种精神被柳琛和后人继承，并且以一种隐晦的方式体现在西文兴村的建筑设计上。数百年间，他们已经把皇宫建筑工艺巧妙地转嫁到自己的院落，在大门牌楼上雕着只有皇宫才能有的九层莲花浮雕，廊前的柱子下垫的石鼓，竟然是皇宫才能用的龙的雕饰，门户上的木雕，上面是蝙蝠，下面是龙，"蝠龙"的潜意为"伏龙"，可见虽然后世不断有人做官，柳宗元对朝廷的愤恨和反抗还是被后人所念念不忘，他们冒着可能因为欺君犯上而被诛灭九族的风险，以特殊的方式纪念着他们的先人。在西文兴村，我们不但能找到柳宗元被世人忽略的建筑思想，还能找到他卓绝不屈的精神的物化。封建统治者自称"天子"，把自己的特权归结为"天意"，而柳宗元彻底否认了这种荒谬的唯心论，写出奇书《天对》，从自然哲学观出发，彻底否定天帝与神灵的存在。毛泽东说："屈原写过《天问》，过了一千年才有柳宗元写《天对》，胆子很大。"（《毛泽东在上海》，中共党史出版社1993年版，第143页）柳宗元的后人继承了他的大胆，他们在盖房子的时候用"龙"来垫脚，梦想着有一天能够"伏龙"！

不过我对"伏龙"的意思还有一种理解，就是柳氏后人认为自己是"潜伏的龙"，梦想有朝一日重新登上庙堂，大展宏图，把柳宗元未竟的事业和心愿完成。这是一种政治抱负，柳宗元传世的作品中有很大一部分是政治思想著作，他虽然具有极高的文学天赋和造诣，志向却在经邦济世。青年入仕之时，他甚至很瞧不起写文章的人，认为那是雕虫小技。他的文学活动，都与政治理想紧密结合。即使是在被贬的岁月里，他也不仅仅用文章来批判政治，还积极参与地方建设和律法的革新。在柳州任上，他下令废除了当地的人身典押制度，使岭南大批奴婢得到赎身解放，通过诸如此类的开明政治措施，仅仅三年时间，使柳州出现"民业有经，流浦四归，乐生兴事"的景象，时人称为"柳柳州"。他百折不挠的政治热情，被后人在西文兴村体现得淋漓尽致，他们修了魁星楼，希望能够高中及第，并给获得功名的柳氏中人在进入内府的大道上建造了一座又一座牌楼，把他们的功名彪炳起来，鼓舞后人。牌楼基石上的几对石狮子，用不同的形态演绎着活灵活现的"官经"，令人叹为观止。当代的柳氏后人，在政界和商界都有成功人物，足以告慰怀才不遇的柳宗元了吧。

　　由于"文革"破坏和居民的人为改造，这座柳宗元的后裔的府第，遭到一定程度的破坏，在村党支部书记柳拴柱的奔走下，2001年初当地政府开始着手进行全方位的保护和开发。在山西沁水柳氏民居实业开发公司的安排下，柳氏后人陆续搬入附近修建的新村，把古老的民居腾出来让天下柳姓人寻根和热爱柳宗元作品的人们观瞻。保护和开发正按照清华大学城市规划设计研究所制定出的《西文兴古村落规划保护方案》进行，2004年9月1日在这里举办首届柳宗元文化节，西文兴古村将成为热爱柳宗元和他的作品的人们寻踪与怀想的圣地。

（原载《山西日报》）

广武怀古

蒹葭采采，白露未已。

雁之北，自秦末刘项逐鹿，战云翻涌，雁门，是一个苍凉了两千年的诗歌意象。白露之时谒广武古战场，猎猎西风初起，拂动衣袂，如战旗逆着时光招展，心神也随那长空的流云游荡了去。

风中吹来大牲口的鼻息和汗腥，羊粪蛋被踩扁了，像紫色的葡萄皮撒在旧广武城门洞的甬道和砖石缝隙里。秋意在午后的空气里明明灭灭，呼吸间已嗅到历史风烟的味道。旧广武城是一座屯兵的要塞，当年辽进攻北宋的据点。城的规模不大，只算作一座巨大的堡垒，当年契丹人逐水草而南迁，建造这座夯筑的土城，是为了方便侵犯北宋，不幸的是他们遇到了劲敌，骁勇善战的杨家将，反成就了那满门忠烈的千古美名。此时站在辽的广武城头，西南望，数箭之地可见六郎城的遗址，坍塌残破，但依然是一座要塞的规模，在秋光里的剪影黝黑如铁，凛然不可进犯。这样箭拔弩张的对峙并没有一直延续着血雨腥风的历史，在萧太后时代，辽宋议和后居然有了七十年的兵戈止息，在这段相对漫长的和平岁月里，广武城里渐渐迁入了百姓，炊烟取代了烽烟。置身晋北之地，你需要转换思维才能接受这里原属契丹，是另一个国家。而辽终究没能像女真和蒙古一样，入主中原一统华夏，终于亡于宋金联手。而今站在旧广武城的敌楼，俯瞰四面城墙环抱的房屋街道，满满当当安安静静，像一个婴孩安睡在母亲温暖柔软的怀抱，入眼入心，那样的幸福感充溢在身心。走在广武城沿革古制的街巷，这里已没有雄骏的战马，只有拉车的毛驴和雌雄莫辨的骡子安闲地踏过千年砖道，仿佛逝光回转的老人们坐成一排排晒着暖阳。无论是我们这样民族混杂的闯入者，还是憨笑着打量我们的原住民，都压根没有了民族隔阂，大家都是中华民族，不但有着一样的历史认同感，更有着一样的现实焦虑感。

无论是旧广武城扼守的古隘口，还是南面的内长城，家国天下时代的种族战火已随烽烟飘逝于历史，风雨侵蚀了城垣，早在女真人改金为清入关之后，民族战争这一页算是翻过去了。然而，曾对汉唐文化顶礼膜拜的东瀛扶桑日出之国，早已看清华夏文明经蒙元铁蹄和女真铁骑洗劫后动摇了根基，丧失了真气，老大帝国羸弱飘摇，精气神儿全散了，是以有明一代始，倭患愈演愈烈，直至近代东北沦陷、日本积虑百年而大举侵华。国耻不堪回首，于今耿耿于怀。

广武汉墓群，老百姓叫"乱冢"，方圆二十余里，封土堆两百余座，大的壮观如蒙古大汗王帐，小的更似数不清的军帐星罗棋布，在这金戈铁马、马革裹尸、铁马冰河啸西风的古战场，仿佛一座人嘶马喊的军营。蒿草衰凄，战云依稀，令人不敢发怀古之幽思，只恐被杀气夺去魂魄。雁门一带墓群如天上星斗不可胜数，"秦时明月汉时关，万里长征人未还"，令人遐想，令人激荡，无数战死沙场的将士忠骨无法还乡，是否就埋在这座座封土堆之下呢？然而，自汉伊始，家天下的墓葬制度几近苛刻，这些动辄十米上下的封土堆，岂是一般将士能享有的规制？有意思的是，这一片乱冢历经千年，任人猜测，却在1937年也是这样一个九月里，被侵华日军的随军学者盗掘考证为汉墓，在那风光不再积贫积弱的年代，我们连老祖宗的历史都要靠人家认定，至今，取法于汉唐文化的日本文明，依然傲视着数典忘祖、弃传统如敝履的我们。当礼崩乐坏、传统道德遭遇前所未有的挑战时，面对历史，我们应该深思深省。

关于广武汉墓群还有一种说法，当年六郎杨延昭为震慑契丹人，用席子围成筒装填沙土伪装成绵延不绝的粮囤，让敌人不敢轻举妄动，所以又称"谎粮堆"。现在看来，这只是人们对忠烈的美好构想。众说纷纭，只会增加神秘的美感，纵然我们有着强烈的求知欲望，也要预先想到，谜底揭开的同时也即宣告了美的毁灭。有时候，我们更需要体验神秘的伟大存在。如同宇宙的深远莫测，永远震慑着我们感知美的心魄。

明洪武七年，将旧广武城的土城墙重新修葺包砖，六百多年之后，城砖多被扒下来建了民居，不仅这小小的城池，就连蜿蜒山脊的内长城，也早被扒得肌肤裸露，今天毁灭神奇的力量，印证了当年创造神奇的力量。踩着残砖碎石走在内长城残垣上的荒草间，目极处山外有山，令人敬畏，脚下是深谷沟壑，步步惊心，我感知了一下自己的内心，已不像以往那般耿耿于怀、患得患失，总是意难平，如这曾经雄伟也残酷的长城，在岁月风霜之后，平和而苍凉了。年轻时，人人都是诗人，"醉里挑灯看剑，梦回吹角连营"，做着书生报国的英雄梦，如今尽收这满目青山，却不由设身去体会千年以来那无以数计的戍边将士抛家舍业一命至此，何以排解思念，以何信仰支撑精神？"醉卧沙场君莫笑，古来征战几人回？"那些如恒河沙数般的微末生命，那些千古绝唱的表现对象们，才是真正伟大的诗人！他们如同这亘古不变的夜空中的繁星，不能一一指名，但正是这满天繁星的排列方式，向我们昭示了历史的本来面目。那些逝去的灵魂流萤般飞升，不起眼的毫光汇集成星空的壮丽，向我们传达着宇宙神秘的力量。历史就是在这种力量的驱动下，浩荡向前。

2013年9月9日于山阴

武州山记

　　塞外日照的充足，使久居娘子关内的人很不适应，初来乍到，眼睛就被晃得眯缝起来了。八九月的雁北，天并不很高远，但分外的蓝，是那种真正的湛蓝，不像关内的天那样灰扑扑的，不知远近。云格外的白，一朵朵飘着、悬着，水浸浸，软绵绵，不用想象，它看上去就是立体的；白云薄，乌云厚，一朵一朵，在蓝天下，在空气中，逼真得叫你心动，也不像关内的云那样混沌，仿佛哪个气躁的泥瓦匠随手抹了几刷子脏石灰，锅贴一样的平面和黏糊，叫人心里眼里的不舒服。风很劲，但只要不是漠风，就清清爽爽，澄明的空气在快速流动，不夹带烟雾和灰尘。这样的风刮在塞外的山岭上，呜呜有声，但一点也不觉得猛烈，反倒衬托出山的雄壮和气魄，像一条铁骨铮铮的汉子，绝不像关内的山那样没有脾气，更不像江南的山那样妩媚风流，多姿多色，一派花旦小生气。

这样的山上泉不多，但因为水瘦山也寒。

武州山就是这样的山。武州山因为南麓的云冈石窟而闻名于世，又因为石窟中的千万尊石佛而灵气氤氲。然而络绎的朝圣者都是为了艺术，人们闻名而来云冈石窟却极少知道它从前叫作灵严寺，云冈石窟所以辉煌中外。中秋过后，我只身来到武州山下，绕开热闹的寺门，沿着红墙转到山脚下，循着山路向上爬去。我打算一步步接近武州山，避开它的辉煌，走进它的历史。于是我遭遇了古老的城堡，站在平旷的马场上，我惊愕于自己的鄙陋，恍然大悟方才走过的山道，千百年前曾踩在浩荡的战靴和马蹄之下，在冷月的夜里，不时传来马匹的喷鼻和载着粮草的木轮车的吱扭声。

大漠沙如雪，燕山月似钩。
何当金络脑，铁蹄踏清秋。

我走在天与山的广阔空间，一步步接近雄伟的城堡。终于，我驻足在它的脚下，伸手去抚摸它冰冷的肌体，像抚摸冷酷无情的历史。这是一座明代的屯兵堡，是长城的附属部分，城墙由夯土筑成，因此比石砌的长城看上去更加古老和饱经风烟。明正统十四年，"土木之战"失利后，大同一带经常受到外族侵扰，为巩固边防，嘉靖年间，在大同北部修筑长城。屯兵堡作为重要的中转兵力、粮草及防御设施应运而生，我眼前这座"云冈堡"就是其中的一座。据《左云县志》记载：云冈堡有"新旧二堡"，旧堡建于嘉靖三十七年(公元1558年)，主要负责向大同西北部四卫转送粮草、军需等物资；明万历二年(公元1574年)，又在武州山顶筑新堡一座，夯土筑成，墙高三丈五尺，女墙用砖包砌，南面有瓮城，堡墙四角筑有敌台；旧堡位于云冈镇西侧，现存部分遗迹，冈上新堡保存较为完整，平面近似方形，堡墙残高五至七米，堡内残存房屋遗迹和马场。那么，我现在应该是站在新堡的马场中了。从城墙的走势看，眼前就是那座保存较为完整的瓮城，包墙的砖已不知去向，裸露着坚硬如石的土壁。防卫的需要，外墙当然没有台阶可登，不知是谁在墙壁上挖了一些浅浅的脚窝，白白的一串排上去，鼓动着我血液中的原始野性。我把斜挎的背包甩到背后，攀住这些冷冷的脚窝向上爬。越接近墙头脚窝越浅，几乎不能攀缘了，我回望几米以下的山地，寂寞的山顶空无一人，心头掠过一丝绝望，继而涌上战士的豪气来，我把全身紧紧站在墙上，终于满身灰土站到了城头。放眼四望，群山绵延，残存的堡城蜿蜒几座山头，山风过处，似有胡角哀鸣，更比长城多几分悲凉。南面的山崖下就是游人如织的石窟，而我所能看到的只是刀光剑影后的空山残堡，耳畔除了我自己的心跳就是连天的胡角，震响喊杀，刀枪的相击，还有战马的嘶鸣。

　　战马！突然出现在眼底的三匹骏马让我心惊。在这座高墙环绕的瓮城里，竟有一红两黑三匹马在悠闲地吃草，阳光下的皮毛绸子一样发亮。我站在城墙上俯看着它们，它们可是腾跃千百年时空而来的神骏？我步下几百年前的台阶，走近它们。它们的警惕和野性使我骤生恐惧，我走向倒塌的城墙的豁口，想从那里逃离这座战士魂魄熙攘的城池。然而战马却不安地抬起头来看我，黑眼睛射出敌意和不安的光芒，它们高昂硕大的头颅，抖起了鬃毛，撒开铁蹄登上了豁口，一匹接着一匹，背部如水波起伏，在两三米高的豁口上攀登自如，然后站在那里调回头来长嘶。我被震撼了，现在是我仰望着它们，它们知不知道我并不是几百年前的敌人？我急急地奔向另外一个仅剩的豁口，就在我跑下塌成山坡的城墙时，那三匹马跃下豁口，朝我奔来。我奔跑于城外的古城场上，身后追着三匹野性的马，心中陡升战争的悲愤与无奈。马蹄声越来越近，我急切之间猛省自己在沿着坚硬泛白的古道奔走，那几匹马在这样放纵了几千年野性的道路上岂肯收住铁蹄？我折身钻进道边比人稍高的树林里，一阵狂奔。听见马蹄声渐渐远去，我攀上为保护遗址新砌的长墙，略略收定被历史震慑的惊魂，回望一眼风残的城墙和马场疏林中隐约的古道，跳下墙头，向山下逃去。

伤痛庞贝

我曾梦想去庞贝，那个坐落在意大利那不勒斯市东南23公里处的古迹，那座曾经完美而多难的城市。1900多年以前，庞贝一定是世界上最美丽和繁华的城市，生活在其中的人们也一定是最幸福的一群，他们拥有坚固的战车和民主的政治，内无忧外无患，乐享天伦。当时的庞贝是一颗耀眼的明珠，光华四射，美妙绝伦，要不然，为何竟遭天妒？——公元62年，一场大地震几乎使庞贝坍塌为一座巨大的废墟，可怕的天灾一度使这颗明珠黯淡无光。然而，时间老人却钟情于庞贝的美好安康，他悄悄地吹去蒙在明珠上的尘垢，老人辛辛苦苦地吹了十七年，头昏眼花，头发胡子又白了好多根，庞贝也顽强地射出了不息的毫光。然而庞贝的劫数是天定的，怎么可以更改呢？既然时间老人喜欢它，给个情面，就把它做成标本，留给历史吧。

于是，维苏威火山担负起这个残酷的使命。它冒出滚滚的浓烟，把灼热的火山灰喷向美丽的庞贝和她幸福的人民，炙热的岩浆吐着烈焰长舌接踵而来。逃命呀，人们笼罩在死亡的恐惧中惊惶失措，仿佛世界末日来临的慌乱情景。然而失去庞贝，他们又去向那里呢？一对年轻夫妇，丈夫背着一个婴孩，一手抱着另一个婴孩，另一只手拉着怀有身孕的妻子，仓慌奔出家门。街巷混乱，甬道上人踩马踏，一片逃亡之时的狼藉。年轻的丈夫拉着年轻的妻子拼命奔跑，然而妻子突然倒下了，她临产了，痛苦地扭动。丈夫放下手中的婴孩，跪下来抱住痛苦的妻子，亲吻她，爱抚她，使她在剧痛中平静下来。亲爱的，能再坚持一下吗？跑到城外的高处去，我们全家还能幸福地生活在一起。妻子努力了一下，然而她只有眨眼睛的力气了，她无奈地看了看两个年幼的孩子，冲丈夫含着泪微笑着，示意他带着孩子离开，火山灰和岩浆就要到了。丈夫坚定地摇了摇头，伸出强健的手臂去抱自己的妻子。就在这时，火山灰扑天而落，灰黑厚密如同魔鬼的翅膀。被灼疼的婴孩来不及惊恐地哭喊一声，年轻的丈夫高举双臂绝望地冲着黑暗的天空无声哀号，落下几颗男儿泪。火山灰蒙住了他的双眼，他轻轻伏下身子，深深地吻住了自己的妻子，用身体和斗篷为她遮挡铺天盖地的火山灰。背上的婴儿恐惧地蜷成可怜的一团，地上的婴孩爬过去，伸出胖胖的小手来想抓住自己的妈妈，就在这时，火山灰将他们一家活生生埋葬……火山灰埋葬了庞贝，埋葬了世界末日的最后一吻。岩浆冷却下来后，庞贝就消失得无影无踪，仿佛地球上从未存在过，又一夜风雪后，落得个"白茫茫大地一片真干净"。上述那不幸的一家人，就是1991年出土的被考古学家称为"逃亡者"的古代家庭，从他们写满痛苦的脸上不难想象出当年火山灰"埋葬"庞贝时的恐怖情景。

庞贝被制成了标本，留给了历史。十多个世纪过去了，时间老人尽职尽责地为它"守墓"，回想起它昔日的繁华景象，老泪纵横。直到十六世纪，人们在耕地时发现一些古老的残砖碎瓦，感觉到这块土地的神秘莫测和地底下惊魂的悲惨呼号。考古学家们惊喜地猜测它会不会是某一座古代的城池。然而直到1748年，庞贝古城才得以正式发掘，重见天日。由于岩熔和火山灰的密封掩盖，与空气彻底隔绝，庞贝成为世界上保存最完整的古代社区标本，意大利的古迹王冠上最璀璨的一颗宝石——比一千九百年前更为辉煌。历史把庞贝保存到今天，展示给一千九百年后的我们，走在当年两轮战车碾出辙印的鹅卵石甬道上，眼前庞贝最后一次选举时留下的政治壁画清晰可辨，脚下"逃亡者"一家从古代挣扎到了今天，那对年轻的夫妇一吻千年。置身于这伟大的残垣断壁之中，你忍不忍得住强烈的震颤，你的泪水是肆意飞溅还是默默流淌？

对于庞贝的学术性调查，从1860年一直持续到现在。然而庞贝古城是否迎来了新的生命？不！十几个世纪后，庞贝并没有逃脱多舛的命运。如今，再不能在古城里见到"逃亡者"一家人，他们被砍去头颅弃尸荒野——莫非人们害怕他们向自己倾泻千年的不幸和怨怒？庞贝到处杂草丛生，流浪的野狗在这里快乐地交配、生育后代；古老的壁画在阳光暴雨的肆虐下片片剥落，每年涌入庞贝的200万游人在墙壁上随意刻画，用浅薄的感慨和对自己游踪的可耻记录替代着残破的壁画，他们的旅行袋里偷偷地塞进了砖瓦石块，然后坐上飞机、轮船把这些古物带到四面八方，以炫耀他们的恶意践踏，纪念他们的丑恶行径。时间老人呵护了两千年的至爱，竟经不住光天化日下短暂的人为灾害。庞贝古城是巨大的，没有人知道它的确切面积，反正一边是考古学家谨慎备至的发掘，一边是无知的当地人在未开掘的遗址上辟园种菜——现代人的贪婪竟至于在无以数计的灵魂呼号了千年的土地上寻找生活！

人是这样的可怕，历史曾错误地把刚刚重见天日的庞贝交给了一个魔鬼来管理，他任天灾人祸毁灭庞贝，还把它的修缮经费私吞！庞贝经受着第三次劫难的考验——管理不善和人为毁坏。这是一次漫长的折磨、渐进的吞噬，一步步走向真正毁灭的消失。要维持庞贝的现状，每年需要两亿八千万美元，庞贝每年一千万美元的门票无异于杯水车薪。就是这样，意大利政府还把这笔收入用于资助其他文化遗址，——意大利的古迹毕竟太多了，庞贝是其中的骆驼，死了也比马大，就用这只骆驼的骨头来喂养那些可怜的蚂蚁吧。庞贝现任管理人彼得罗·乔尼·古佐无力回天，只好停止开掘。是呀，既然开掘等于毁灭，还不如让它深埋地下！考古学家安德鲁·华莱士·哈德里建议古佐把遗址的维护权按街区分包给各个大学，让他们来进行资料整理和早期的维护工作。我们权且寄希望于这些热情的学生吧。

余秋雨先生劝告中国人："让古代留几个脚印在现代，让现代心平气和地逼视古代。废墟不值得羞愧，废墟不必要遮羞，我们太擅长遮羞。"然而中国人没有重建圆明园遮掩耻辱，意大利人却要将庞贝古城这昔日的光荣遮盖起来了：考古学家安德鲁看到了庞贝完全开掘的不可能性——即使完全开掘了，政府不重视，哪来足够的力量进行维护？于是他建议管理人古佐，最好把已挖掘的部分有计划地再埋起来，到了有可靠维护技术的那一天再让它"重见天日"。安德鲁说："既然我们还没有学会怎样去保护它，对它现有的了解也未公之于世，何必要继续下去呢？"

庞贝古城，这部公元79年留到现在的鲜活的历史字典，刚刚翻开又要沉重地合上，沉入到时间的海里去了。

废墟的留存，是现代人文明的象征。

废墟，辉映着现代人的自信。

……

因此，古代的废墟，实在是一种现代的构建。

现代，不仅仅是一段时间。现代是宽容，现代是气度，现代是辽阔，现代是浩瀚。

我们挟带着废墟走向现代。

——余秋雨《废墟》

然而，现代却无力提供废墟的存在空间，这是一种莫大的悲哀。

重说苏三

那座建于明代、囚过正德年间北京名妓苏三,毁于"文革",后来又复原的明式监狱就在楼下,于是每每眼睛疲劳酸涩了,去阳台"望风"的时候,四层楼之高,将历史风物一览无余,总看见白玉雕成的苏三亭亭玉立于春风秋雨中,面朝西向的监狱大门,万种风情欲说还休。

洪洞民风强悍、淳朴大度,从来不计较这个沦落风尘的弱女子那句让他们背了许多年黑锅的怨语——当然他们大多数人不知道,那句"洪洞县里没好人"的台词,是剧本《玉堂春》的编者灵机一动为苏三设计的出气话,只是每当出门在外,有人把这句话以评价的口气甩到鼻子上时,憨厚的洪洞人才觉得苏三有点不大对劲,然而最终一笑了之:都宽容她多少年了,如今找谁去弄个明白?

从洪洞走出去的文士、学者们不甘糊涂,于是就有了许多关于苏三的考证文章。散文家卫建民在《苏三离了洪洞县》一文中说："'洪洞县里无好人'究竟是什么原因？——这是一个被贪赃枉法的社会冤枉的风尘弱女子的控诉。'县'指的是'县官、县衙'，是单音词造成的历史误会。"卫建民指出这句话是《玉堂春》的编者设计的台词，并无据可考出自苏三之口。

京剧《起解》一折，苏三的第一句唱词就是：

苏三离了洪洞县，
将身来在大街前。

因为演员们总在这一句上讨彩，于是唱得卖力，听者也用心，流传就快，几乎人人都会哼这一句，在哼的同时想到：洪洞县里没好人。我常常琢磨这句唱词，咀嚼再三，发现它恰恰是"洪洞县里没好人"的这个"县"的所指范围的注释。听仔细了，"苏三离了洪洞县"，这里面的"县"字与"没好人"那一句里的"县"字是同义的，如果说这个"县"指的是"县城、县域"的话，那么下半句"将身来在大街前"就不通了：大街都是在城里的，已经离开了洪洞县城，怎么又来到大街上？可见这个"县"指的是"县衙门"了。监狱是建在这座明清两朝的县衙里的，于是苏三从监狱里出来，离开"县衙"，自然就来到"大街"上了，这是顺理成章的。我的这个推断，可以算作卫建民先生那句"'县'指的是'县官、县衙'，是单音词造成的历史误会"的分析。

苏三因为《玉堂春》而家喻户晓，洪洞因为苏三而名扬天下。我有一个猜想：是不是二三十年前还保存完整的明代监狱，为《玉堂春》和苏三提供了一个真实的考证，洪洞的历史为《玉堂春》的流传贯入了底气？那么苏三作为一个有血有肉的人或者一个艺术形象，她的个体价值有多大？恐怕也是有待推敲的。我看各剧种、流派《起解》一折，印象最深的是崇公道而不是苏三。在这段"原本严峻冷酷的押送犯人场面，变成了红颜白发载歌载舞，说说笑笑的喜剧"（卫建民《苏三离了洪洞县》）中，假如没有崇公道，只是一出凄楚的小旦戏，感染力和吸引力的强度将会大大减弱。在这折戏中，崇公道不但必不可少，而且可以说是"反客为主"，戏很多。相比之下，苏三苍白黯淡多了。

关于这一折，蒋勋先生有精辟的见解：

人世这样无情，但是，苏三啊苏三，生命不是从此便绝灭了，除了那种年轻、爱美、宁如玉碎的生命之外，这人世间还有委屈，有在酸、卑微、不合理中求活的生命，像崇公道一样，却不因为自己的委屈、酸便怨告天地，却是加倍敬重看来是苟活的生命，是给冤屈的人解去了长枷，是给受苦刑的人卸去了镣铐，是给孤单的无靠的苏三一点亲好父母的恩爱啊！

崇公道的形象要比苏三丰满厚实许多。

我读剧本《玉堂春》，被美丽凄宛曲折的爱情故事深深感动，但我是被故事所感动着，而不是被苏三这个人。如果把整部戏比做一局棋，戏中人物就是棋子，感动我的是整个棋局，而不是其中的一枚棋子（苏三）。唯一能触动我的人物又是那个老解差——洪洞人崇公道。从《起解》一折及《玉堂春》剧本中，我们看到苏三这个人物个性并不很鲜明，形象也不很丰满，就个体来说，她不是很有魅力的。

"金凤玉露一相逢，便胜却人间无数。"明清文人名士与名妓的爱情故事并不鲜见，它们构成了中国古代历史和文学上最浪漫的一页，既延续了旧时代男子嫖娼纳妾的精神，与文人名士以人格魅力为基础的真挚爱情，使名妓们的形象光彩照人，像董小宛、李香君、顾眉、柳如是、陈圆圆等，至今被人传诵。明末名士、复社"四公子"之一的冒襄和秦淮名妓董小宛从相识相爱到共同生活的浪漫爱情故事，因冒襄为悼念董小宛的死去所做回忆文章《影梅庵忆语》而无人不知无人不晓。董小宛这个形象智慧而勇毅，个性十分鲜明，她以一个纤弱娇柔的女儿之身，逐江流，冒风险，义无反顾地追随冒襄，遇盗断炊也不动摇。历尽千难万阻嫁到冒襄家中后，在低下的姬妾地位上，操持家务，谦虚慈让，使一家老小称心如意。清南下后，她又在战乱的残酷环境中，随冒襄一家辗转逃难，劳累奔波，无恨无怨，深明大义，又用百般的关心和安慰，将冒襄屡屡从死神手中夺回，为了冒襄鞠躬尽瘁，死而后已，临死还戴着与冒襄定情时的黄跳脱，以至于冒襄说出"余不知姬死而余死也"这样刻骨深情的话语，对董小宛做了"文人义士难与争俦也"的高度评价。相比之下，无力命运抗争，口出急怨言的苏三要比董小宛逊色许多。

清人陈裴之为悼念亡妾做回忆性的文章《香畹楼忆语》，赞叹她有着兰一样"香清远，高深自如"的性情，气质又比苏三高上一筹。比王景隆幸运的是，陈裴之有一个冲破传统，对女性怜花惜玉的父亲，他就是清代著名诗人陈文述，是比随园老人袁枚稍后的又一个女学积极倡导者，广泛修葺前代美人、才女的祠墓，并广收女弟子。在这个诗礼之家，几乎所有的妇女（包括婢女）都文才不菲，经常吟诗唱和，是那个年代中的一股清新空气。对于裴之与紫姬的婚姻全家热心促成，他们不顾忌紫姬的妓女身份请来大媒，择吉日用香车宝马把紫姬娶回家中,并为她营造了"香畹楼"居住,裴之的妻子女诗人汪端为紫姬取字"畹君"。紫姬所受到的礼遇,称得上惊世骇俗,是包括苏三在内的青楼女子所不能的有幸运。由于陈文述被罢官,家道艰难,裴之外出游幕,紫姬在家中孝敬老人,侍候病人,各自怀着刻骨的相思互相激励、支持,爱情对于他们不是花前月下、卿卿我我的享受,而是一种不断追求人格完美、精神升华的力量,这是多么高尚的境界呀。

湖北辞书出版社《闲书四种》一书,除收入明代冒襄《影梅庵忆语》,清代陈裴之《香畹楼忆语》,还收入清代沈复的《浮生六记》,蒋坦的《秋灯琐忆》,与前面两篇不同的是,后面这两篇描写的是夫妻间充满着爱与美的气氛的艺术化家庭生活。《浮生六记》中的芸娘和《秋灯琐忆》中的秋芙,都具有较高的文化素养和艺术气质的知识女性。与名妓们相比,她们是蕴含着新的时代气息的美好的妇女形象,正是她们造成了中国古代社会罕见的夫妻恩爱,并且有高雅的艺术趣味的家庭生活。沈复与芸娘新婚后离别,"感到恍同林鸟失群,无地异色",回到家中,与芸娘见面,"握手未通片语,而两人魂魄恍恍然化烟成雾,觉耳中一响,不知更有比身矣"。他这样描写芸娘:

夏月荷花初时,晚含而晓放,芸用小纱囊撮茶叶少许,置花心明早取出,烹天泉水泡之,香韵尤绝。

这是多么雅致的情趣呀!

蒋坦与秋芙渴望能够"生生世世为夫妇",耽溺迷恋爱情若此。《秋灯琐记》中有这样的描写:

秋芙所种芭蕉，叶大成荫，荫蔽帘幕，秋来风雨滴沥，枕上闻之，心与之碎，一日，余戏题断句叶上云："是谁多事种芭蕉，早也潇潇，晚也潇潇。"明日见叶上续书数行云："是君心绪太无聊，种了芭蕉，又怨芭蕉。"字画柔媚，此秋芙笔也，然余于此，悟入正复不浅。

何其风雅！

林语堂先生在他著名的《生活的艺术》中把《浮生六记》《秋灯琐记》中的家庭生活描写作为艺术生活的典范，并盛赞芸娘和秋芙是"中国古代两个最可爱的女子"，苏三又如何能及呢？

以上四种，均与王景隆与苏三故事相类，然而董小宛、紫姬、芸娘、秋芙的个体魅力又非苏三所能比肩。

卫建民先生在《苏三离了洪洞县》中说："所有古代名妓，都生活在浓厚的文化氛围里，琴棋书画，与文士周旋，甚至发展成气质高雅，学有专长的人才，在身份上，她们是低贱的，在精神上，她们都是贵夫人。"

诚哉斯言，苏三却不是其中的佼佼者。

寻尧记

民无能名

　　在中国的大地上旅行，无论游山玩水还是走街串巷，总不难见到庙宇。佛家的寺院、道家的庙观之外，庙还是奉祀先祖圣贤的所在，以使后人不忘其功德，并树立榜样以供模仿追念。因为这点敬仰追奉之心，香火萦绕中的先祖贤人就开始幻化为神，因此庙又是把一个人羽化成神的所在，使我们的追念和敬意平添了浪漫的色彩。

　　过去，尧是一个人，一个有血肉有思想的人，他是华夏族部落联盟的首领，一个远古的帝王；后来，他被尊为始祖圣王，成了一个神，一个享受世代香火的神，在道教中，尧被封为天官，掌管人间福禄寿。然而帝尧被视为神，不是因作为神的灵验，而是因其作为帝王的功德。尧庙山门两侧的旁门楣额上，东刻"就日"，西镌"瞻云"，语出《史记·五帝本纪》："其仁如天，其知如神，就之如日，望之如云。"是说百姓仰望帝尧功德如葵花向阳、五谷盼雨一样。这样大的功德是无法形容的，简直广以配天，运以配地，因此尧庙的中心建筑就以广运为名，称广运殿。广运殿是主殿，殿上彩楼高悬"民无能名"四个大字，语出《论语·泰伯》："大哉！尧之为君也；巍巍乎！唯天为大，惟尧则之；荡荡乎！民无能名焉，巍巍乎其有成功也；焕乎！其有文章。"

唐代张守节在《史记正义·谥法解》中说："民无能名曰神。"人们无法表达对帝尧功德的敬仰与感恩，就把他看作神人，这是一种朴素的思想，它使帝尧的遗风和故事一起源远流长、泽被后世，成为君主的楷模，百姓的福荫。

"尧"的含义，《史记·五帝本纪》（《集解》）中说"翼善传圣曰尧"，是说作为帝王的陶唐氏功德极大，是道德智慧超凡的圣人、治国安邦卓著的仁君。尧不是帝号，而是死后的谥号。帝尧姓伊祁名放勋，因先后封于陶（今山东省荷泽市南陶丘）、唐（今山西省翼城县），称帝后国号陶唐，称陶唐氏。因功德巍巍"放乎四海也"（孟子语），陶唐氏去世后，四方百姓悲痛不已，举丧三年，群臣议其一生的功德，赠以谥号曰"尧"，后人就以"尧"为美称来表达敬仰。

威加九夷

传说中尧是帝喾少子、帝挚的弟弟。帝喾有四个妃子，一位是有邰氏姜嫄，一位是有娀氏简狄，一位是陈锋氏庆都，一位是娵訾氏常仪。帝尧属陈锋氏庆都所生，而帝挚为娵訾氏常仪之子，从常理上看应为同父异母兄弟，然而并不尽然，——帝喾不是指一帝，而是本氏族数世首领的统称，那"四个妃子"也是指代四个氏族，因此史实是帝喾这一氏族在不同时代与上述四个氏族的联姻次序，并不说明同一个帝喾有四个妃子。一帝四妃的错觉是后人根据封建帝王的规制生发的想象，是口口相传的传播形式的演绎结果，是一种笼统而美好的想象，这就是神话艺术与信史的差别。

司马迁以尧肇始的历史为信史，《史记》说："学者多称五帝尚矣，然《尚书》独载尧以来。"说的是"可信"的历史记载始于帝尧时代。然而并不尽然，仅帝王的出身一项，无论《尚书》《史记》都轻考证而重神话，极尽渲染之能事，所以台湾作家柏杨说中国的正史"鬼话连篇"。《尚书》《史记》尚且如此，地方史志可想而知。《世本》中记载的尧母庆都就是一个神女，此女一生下来，就有黄色祥云罩顶，长大后到黄河一带游览，有条龙一直跟随守护她，并把一册天书神图交给她，于是"青龙感之，孕十四月而生尧"。按这种说法，帝尧的生父不是帝喾而是一条龙。

《史记·五帝本纪》载："帝喾娶陈锋氏女，生放勋。娶娵訾氏女，生挚。帝喾崩，而挚代立。帝挚立，不善，而弟放勋立，是为帝尧。"帝挚如何不善呢？《帝王纪》说："挚在位九年，政微弱，而唐侯德盛，诸侯归之，挚服其义，乃率群臣造唐致禅。"《淮南子·本经训》说："万民皆喜，置尧以为天子。"而传说中这样解释这件事：帝喾死后，挚继任部落联盟首领，弟放勋辅政；帝挚荒淫无度、不理政务，被各部落首领废去，推选其弟放勋为联盟首领。正史和传说一唱一和，编织了一个完善的故事，让人信服。然而并不完全是这么回事，帝挚继位后，带领人民抗击水患，聚居地转移到山地，并且重新划分了氏族领地，促进了大汶口文化与良渚文化的进一步融合。作为帝王，挚还是有一定功德的，只是长于文治，而失于武功，后来陶唐氏尧联合掌管皇家御林军的有穷氏后羿征服了九夷各族，尧威望日隆，挚才禅位于尧。也就是说，君主的禅让不是始于尧，而始于挚。

扫除"六害"

所谓时势造英雄，尧取代挚为帝，是当时大势所趋。先是公元前2800年前后，海平面升高，海水倒灌造成黄河泛滥，黄河流域各民族为了生存而争夺高地，导致冲突加剧。除了人类之间的斗争，猛兽毒虫也与人类争夺生存空间。挚继位后，主要精力用于抗洪救灾，把聚居地向高地山岭转移，重新划分了氏族的领地。帝挚在安邦治国方面还是很有建树的，不料，公元前2400年左右又逢大旱，河川干涸、草木枯焦，那些移住到山地丘陵的氏族再次向靠近江河湖泊的低地迁移，以致打破了原先划分的领地，天下再起纷争，使帝挚的统治地位受到冲击动摇。在这样民不聊生、人心汹汹的形势下，陈逢氏姜炎族的女巫师丑登海岛作法，为民求雨，引发了与扶桑日君羲和的后裔十日族之间的战争。帝挚对十日族的攻击无力调解制止，于是唐侯尧联合东夷民族有穷氏后羿，打败了十日氏族，这就是后羿射十日的传说的由来。

十日出，一日真，九日假，是大旱之意。《淮南子·本经训》载："逮至尧之时，十日并出，焦禾稼，杀草木，而民无所食。猰貐、凿齿、九婴、大风、封豨、修蛇皆为民害。尧乃使羿诛凿齿于畴华之野，杀九婴于凶水之上，缴大风于青邱之泽，上射十日，而下杀猰貐，断修蛇于洞庭，擒封豨于桑林。万民皆喜，置尧以为天子。""猰貐""凿齿""九婴""大风""封豨""修蛇"，为传说中为害人类的六种怪兽毒虫，尧命后羿一一除去，民心大快。这"六害"实际上不是什么怪兽妖魔，跟十日氏族一样，是被尧和后羿征服的九夷各族。例如封豨，封的意思是大，豨就是南楚所谓的猪，养猪为业并以大猪为图腾的氏族就叫封豨氏。而"凿齿"是防风氏族俗称，因其民有凿齿的风俗而得名。这些民族与黄帝一脉多有冲突，高辛氏族时更是问鼎中原、数侵边境，高辛氏被迫数次迁都。所以人民视这些部族为妖魔鬼怪。而尧与后羿将他们一一征服，民间传说演绎为后羿于山中水上诛杀了六种怪兽。征服各族后，尧班师回到了唐县，"唐侯德盛，诸侯归之，挚服其义，乃率群臣造唐致禅"。尧称天子，即帝位，国号陶唐，建都平阳。

光被四表

尧称帝后，封禅泰山，分天下为九州：冀、兖、青、徐、扬、荆、豫、梁、雍。各置州牧，管理辖域内各氏族。尧任用了许多贤德之士来帮他治理国家，访得舜授以司徒之职，掌管教育；封羲和氏伯叔六人为四岳；封契为司马掌管军队；后稷（弃）为农正管理农事；夔为乐正；皋陶为大理（法官）；垂为工师；鲧为水正；伯夷为秩序；伯益掌鸥禽。并制定历法，以时为序，教授人民春耕秋收，又派专人治理水患。于平阳帝都庙灵台四门楼见四岳、九州诸侯群贤，征询意见，改进工作，一时四方安定，风调雨顺，形成尧天舜日的太平景象。

如上文所述，帝尧时代，虽然太平，没有大的氏族战争冲突，然而水旱交患，百姓生活艰难。帝尧心忧天下，与百姓同甘共苦，住的是跟百姓一样的土屋子，屋顶上生了高高的茅草也不修剪，椽子都发霉长了木耳；吃的是粗茶淡饭，喝的是野菜汤；穿的是破旧的布衣，冬天裹着鹿皮御寒；坐着简陋的车子，由一匹瘦马拉着巡行天下治民疾苦。在今天临汾城南"帝尧故里"伊村，明朝万历年间临汾县令所立"帝尧茅茨土阶"石碑，依然伫立于土台之上。帝尧常对百官说："有一民饥如我饥。"正是这样爱民如子、与民同甘共苦的情怀，使国家在自然环境极端恶劣的条件下，百姓安居乐业，天下平安大治。《述异志》载："尧为仁君，一日十瑞。"当时，南到交趾，北到幽都，东自日出之所，西到日落之处，无不宾服帝尧的品德。

《尚书》载："帝尧，曰放勋，钦、明、文、思、安安，允恭、克让，光被四表，格于上下。克明俊德，以亲九族。九族既睦，平章百姓。百姓昭明，协和万邦。黎民于变时雍。"

传说帝尧因操劳过度积劳成疾，一位采药老者听说后，把自己采的人参、灵芝送给帝尧补身体。帝尧怕老人难过，暂且收下了。随后又派人送还，解释道："好意心领了，只是多年来粗粮淡饭吃惯了，吃了这些山珍，恐怕以后就不能吃苦了。"这是临汾民间流传的帝尧传说之一，这些传说像一颗颗星星，缀满了夜空，让我们在神秘中窥见帝尧像天空一样深邃博大的胸怀。帝尧的美德流传至今，三晋大地的民风民俗，大多来自于唐尧遗风。

郑樵《通志》曰："伏羲但称氏，神农始称帝，尧舜始称国。"

帝尧作为一代圣王仁君，一直是历代帝王的典范及人们心目中的圣人，他的功绩除治水、选贤之外，主要在治理国家、和睦民族，尧天舜日成为理想中的太平盛世的标志，成为一种共同的认识。

尧天舜日

相传尧是一个长寿的人，享年180岁，在位90年。尧的长寿，使他的治国之道贯穿了整个尧、舜、禹帝位禅让、大公天下的时代。舜禅位于禹，禹治水成功，帝尧都有直接的影响力，并且亲自为舜和禹成为合格的继任者铺平道路。作为国祖，他严格考验继任者，甚至在把执政权力交出去后，还不顾年迈、远涉蛮荒为他们的事业披荆斩棘。尧、舜、禹的公天下盛世被称为"尧天舜日"，尧是这个时代的开创者，更是起决定作用者。

日出而作，日入而息，凿井而饮，耕田而食，帝力于我何有哉！

——《击壤歌》

西晋皇甫谧《高士传》载："帝尧之世，天下大治，百姓无事，壤父八十余而击壤于道中。"击壤是一种游戏，《山西省通志·风土记》载："壤以木为之，前广后锐，长尺三寸，其形如履。"《三才图会》中说："先置一壤于地，遥于三四十步外，以手中壤掷之，中者为胜，谓之击壤。"这种游戏或者说运动，大致类似现在的打保龄球吧。话说帝尧出了都城平阳来到东北五里外的康庄，看到一位80多岁须发皆白的老汉正在大路中间快活地玩击壤，旁若无人，陶然忘我。随从称颂帝尧："年近九十岁的老人能够这样无忧无虑地玩耍，真是你治理天下的无量功德啊。"老汉听了并不买账，停下手里的游戏说："我太阳出来就下地干活，太阳落山回来睡觉，自己打井饮水，种地吃饭，跟帝王的恩德有什么关系？"帝尧听了并没有生气，更没有加罪老者，而是拜这位姓席的老者为师，感谢他这一番话。

禅位之争

帝尧年事已高，他从国家长治久安的角度考虑，决定选用一位贤人来将帝位禅让于他。民间流传许多尧王访贤的故事，流传较广的一则是帝尧在蒲州历山路遇驾牛耕田的舜，被他的孝心感动，招赘舜为女婿，把二女娥皇、女英都嫁给他，以观其内。帝尧先加舜为三公，总管百官，不久又命其摄政，准备禅位给舜。后稷、契、皋陶、伯夷等大臣都没有异议，只有放齐建议应该由帝尧的儿子丹朱子承父位。尧从国家和人民的利益考虑，认为太子丹朱远远不如舜贤德和有威望，就没有采纳放齐的意见。诏命下到各方国，负责治水的鲧不服，不接受帝尧的旨意，帝尧大怒，举兵弹压鲧氏族。共工听说后也表示反对，帝尧又兴兵讨伐共工氏。帝尧以天下计，没有任人唯亲，不惜刀兵相见，用武力统一国内意见，可见其禅位于舜的心态之坚。帝尧的伟大正在于其公天下、任人唯贤的思想，这样的胸怀是超凡脱俗的，他包容山川万物、海纳百川，成为帝王的楷模。同时这又是当时自然环境和物质条件的选择，在水旱交患、生产工具落后、生产资料匮乏的原始社会末期，人类顺应自然、开创生存条件的能力有限，生产力极度端落后，能否选择一位善于治理国家、带领百姓战胜自然灾害的贤人做帝王至关重要。帝尧知天文晓地理，为民生计，才不惜兵戎相见也要禅位于舜。

舜摄政25年，天命之年，帝尧将帝位禅让于舜。舜称帝后，一度平息的叛乱又起，驩兜、三苗、夸父、邹屠、毕方、共工、放齐诸部落拥戴帝尧长子丹朱在丹江丹朱城称帝。帝舜大怒，派大军征讨丹朱，杀死驩兜氏首领，将叛军各个击破，将他们驱逐出中原之地。依照五刑之法，把驩兜氏族流放到嵩山；将三苗分成两支，一支流放到北方的幽州，另一支随驩兜氏流放到南方的偏远之地。从此天下都归顺了帝舜，而帝尧时期开创的夷夏联盟的大好局面也土崩瓦解。

禹子承父业，继续治水，运用开凿渠道、导流入海的方法，经过十三年的努力，三过家门而不入，平息了中原水患，后来又到南方治水。此时已经禅位于舜的尧对舜的执政和禹的治水全力地发挥着自己的作用，当禹在桐柏山遭到夸父族的阻挠时，尧亲自率军南征，把夸父族赶到了淮、扬之地，使禹能够成治水大功。而帝尧也在这次战争中去世。

帝舜依照帝尧的模式，先让禹摄政，又禅位于禹，在尧、舜、禹禅让的千古美谈中，帝尧是开创者，也是贯穿始终者。

民主路标

帝尧之时，国家初具规模，官吏机构简单，为了倾听民众疾苦，不使民力虚耗，不使民怨累积，帝尧于宫门设置了敢谏鼓，广开言路，谁对朝政有什么意见，对国家有什么建议，对官吏、诸侯的管理有什么臧否，敲响这面鼓，便可以面陈帝尧。包括对君主有什么不满意的地方，帝尧也闻过则改。最初，帝尧与众大臣四处周游，了解社情民意，向人们征求对朝政的意见和建议。后来发现这样做涉及的范围和人数太少，不如让天下有话要说的人都来朝中进言。于是诏告天下，言者无罪，欢迎大家都来敲这面敢谏鼓。

为了使老百姓能够找到进言的路，帝尧命人在"大路交衢"处，也就是十字路口，都立起一根木柱，顶上绑一根横木来指示宫门方向。这就是诽谤木，华表的原型。华表，也称恒表，是历代帝王仿效帝尧纳谏时指路的木柱所造的传统建筑。帝尧树诽谤木，一者为谏者指路，二者表示言者无罪。正是这种原始的民主政治，使帝尧时政治清明、社会安定，诸侯都不敢欺压百姓，全天下议论国事，集思广益，形成了开明宽松的民主氛围。帝尧的诽谤木，是华夏民主政治第一面旗帜，是民主进程的第一块路标。

然而，华表演变到后世，成为帝王威仪的象征，成为宫殿和陵墓前的装饰品，简陋的木柱演变为雕龙刻凤的石柱。且看木柱易倒，而帝尧的民主创举永存；玉石不腐，多少帝王化为粪土！

帝尧去世后，百姓敲响这面敢谏鼓，以祭祀他的圣明功德。后来的威风锣鼓，便起源于祭祀活动。震天动地的威风锣鼓，是华夏龙脉的跳动，也是上古民主之声的回响。

2014年2月25日于太原

广西三章

北海之北

我从来没见过一座城市有这么多的摩托车。

我从来没见过一个港口有这么多的木渔船。

我从来没见过一片沙滩有这么多的小生灵。

从北海市区去往银滩,坐三路公交专线,人不太多并且能够靠窗坐的话,很能享受到观光的惬意。当然,这座城市还不够发达,市郊的情形甚至连内地乡镇集市的繁闹也不如,但只要接近港口,渔乡的风光就足以悦目而赏心了。但你要有心理准备,否则就会和我一样被震撼。我是真的被震撼到了,海边的话,南海我去过海口、三亚、香港,黄海去过青岛、烟台、威海,渤海去过北戴河、塘沽、大连，东海去过厦门、上海和浙江，我以为所谓海边几乎都跟这些地方一样，渔业都成为旅游业的一部分，近乎表演了，所以当我突然面对北海的北部湾海运码头，看到无以数计的渔船从天边排到眼前，左边无限远，右边无限远，多到眼界里居然塞不下，我震惊了。然而，让我觉得触目惊心的不是渔船的数量，而是它们的形态，它们几乎都是木船，一律的乌黑残破，不知道在惊涛骇浪中风雨飘摇过多少个年头，你挤我，我挤你，密密匝匝排到天边，黑压压不知道有多少。并且还不止一层，很多小船摞在大船上，也是一样的残破，它们已不再像舟楫，更像是劈柴，或者这里是千百年来报废渔船的垃圾场，就像我们在好莱坞电影里见过的报废车辆处理场？然而又不尽然，因为显然最接近岸边的一排渔船，它们简易的锚链扔在乱石之间，它们是泊着的，虽然泊在淤泥里。并且在远处近海的船上，似乎还有水手在劳作。

我对北海产生敬意了，和我来之前想的不一样，它还不是一个靠旅游来维持民生的城市，它还要靠传统的劳动，靠打鱼来生活，这是个朴素的地方，是个还未曾被夺去灵魂的地方。

其实，昨晚在霓虹灯里到达北海的时候，我就发现些端倪了。街上穿行的摩托车之多，我在印度首都新德里见过，在国内反而第一次经见。摩托车反映一个城市的发达程度，它的经济指标。今天白天，走过北海的街头，街边存车点的摩托车之多，蔚为壮观，会让人误会北海是个摩托车交易市场，甚至为了方便摩托车骑行，马路牙子专门留着几十公分宽的慢坡。这里和越南接壤，大致可以猜到越南的发达程度，因为毗邻的城市的地理条件和风土人情也是接近的。我没有去过越南，那年省作协组织作家访问越南的时候我正挂职，公务走不开，但听回来的人讲，越南表面上不发达，但其实是国穷民富，老百姓过得挺滋润。我倒希望北海也是这种状况，表面不够现代和发达,但人民富足而幸福。

　　劳动,甚至在驰名中外的碧海银沙的银滩上也到处可见,一个老奶奶拿着特制的镬头,不停地敲击潮水刚退的硬实沙滩,凭着听觉就知道下面十几二十厘米处有没有沙虫,她提着篮子,戴着斗笠,蒙着面巾,在好奇的游客们眼皮底下安闲地劳作,不时用敏捷的动作剖开沙滩,捉住一条沙虫扔到篮子里。在北海,一斤沙虫也就几十块钱吧,她这一天能挣个一二百块钱的样子。比老奶奶更勤劳的是和沙子一样多的沙蟹,我从没见过一块沙滩有这么多的沙蟹,它们把北海所有的沙滩都改造了,把湿润的沙子全部滚成了绿豆大的沙球,数万公顷的沙滩都被它们打满了洞,不像沙滩了,倒像一张细密的天罗地网,恰似一场急雨打在尘埃里,遍地麻坑,或者初春前即将被草芽顶破大地的大草原。那些蜘蛛般忙碌的沙蟹,你不知道它们究竟在忙些什么,就像上帝也不知道芸芸众生到底在忙碌些什么。

　　但我记住了北海,这是个劳作不休的地方,在银色的沙滩下面,是数不清的小生灵,它们让我知道我曾经以为死寂的沙滩,其实也是生命的乐园。

涠洲之涠

　　涠洲之涠,四面环水,岛也。

　　从北海的北部湾海运码头坐渡轮去往涠洲岛,轮船出海,才能够得见港口之内真正的渔船,和在公路上看到的侧畔沉舟不同,那些现代化的钢铁渔船巨大威严,一样的密集,却如同待检阅的战斗部队，很是提振精神。这些钢铁巨物之间并没有缝隙，比当年赤壁曹家用铁索链接的战船还要紧密，应该是潮水的作用。有的船上四周悬挂着千百盏数百瓦的大灯泡，为了在夜晚作业时吸引鱼群。航道两侧都是渔轮，数不过来，大概总有个数千艘，这是很壮观的景象了，我之前从未见过，它们再次印证了渔业才是北海的支柱产业，人们惯于劳作。

在涠洲岛上过除夕，我是有顾虑的，据在海运码头为渡海快艇招揽生意的人讲，岛上基本上是原始的村落，除夕有可能电力紧张，不要说看晚会，恐怕要摸黑过节了。但我们还是上了岛，坐载客的小三轮摩托穿越岛上狭窄的公路，路两边都是密集的香蕉林，乍一看和我们晋南的玉米地不差多少。香蕉很繁茂，但不似我们在内地常买来吃的尺把长的大香蕉，都是手指长短的小香蕉，也没有人看护，大概，香蕉在这里真的跟玉米在晋南一样，不过是普通的庄稼吧。我也是第一次见这么大片的香蕉林，三轮车跑了二十多分钟，还是跑不出香蕉林去。这些香蕉林，再次唤起了我与生俱来的农民情结，我幻想着回去后买一辆皮卡，或者以前叫"的士头"的那种带斗的汽车，开到我晋南的故乡去，可以在不同的季节拉些物产到村里的老院子，或许，那样的生活写成日记，也比现在挖空心思想象出来的小说更有张力更接地气些吧。

从码头到全岛的中心地带南湾，有公交车、观光电瓶车两种正规的交通方式，规定都是每客十元，还有当地人揽活儿的面包车和三轮车，因为春节的缘故，三轮车也要三十元才肯去南湾，但是如果你坚持只出二十元，也会拉你去，并且不会贸然把你拉到他家去住宿吃饭。看环岛公路修建的状况，迟早这里会有一条环形公交线路来取代目前多元的交通方式，对旅客是方便多了，但必然会触及土著居民目前的收入渠道，到那个时候，与民争利的事情必定会在这块尚未过多地沾染铜臭的土地上重演。

　　对停电的担心是多余的，我们住到了不错而且价钱很便宜的酒店，推开窗户就是涠洲岛最好的海湾南湾。海面上停泊着几排小型的玻璃钢渔船，和在港口见到的钢铁渔轮不同，这些扁舟似的渔船更有烟火气息一些。短暂的午休之后，我们租了一辆电动摩托车做环岛游，在鳄鱼山的火山口，有着别致的海滩，数千米的海岸线都是火山岩浆形成的地貌，那些黑色的石头如百兽闹海，它们透露了这座岛屿的来头，猜得不错的话，在若干年之前，这片距离北海四十多海里的海面上，并没有一座叫涠洲的岛屿，然后海底的火山喷发了，又喷发了若干年，当火山冷静下来后，一块新的陆地浮现在海面上。这也没有什么神奇的，地壳运动莫不如此，神奇的是在火山形成的寸土不附的数十公里长的崖壁上，长满了一种我们通常在盆景里才能看得到的植物：仙人掌。你能想象到厚实多刺的仙人掌像爬山虎一样密集地爬满悬崖峭壁吗？它们的根系钻入岩浆石的空洞里，从那里汲取潮水的湿气和石头里的矿物，居然茁壮而繁盛，就像物种入侵一样占领着这里，把涠洲岛用天然的"铁丝网"保护起来。我第一次看见这么多的仙人掌，也许我应该把它们看作跟晋南的野草一样普通的植物，才不会这样的触目惊心吧。

　　涠洲岛让你感叹生灵伟大的，还不只这些植物，在南湾有一道数千米长的防潮堤，远远望去，是黑色的石头铸就，到了跟前再看，哪里是没有生命的碳酸钙无机物啊，每一块巨石都是亿万年的甲壳类动物的尸体沉积而成的，有贝类，也有螺蛳，它们被一种神奇的物质粘结在一起，每一块贝壳上都附有无数细小的螺蛳，那些螺蛳像花骨朵一样刚刚张开，里面原本的软体物质也钙化了，但看上去好像生命还存在，探头探脑蠢蠢欲动。这样多的生灵，它们在大海里就像黑暗的山洞里沉积的蝙蝠粪一样深厚，在沧海桑田的变幻里成为石头，又被开采来做成防潮堤。在这里，似乎生灵凝结成的巨石们也是普通的，但当我面对它们时，我说不出话来。这一次却不是因为之前没见过。

我想起来，从一进入涠洲岛鳄鱼山地质公园开始，脚下的台阶就不是石头，而是这样的甲壳类动物的凝结体，它们本身就是地质标本，就像在山西到处扔着的唐砖汉瓦一样，它们在这里是最普通的基石，但谁又能说它们不是有价值的呢？

和除夕不出意外让人失望的春节联欢晚会不同，岛上的大年初一清晨让人振奋。几乎没有人像内地春节一样懒散地睡觉，人们照常出海打鱼，太阳冒红的时候，水产市场上已经是热闹非凡了。大堆的生蚝、贝类像晋南冬天的红薯一样堆积着，价钱便宜到让你相信这些水产就相当于内地的土产，比如晋北的土豆一样的普通，内地珍稀的海参、鲍鱼，在这里一百块钱可以买满满一大盆。岸上是丰富的物产和熙攘的人们，海里是停泊歇息的水手和舟楫，人们用勤劳养活着自己，不论外面的世界多么浮华虚夸，岛上让人感受到上古尧天舜日时代"帝力何有于我哉"的理想社会图景。

涠洲之涠，四面环水。涠洲之围网，是狂长的仙人掌；涠洲之谓，照我看，是恒河沙数般的甲壳生灵包裹着一颗火山的心。

桂林之阳

一江漓江水，养活多少人。那些天造地设、钟灵毓秀的山水形胜，原本只属于天地，自从被人以文化的名义命名后，便跟神佛、民族村寨一起，为当地人谋取福利和福祉。所谓靠山吃山，靠水吃水，相对于靠矿产和工业的山西来说，这才是挖不尽的财富，零污染的企业啊。但我总觉得，山西失去的，远没有桂林失去的多，——山西失去的，更多的是身外之物，而桂林失去的，却是人心里的东西——相对来说，北海和涠洲岛尚未失去这些东西，所以作为山西人，我才觉得北海和涠洲岛好。

漓江从桂林到阳朔段的八十多公里水路，乘竹排是最赏心悦目的，造物主的鬼斧神工加上历代文人墨客的想象和渲染，使两个小时的放排成为一段神奇的历程，虽然明知道安装着发动机的竹筏其实是玻璃钢制成的，柴油机的轰鸣依然不影响游客的兴致。用汹汹如过江之鲫来形容竹筏之多一点也不过分，李白"两岸猿声啼不住，轻舟已过万重山"的诗意，早已变成了赛艇般的江上穿梭，但我们的传统文化里自欺欺人一直占有很大的比重，更何况多数游客是被当作有休闲需要的钱包批发到这里的。

因为没有在中途的浅滩上照快照，影响了他的抽成，慈祥的筏工开始冲浪，把水花不断地溅到竹筏上的客人身上，大家没有和他一般见识，并且在到达阳朔码头的时候关心地询问他放一次筏子能挣多少钱。老汉并不动容，只是音调有些不屑地回答："都被公司挣去了。"

和北海相比，桂林的旅游开发已经饱和甚至无中生有了，让人受不了的除了那些在山西人看来很难被称作一个完整景点的地方被渲染得天花乱坠外，还有这个地方的人对游客的钱包算计到无所不用其极的心思和眼光。毫不夸张地说，你怀疑每一个景点的导游设置都是套钱陷阱是绝对有道理的。和北海以及涠洲岛的淳朴不同，在桂林的景点，你不上当那至少对方在言语上会对你不客气的。桂林，浓缩了单纯追求经济发展的二三十年来中国人失去宝贵传统后的现状，这个感觉非常的糟糕。从桂林到阳朔，可谓移步换景人在画中游，但给我印象最深的却是到处挂着一张纸箱片子做成的牌子，上面用各种颜色和笔体写着：公厕一元。这是个吃喝拉撒睡都需要讨价还价的地方，耳朵里听到的最多的声音不是对美景的赞美，而是各种讲价钱的口音。一个不讲价就寸步难行的地方，肯定是一个无情的地方。我想起我的故乡洪洞县，县城周边有着三大名胜：明代苏三监狱、广胜寺飞虹琉璃塔、大槐树迁民遗址，同样是游客如织，但除了景点之内的设置，民间几乎没有围绕景点做小生意的。洪洞，如今最出名的，是成为国家级卫生城市，每条街上都有干净卫生设施先进的漂亮公厕，当然不会收费，因为公厕也是公共卫生服务设施的重要一环，整个城市一尘不染，包括环境和人心。

从桂林到阳朔，我百思不得其解的一件事情就是，为什么当年带给我们美好记忆的电影《刘三姐》《孔雀公主》等，现在都被用来作为创收的噱头？难道金钱真的可以取代我们心中对美的感受？就像游客们都举着二十元面值的人民币上漓江的"黄布倒影"和实景拍照留念，钱上的景色真的是现实中的景色的倒影吗？我不知道。然而，越是这样明山秀水、灯红酒绿的温柔乡，惯常在压力之下的人们越是趋之若鹜，然而常常是因为来散心，却得到一肚子的窝囊气。在广西，桂林是异类，一个被开发到人心甚至人的灵魂深处的典型。

夜晚，逛著名的西城步行街，在鳞次栉比的小商品摊位中，有一处冷清的所在，一个年轻人，用漓江里捡来的普通石头做画布，在上面用油画笔法描绘桂林的山水形胜，象鼻山、黄布倒影，跟照片一样逼真，又比照片有意境。我们被吸引着赏玩，小伙正在握着一块石头作画，这个时候便开始介绍，说他一天能画三块石头，现在正画的这块是第一层油彩，一幅画至少要三到四层才能出来效果，一块画好的石头从几十块到一两百块不等，他又强调，他白天是在画廊工作的。艺术，多少是相通的，我看到他这样卖艺的境况，物伤其类，赶紧走开了，但他却误会了，对我六岁的女儿和她妈妈说："唉，你爸爸不喜欢啊，你们要走就走吧。"我听了心情很是别扭，希望着孩子的妈妈买他一块，而最终，我们还是买了他一块画着象鼻山的小石头，六十块钱。

那天晚上回宾馆的时候，我的心情很低落，不知道因为白天穿梭景点走马观花时紧绷的防范之心，还是夜晚的遭际。我并不后悔来广西，但我很后悔来桂林，我很想念即将被寒潮袭击的山西，也很想念刚刚离开的北海涠洲岛，我在那里度过了一个温馨的除夕之夜，我将永远记得北海那些劳作的渔船、丰富的物产，以及沙滩上忙碌的小生灵，我将永远记得涠洲岛上无边的香蕉林和甲壳类动物的遗骸铸就的防波堤。

明天我将去往南宁，并从那里离开广西。在桂林，春节期间涨价到近三百元的如家快捷酒店房价，在南宁我们预订的同样的房型是九十九元，南宁和桂林，哪里更能代表广西？我个人认为，在物欲横流的现代社会，北海和涠洲岛，是一块失落的土地。

2014年2月2日 于桂林

南方的理发师北方的剃头匠

　　镜子镶着木框，挂在墙上，与被潮气和时光洇出暗斑的墙呈四十五度角，底部被两颗锈黑的铁钉托着（这两颗铁钉的精神，有如那庙里用肩或背或手臂抬着菩萨的力士，从来就矢志不移），顶部的木条上，拧着一颗头上是个圆环的螺丝钉，一条裹着尘腥和油腻的黑绳子牵着它，那一头被墙上的第三颗同样锈黑的铁钉拽着。这是20世纪70年代乡村理发店的镜子，通常，它是由一个象征着集体荣誉的镜框改造而来：用抹布蘸着汽油，小心地把镜面上用红漆写的"奖给××大队"擦掉，占据中心的那个又红又大的"奖"字，很要费一番工夫。当这个镜框恢复成镜子的面貌，呈四十五度角被挂在墙上，理发店就初具规模了。也许是角度和光线的关系，也许那个时候还不能把水银在玻璃上涂得很均匀，当你披着有点煤油味道的白布仰起头时，镜子里会出现一个被夸张了的头脸，那面孔分明是你自己的,但面子和五官却不应该那样的大,仿佛看守庙门的金刚。但你没必要表示惊讶,你会觉得照镜子可不就是这样的?不信等你脖子里的头发渣子被吹干净,跳下木靠椅,你可以试试,无论你离那镜子远还是近,无论你站在哪个角落,只要你能从镜子里看到自己,你的头脸总是那样奇怪地大。光学在这里是失效的。

三十年后,我在南方省份的古民居村落突然撞见三十年前北方的理发店,我没有惊愕,只是有点迷糊。我又看见了那面呈四十五度角挂在被潮气和时光泅出暗斑的墙上的镜子,但我没敢走进去照一照,我拿不准,照进去了还能不能出来,我有些敬畏古老的东西,哪怕它只是时光的印痕。常常是,这样的乡村理发店,总有些闲人在那里抽烟或者下棋,下雨天尤其如此,潮湿的空气中充满着雨声和笑声的喧嚣。我看到,那些人还坐在哪里,只是,三十年后,在南方,他们开始玩起了麻将,而且每个人都老了不少。那个少年理发师,也成了笑容平和的老头,他手里原来会嘎哒嘎哒响的手动推子,可能因为人老了,手劲小了的缘故,也换成了嗡嗡响的电推子。我少年时曾试过捏动他的手推子,只能捏几下手就酸了,那简直就是个握力器,而那个年轻的理发师,他能让它发出令人昏昏欲睡的均匀的嘎嘎嘎嘎的声音,细碎得一如宁静的夜里蚕吃桑叶的声音。

在北方,我的故乡早已经没有乡村理发店(确切点说我们叫它剃头部)了。从二十多年前,大家都开始去镇上理发,因为年轻的剃头匠听人说只有外乡人才干这个行当,而他母亲确实口音不是很纯粹,于是小伙子选择了和本村的一个姑娘订了婚,有一个很短暂的时期,他给人剃头的时候,那姑娘还帮着给人洗头,但是终于他们选择了当一个纯粹的农民,只是种地,不再剃头。他是我北方的故乡最后的乡村理发师，人们都叫他"剃头的海山"。我对海山和他的剃头部最早的记忆可以追溯到1975年到1976年之间，那个时候我还很年幼，母亲抱着我来到村子最北边的磨坊，海山的剃头部就在磨坊的偏房里，一扇薄薄的木门，只要关上，奇迹般地就将机器的轰鸣隔绝了，世界马上恢复了宁静。刀片在从窗户射进来的阳光下闪烁，金色的粉尘在光线中群舞，我被母亲抱着，用尽浑身的气力大哭，我听见海山在笑我，泪光里我记得他的笑容很纯净，像个老女人一样可亲的笑容，现在想来，那笑容应该是像那个时候的少女一样羞怯的才对。我清楚地记得，把我剃成光头后，海山发现装痱子粉的圆盒子空了，他随手在土墙上摸了一把，把手上的尘灰抹到了我的后脑勺上。那是我开始人生记忆的源头。

　　常常是在午饭后，刚放下碗筷，母亲就对我说，上磨坊去，让海山给你把头剃剃。我走向村北的磨坊，远远看见磨坊的墙上画着一些穿绿衣服戴白口罩的人，墙皮剥落看不清面目，很多年后才知道，那些壁画记录的是中国人民伟大的朋友诺尔曼·白求恩在前线救治伤员的事迹。忘了说，那个时候，剃头是不要钱的，队里给海山记着全工分，他可以不下地干活，也不用发愁口粮的事情。我不能肯定，三十年后在南方的福建培田见到的这个老师傅，会不会就是老了的海山，当时天色阴晦，理发店里亮着昏黄的白炽灯，那些依然在这里消磨光阴的闲人，看上去更像是时光的蜡像或者标本。

我是农民中的"逃兵"

长久以来,有一个隐秘潜藏在我的灵魂深处,在我最感到事业上得意和生活安逸的时候,它就会跳出来,与我对视。每一次的对视,都会令我自省一番,失神许久。随着年岁的增长,它越来越频繁地跳出来,且目光越来越深邃,渐渐地,使我产生了一种愧疚和感叹。

其实,这并非我独有的秘密,它是所有背负着"鲤鱼跳龙门"后的农家子弟共有的心灵隐私。不同的是,当别人始终能够心安理得地享受命运改变后的狂喜,一生都陶醉在这种窃喜当中,并越来越贪恋衣锦还乡时的那份荣耀时,我却经常会陷入失落和不安的情绪中。

我不是要做忏悔,命运安排我在一个地方出生,途中又离开那里,对于我来说,没有任何罪过可言。我只是想做一个坦承,告诉别人和我自己：我当初泼了命地要考入城市、离开生养了我十几年的农村，并不是出于要成为国家栋梁、要为四化建设添砖加瓦的伟大理想，我只是无法忍受劳动的繁重和精神的绝望，想摆脱那种苦难，去寻找一个新的天地。我体验过劳动的快乐，也曾安享农闲的诗意和歇晌时的静谧。劳动是光荣的，但对于农民自己而言，它是一种与生俱来的能力，更是一种本分，没有光荣的意义可言；它的光荣之处，在于养活了不曾种地和不再种地的人们。给劳动下完光荣定义的人们，心安理得地享受着劳动的果实，某些人谈起农民来，语气和目光中流露着怜悯或厌弃的心态。而我却不能心安理得，因为我曾是个农民，我清楚粮食不仅仅是种出来的，它们一颗颗，都是汗与血凝结而成。

　　正是这汗与血，让我自省、失神、愧疚、感叹、失落和不安。

　　"一望无垠的田野上，金黄的麦子一浪高过一浪……"这诗意而壮美的景象，我刚上小学时就会朗读和背诵。丰收在望的麦田，的确是壮观的，但当我成为一个农民以后，守望麦田的情景和课本里的描写却无法重合。开镰之前，望着金灿灿的麦田一直流泻到天边，的确让人激动。当你弯下腰来，从一位观赏者转化为劳动者，一切就此不同：第一个反应是自己变成了一大块正在消融的水，在三伏天的骄阳炙烤下，全身上下都在淌水。捉摸不定的夏风偶尔会光顾你，让你在酷热和突至的凉爽的剧烈反差中打一个激灵，毫不夸张地说，在三伏天感到了寒冷。当夏风吹息身上的汗，它留下了一件与烈日合谋制作的薄膜，用来包裹你的全身。到后来，汗已不再出，但它形成的那层黏膜却越来越厚，并且渐渐发烫，只有汗腺发达的手心是冰凉的。用冰凉的手心去摸自己的后背，感觉像摸到了一块烧红的铁板。汗液形成的那层黏膜，在麦季刚开始的时候是看不见的，当大地上的金黄渐次褪却，人身上的黝黑渐次漫延,它会渐渐跟你的血肉渗透并生长在一起,在黑皮肤上形成淡淡的银色,角度适当的时候能够看得很清楚,像银粉,又像月光。这是农民特有的肤色。汗不再出的时候,手上就被镰把打出水泡,圆滚滚,很丰盈的样子。水泡并不疼,自己蔫下去就是茧子,但不小心弄破了就惨了,钻心的疼,根本握不住镰刀。手掌握不紧镰把,最容易打起水泡,于是水泡此起彼伏,令人苦不堪言。打水泡的同时,腰开始酸痛,弯下去直不起来,直起来弯不下去,最后腰背干脆失去了知觉,感觉脖子下面就是腿,腰背那一截是空的。我父亲告诫我:握紧镰把,弯下腰一气割到地头,千万不要直起身来朝前看。可惜我总是忍不住要直起身来望望离地头还有多少距离。望一次失望一次,信心就矮下去一截:怎么割了这半天,离地头还有二里远?每望一次,身上的痛苦就增加一倍,太阳又毒辣了一倍。在某一个时刻,我完全绝望了,倒在自己割下的麦子上,感到了一种走投无路的空虚。我想睡上一觉,却无法闭上眼睛,小鸟在白云下飞快地掠过,蓝天在白云后面那么明净,而我却比死人多口气。第一次,我在极度的疲惫之下,开始思索人究竟应该怎么活着的问题,同时感到了大于身体上的劳苦的精神痛苦。这时候,我的父母已经割到地头折回来了,他们割麦子的动作协调步调迅捷,像是两部精良的机器。我躺在那里,惊奇地目送我的父母并肩从我身边弯着腰刷刷地割过去,感到了一种伟大和悲酸。在北方农村,像我父母这样对极度的劳动习以为常的农民太多了,他们在超越身体痛苦的同时,达到了精神上的平和,一种带有宿命色彩的达观情绪。我曾经以为农民是麻木的,后来知道不完全是这样的,他们是认命的、本分的。假如你问起一位农民:你是干什么的?他会回答你:"受苦的。"我们那里的农民都这样回答类似的提问。这回答里没有任何抱怨和不平的情绪,它只是一个普通的回答,告诉你:"我是个种地的农民。"有限的文化，不足以使他们反思命运、审视人生。而像我这样不能安分守己受苦的人，多是由于脑子里所学到的文化知识作怪，——学识使我的思想活跃，对生活方式产生疑问，并最终背离了祖辈的人生观。我坦承：我是农民中的一名逃兵。

或者我不具备一个合格农民的禀赋，夏收是农民最重大的课题，而我却不能承受它带来的压力。我第一次真正做一名夏收劳力就付出了血的代价。我11岁那年，麦子长势喜人，穗大粒圆，丰收在望。但天气预报却带来连阴雨将至的坏消息。对丰收的渴望和对灾难的惧怕令农民们惶惶不可终日。我父母终日守在麦地里，看着麦子一点点变黄。他们与邻地的农民聚在一起忧心忡忡地看天，一次又一次拽下一颗麦穗来用手掌搓开，吹去麦壳，观察麦粒的成色，每个人都捻一颗麦粒扔进嘴里，用槽牙去咬，却总也听不到那象征成熟的清脆的破裂声。而天边已是黑云压压了。终于，他们决定提前开镰，——歉收总比麦子全烂在地里好。就在这龙口夺食的抢收关头，我接过了父亲递过来的一把镰刀，第一次成为一名真正意义上的农民。我努力地按照父亲教的动作要领去做：左臂揽麦秸秆，右手拉镰刀。可能是那种紧张的氛围令我心神不宁，也可能是尚青的麦根韧性太大，我怎么也拉不动镰刀。一着急，拼了命去拉，镰刀却滑开了，锋利的刀刃轻轻划过我的大脚趾，我只觉得那里微微有点疼，低头去看，大脚趾的指肚像蛤蟆叫一样张开了大嘴，白肉外翻，血还没来得及流出来。恐惧令我号啕大哭。很久，父母才忧心忡忡地跑过来问怎么回事。看到我的血把凉鞋都弄湿了，脚下的土地变成了黑色，母亲说："你就不看这是什么时候？！"父亲说："指望不上你，回去吧。"我满腹委屈，弄不明白父母怎么突然把我不当回事了，只好自己用一只脚跳着逃回了家中。后来，那年的麦子还是被连阴雨泡在了地里，麦芽长得像豆芽一样又粗又长,我们吃了整整一年粘牙的面。回想那时候因脚伤逃避了夏收的恐怖和劳苦,我当时是深为自己的侥幸窃喜的。但我不曾想到,我终究要成为一个真正的农民,到那个时候,一切都将无法逃避。

夏收中重要的另一项是打麦,这活儿在累之外又加了一个脏。麦子运到打麦场上后,农民就成了矿工。麦子上的粉尘将每个人露在外面的皮肤都罩上一层厚厚的黑垢,除了一口白牙,五官根本无从分辨。我成为一名壮劳力后,负责把脱粒机吐出来的麦秸扔到垛顶的工作。一把三齿叉,连续几个昼夜地挥动,劳累倒算不上什么,困倦使人也只会重复那一个机械动作了。那时候就是盼着脱粒机出故障,在机器停转的一瞬间,我就堕入了沉沉的梦乡。倒在潮热的麦秸堆里,感到了天堂般的舒服。机器重新响起的那一刻,又能够马上跳起来接着劳动。人的脑子,在这样的时刻,根本不会思考,完全凭借生物的机械本能工作。每年夏收来临时,我都会有大难临头的感觉,看到父母兴奋而平静地为抢收做准备,我迷茫又震惊,我一遍遍地思考一个问题:是我不正常,还是父母不正常?最后,我决定逃出去,逃到没有夏收的地方,没有汗与血的地方。如果让我一生承受身体的劳苦和精神的绝望,我宁愿选择死亡,否则,恐怕会疯掉。我决定逃走,而当时所能看到的唯一一条可供逃跑的路就是:考到城里去。

但我依然无法摆脱汗与血的浇灌。我们兄妹三人,每有一个考到城市里去,父母都要粜几千斤麦子来为我们凑学费,——正是无边的劳苦和无尽的血汗造就了我们这些叛逆者。而与我们同龄的伙伴们,大多数都陷入了另一个新的汗与血的轮回。住在精神病疗养院的诗人食指批评写"伤痕文学"的知青作家们说:你们这些生长在城市里的人,去农村待几年就叫苦连天,觉得受到了天大的伤害；可农民世世代代都在地里劳动，他们又向谁叫苦了？我钦敬食指的冷静和清醒，但他却没能告诉我：农民受苦对不对？假如农民拥有插队知青一半的学识和思想，他们是否还能心安理得地平和对待世代在土地上受苦的现实？他们是否会产生对命运和人生深深的思索，从而觉得很受伤？我觉得会的，我父亲因为爱好文学而获得精神追求，最终把三个子女送入了大学，这不能不说是出于一种反省。从这个意义上说，知青作家们的叫苦是一种精神呼救，而农民的世代受苦却是件毫无道理的事情。这么些年来，我一直在思索我从农村逃出来的对与错。我有近十年不从事体力劳动了，平时连出身汗都难得，手上的茧子早已褪去，黝黑的肤色也变得白皙，由一个农民真正蜕变成了一个脑力劳动者，从事着精神上的创造。我现在的生活质量（这个词对农民来说毫无意义）决非做农民时可同日而语。这一切，都源于从农村的出逃。我想，这条路我可能是走对了吧，但随着时间的推移，有什么东西却越来越令我不安。

写成于2002年9月21日夜
修改于2003年1月22日晚

对乡村的两种怀念

怀念大牲口

> 城市的街头，偶有一队拉着炭车的骡子敲打过午夜，总令我如陷梦境。
>
> ——题记

大牲口不唯指体形而言，更要说体态，仿佛相人。在与牲口同食同住同样劳累的过去的农民眼里，大牲口的定义是挑剔的：马是当然的大牲口，骡子也是，而同样体形庞大的牛和驴子就不配这个称呼。骡子除了耳朵比马大一些，体形体态均相差无几，好样的骡子比马还要高大剽悍,是当然的大牲口;而牛则过于呆笨和臃肿,还有两只恶狠狠的犄角,鼻孔里穿根棍子,蹄子也是裂开的,基本上算是破了相,顶多算羊的变种,毫无可审美之处,与大牲口的优雅相去甚远。驴子虽然有时在人的恶作剧里做一次马的丈夫或妻子,是哪一匹骡子的父亲或者母亲,但长相滑稽寒碜,尤其鸣叫不堪入耳,或有高大者也不过高脚的小丑,难入大牲口之流。据作家王小波的朋友刘晓阳说,草原上不能有驴子,因为马群见了驴子如同人见了鬼,大惊之下争相逃命,而驴子则视马为表亲,紧追不舍,结果就会把马的肺都跑得"炸"掉。看来,在拥有自由权利的马那里驴不但不可以是配偶,简直是可怕的异类。但在晋南的黄土高坡上就不是这样,除了长犄角的家伙,拉车一族基本上是可以通婚的。在这里,劳累程度不下于牲口的过去的农民,基本上是丧失了审美观念的,他们或许能够感受到优雅,但他们对一切赞美的表达只浓缩为一个干脆的字眼:好!在我的感觉里,它们对大牲口的定义是比体态更深层次上的"灵性",他们相信一切马通人性的传说,而对牛的麻木和驴的尖滑的成见根深蒂固。我曾想,农民们像牛一样呆滞麻木的外表下,其实包藏着一颗柔软和挑剔的心。他们对牛的瞧不起很大程度上由于它们映射着他们的生存方式,而对驴的近乎鄙夷的不屑,则说明农民对好逸恶劳的深恶痛绝。——但似乎也没有这么严重,驴的偶尔使脾气只是令农民们哭笑不得,他们抽打它,火冒三丈地喝骂它,最后干脆也坐在一旁跟它怄气,但车最终还是要拉走的;牛也不是绝对麻木的,偶尔在紧要关头也会像驴一赖在地上不起来,农民们就编了"老牛上坡,屎尿怪多"的顺口溜来嘲笑它。与驴子不同的是,牛的要赖是在努力之后才放弃,而驴干脆见困难就卧倒了。

无论如何,牛和驴的这些特点使它们无缘大牲口的称呼——也不仅仅是称呼，还有更实际的——称呼不同待遇就不同，牛和驴子吃的是草，而大牲口吃的是拌着豆类的草料，所谓"马不吃夜草不肥"，大牲口半夜里还要吃一顿夜宵，而主人三更半夜披衣起床拌料也毫无怨言——事实上，牛和驴子干的活计并不比大牲口少。农民极少单独称呼马或骡子，他们把它们统称为大牲口，对着它们说话、打手势，生了气也像打自己的儿子一样打它们，但对它们还是相当敬重的，下雨天耕作时总不忘把自家的炕单给它们当雨披，我想这种敬重情结不仅仅来自于传说。马的确是很娇贵的动物，但它们从不娇宠自己，它们卖力地拉车，有时候竟会因劳累筋疲力尽而死。这种足以使作为合作伙伴的农民们肃然起敬。听惯了古战场上义马救主、驿马奔跑而死的农民们，看见自己的马竟然也会为耕地大汗淋漓，怎能不心生感激。二十年前，晋南农村所有的牲口棚都叫马房，其他牲口的名字则被一以代之，忽略不计——只有马才拥有与人对等的"户口本"。

我见过的大牲口最威风的时候，是八匹高头大马拉着轮船似的胶皮轮大车从村中大道上隆隆而过，车把式的长鞭在半空中荡漾。驾辕的其实常常是一匹大青骡，气宇轩昂，状如天神。那个时候，马也是集体生活集体劳动，从未见过它们垂头丧气的时候，劳作时精神抖擞、热气腾腾，吃料时神情安闲、细嚼慢咽。农民们常常忍不住伸出手去抚摸它们潮湿光滑的头颈。我家曾有过一匹从部队退役下来的老骡子，它大概以前从未拉过车，往地里送粪时，每到路拐弯的地方，总是先站住转过方向，才继续往前拉，因此把前胛蹭破又生了老茧。但它始终温和如老人，我曾经出神地盯着它硕大的脑袋和俊俏黑亮的大眼睛看，心中充满了敬畏。而当尚不及它的肚皮高的我伸出一枝绿叶去，它又亲切地垂下头来叼住它，宽大的唇温柔地衔住，用整齐的大板牙噌噌地嚼。它感激地看着我，神色平静,我伸出手去,它就凑近来让我抚摸,送我一个又大又长的脑袋抱个满怀,带着浓浓的大牲口的汗息。

我们的伙伴中有一位的父亲是配种能手,因此我见过并无法讳言大牲口交配时的触目惊心。我们常常偷偷地趴在马房的墙头,看他双手端着大种马那湿淋淋的硕大物件准确地传送,他那个时候更像一个出色的修理工,对机器的零件和性能了如指掌,把握得游刃有余。而大种马则凶相毕露,咬着母马的后脖颈盲目热情。配种能手的本领主要体现在对催情药物的配制和对大牲口做爱的节奏的掌握。对我们来说,假如看到的是马配马、驴配驴都见怪不怪,假如是马跟驴交配,则会生出莫名的感慨,忍不住大叫起来:骡子,骡子!马跟驴配的结果的确要生骡子,这种性别不明的家伙常常被人用来互相辱骂。但假如忘记配种场,我们对高大的骡子同样还是敬重的。补充一点:我们那里把种马叫"儿马",把种驴叫"吊驴",而骡子的确是"阴阳同体"的怪物。

大牲口指的是耕地拉车的马和骡子,我不知道老骥伏枥志在千里对它们是否适用。二十年前的长辈们对不拉车的马和骡子直呼其名,十分生分。

常有小马驹跟上大牲口远途拉炭,不幸被公路上的汽车把蹄子压折了,就被用石膏包扎起来,每天三只脚站在木桩前沉默。它每顿喝上好的米汤,但如果骨头恢复得不好,最终是要被送去屠宰场的——出世不久的它,一旦丧失劳动能力,便注定要丧失生存的权利。那个时候,卡车已经多了起来,胶轮大车渐渐被闲置,大牲口也被分配到各家各户的名下,就是周立波小说《暴风骤雨》里描述的,虽然还在一座马房里养着,但已经属于私人财产了。后来,马房渐渐空寂,喜爱大牲口的拉回家去自己养了;喜欢农机的,就把大牲口转手,或者干脆送去屠宰场。大牲口渐渐被手扶拖拉机替代。许多年后，农村的牲口依然很多，但都是曾被瞧不起的牛和驴子，而大牲口几近绝迹——它们过于娇贵，动不动就掉膘，已经没人有心情和工夫费心照料它们了。我常常想，或许有一天，大牲口也会成为珍稀动物吧。

现在，我在回忆中越来越逼近乡村，然而我知道它们离我越来越远了，曾经是它们的王国的乡村，而今，它们已经绝迹。

怀念大土炕

铺被子。二十年前，睡的是大土炕。我们兄妹仨跟奶奶挤到一个炕上睡，冬天，为了省一炉子火，爸爸妈妈也跟我们挤在一块儿。

那年头，经常停电，正吃晚饭，忽然一下全黑了；半夜睡得正香，眼皮子突然烤得发红，电灯又亮了，照得人睁不开眼睛。所以晚饭后铺被子，经常点油灯。早就发黄的粉墙上人影巨大，摇晃着，像魔鬼。妈妈铺被子了，厚厚的被子先提起一头来，遮暗了半壁墙，"呼嗵"一声铺下去，灯苗子忽闪忽闪，很快又站正了。我们蹿上去，争着压被窝，被窝白天刚晒过，飞出香甜的尘土来，那是太阳的好味道。奶奶铺被子了，被子一头压在枕头上，驼着背膝行到窗根下，把另一头折回一点来，为了脚暖和。

我们在被子上滚来滚去，柔软的棉花下，是厚实坚硬的土炕，好不舒坦，好不踏实。妈妈说，压着被子别动，要不压不暖和。我们就不动了，弓着身子笑，像三条快乐的虫子。妈妈凑到油灯下去纳鞋底，等着去大队部开会的爸爸回来。弟弟开始哼哼了，想哭。

妈妈问怎么了，不听话，困了就睡吧。弟弟说屁股眼痒痒，拿手指头去抠。妈妈说肯定是肚子长蛔虫了，就拿火柴棍缠了一缕棉花，蘸了香油，叫弟弟撅起屁股凑到油灯下，把香油火柴棍伸到屁眼里去钓蛔虫。钓来钓去，没钓出来，弟弟嘻嘻地笑，我们也嘻嘻地笑。后来弟弟说不痒痒了，要睡，妈妈就让他趴到被子上先睡一会儿，别让火柴棍儿掉到屁眼里去。没有人说话了，我瞅着炉子里的火出神，胡思乱想一些神神鬼鬼的事。妹妹早就睡着了。

半夜里要尿尿，伸出手去觉得有点冷，才发现已经光光地钻进自个儿的被窝里了。炉子里的火照得屋子红通通的，一家老小的鼻息此起彼伏。远处有狗在闷声叫，模模糊糊，邻家屋檐下的鸽子咕咕地在窝里乱动。懒得再喊奶奶取尿盆了，趴在枕头上又睡了过去。

后来家里盖了新房子，大土炕不时兴了，个人睡个人的床，得站在地下铺被子，早忘了在土炕上跟被子摔跤的滋味。刚参加工作时，离家在外，租别人的房子住，床也是人家的，偶有一次坐在床上铺被子，倏忽间时光倒转二十年，冷寂已久的心被回忆化成了水，含着泪坐在那里，想起刚刚盖新房时，奶奶还在抱怨着：怎么不盘座炕呢？唉，叫人睡不踏实。

黄油布。桌面大小的一块黄油布，方方正正地铺在炕中间，穿开裆裤的弟弟妹妹在油布上爬来爬去，像两只蛤蟆在水洼里游泳。黄油布有点神奇，色调和质地都像百货商店里卖的果丹皮，光胳膊光腿刚沾上有点凉，转眼就暖和了。弟弟妹妹尿来尿去，拿块布一擦就没了尿渍。家里吃饭，各有各的位置，妈妈在灶前，就坐在柴火槽上，围裙还系在腰里，为了方便饭后洗涮；爸爸拉把椅子趴在灶台上吃，奶奶就率领着我们兄妹仨坐在黄油布上吃。我们把咸菜和蒸白萝卜条掉到了油布上，奶奶就捡起来吃了，也不在乎小家伙们天天在上面尿尿。黄油布，是我们童年的水洼和饭桌。

逢年过节，奶奶生日，亲戚们来了一群，黄油布就遭了罪。大家围坐在炕上吃饭，炕中间铺着黄油布，上面搁着比它小一圈的饭桌，桌脚把黄油布踩出四个凹坑来。后来我看到城里人把油布铺到桌子上面，感到奇怪，仔细一推敲，也不能把油布铺在桌子腿下，他们的桌子底下是地板，不是大土炕。

没必要保护炕单的时候，黄油布也会到院子里转一转。夏天的午后，奶奶把黄油布铺到院子里，把弟弟妹妹放到上头，叫我看着，她背了个布袋去大队菜园领大葱和黄瓜。院子里有八棵苹果树，树下长满了苔藓，屋子前面的这一块儿地凉爽而干燥，我们躺在那里看天，看云，看鸟，看蚊蝇乱舞。黄油布传递着大地的坚实和温和，我们滚来滚去，很舒服很快乐，累了，躺一躺，原来大地是个大土炕。

讲故事。爸爸是个矮个子，往土炕上一躺，就成了个大个子，头靠在被子垛上，脚跟伸到炕沿外。这个姿势，对我最具吸引力，那说明他要开始讲故事了。爸爸有一肚子的故事，啥时候讲倒一倒就是，讲起来还有点神道道的。但也有例外，有一次爸爸指手画脚地给我讲"草船借箭"，诸葛亮刚叫开船，有人来找爸爸了，他们抽了一会儿烟，说着话。来人走后，我叫爸爸接着讲，他习惯地问：讲到哪里了？我赶紧说要开船了。爸爸皱着眉思考着说，船开了说什么呢？我说讲诸葛亮在船里干什么呢。爸爸哈哈一笑说，在船里跟干部们开会呢，没啥讲头。他对妈妈说：我也开会去呀。下炕去了大队部。我觉得有理，就自己去睡了。

秋后的玉米棒子晾干后，用平底大箩装得冒了尖，抬到土炕上去，一家人围着脱粒。爸爸力气大，用一根铁刺把玉米棒子刺出一道道沟来，刺一道，像理发的推子在脑袋上削一道头发。奶奶和妈妈用手握着刺过的棒子，把籽粒全部拧下来，我们兄妹仨也插手帮忙。这个时候爸爸喜欢讲长篇侦破故事，弯弯绕绕，引人入迷。因为爸爸的故事讲得好，大伙儿干活儿都不觉得累，效率还挺高，一会儿一大箩，金黄晶莹的玉米粒溅得土炕上到处都是。

我上初中后，才发现爸爸是个文学青年，偷偷地写小说，他的柜子里有一捆捆的退稿。爸爸讲的故事，有的是从书上看的，有的是他自己编的。

听广播。土炕上除了我们经常尿尿，每天还要专门给墙根倒碗水。那里插着一根铁丝，铁丝连着窗户框上挂的广播。广播与后来的收音机不同，需要有一根铁丝做地线，播放效果不好，播音员嗓子里像有了痰，只要给地线上浇上一碗水，播音员的嗓子马上就下了火，声音变清晰了。

我和爸爸妈妈都爱听广播里的评书和长篇小说连播。奶奶听不懂，每天中午十二点半，她做饭，其他人听广播。总觉得评书太短，还没听几句就且听下回分解了。不过爸爸还是很满足，从集市上买回一个外面有漂亮的木壳裱着花纹布的新广播，但我觉得效果不如旧广播好，说评书的人像感冒了。

那时的广播其实就是个扬声器，把现在的收音机、录音机里的扬声器拿出来，放大几圈，就是广播了。它的节目来自镇上的总机，属于最早期的有线广播。后来就有了那种带木壳的，还有一个跟电灯上一样的开关，不想听了，拉拉绳子就没声了。不过开关很少用，因为广播总是中午才开播，下午就没节目了。

评书之后是"每周一歌"，一个星期播七遍同一首歌。每周一歌时间我们吃午饭。坐在土炕的黄油布上，正午的阳光从窗户纸中间那一小方玻璃射进来，能看见有细尘在飞舞。妹妹只吃奶，妈妈就喂我和弟弟吃饭，萝卜炒面条，我们吃白面，大人吃玉米面。吃两口,站起来跑一圈,夏天土炕上就是一张篾席,上面铺着炕单,赤脚踩在上面,又滑又坚实。在土炕上跑,是永远找不回来的结实的乡愁了。

原载《人民文学》2000年第12期

大风到来之前

　　起初，村子在大地上就像一泓平凡到随处可见的水洼子，没有风的天气里表面上连个水皱皱也不见，人都像那孑孓和鱼苗在水草间游荡，从外面别想听到有什么声音，更猜不到水里有没有活物在，有多少。

　　接着天气就变成了春二三月，太阳还没有解开倒春寒的冻，有点亮堂堂的，仍然感受不到一丝温暖的火力。在大风到来之前，村子还是那么安静，不生不灭，迹象全无。

　　"小鸡儿——乐呵！"一声吆喝，仿佛蒲剧开唱前的叫板，拉开了一切卑微而壮阔的生灵的舞台序幕。一个外面来的汉子，黑筋筋的，挑着一副担子晃悠悠地进了村街。担子两头是两摞笼屉似的笸箩，笸箩上罩着绿莹莹的窗纱。通常，汉子后面会跟着他或肥胖或干瘦的婆娘，包着花头巾，一见巷子口有人闻声出来问询，就紧扭几步赶上男人，头上的包巾已经抹到了脖子上成了围脖，瑟缩在袖筒里的双手也甩将出来，开始指派她的男人做生意。

笸箩刚落地，绿窗纱还没来得及揭开，久违了整整一个冬天的啁啾鸟鸣就喧闹开来，逗引得那些急不可耐的眼睛从窗纱的窟窿眼儿里探看那些滚动的黄色小绒球儿，同时生机在那个瞬间从每个瞳孔里解冻，并逐渐让那些过于沉静的表情活泛起来。

金黄色的小鸡娃娃像一片跳动的绒球，让人眼前一亮，像一个个太阳的孩子，照亮了乡村的初春。阴影里，它们瑟缩在一起，但只要笸箩被推到阳窝地里，它们就活跃起来，不知天高地厚地追逐伙伴，啄食着并不存在的食物。事实上，这样的啄食不过是一种求生的意识和仪式，刚出壳的鸡娃娃喙尖儿上都包裹着一层角质，是啄不到东西的。只有被人买去，主人才会用指甲帮它抠掉角质，让上下两片喙能咬合起来。鸡的一生没事了总喜欢左右偏着脑袋在地上摩擦自己的喙，就是与生俱来的求生本能的延续。

村里人生来把命儿看得轻，把生死看得淡，人命不金贵，鸡犬一类就更不值钱。买几只鸡娃娃不是什么延续生命的仪式，就是给生活的链条接续些儿物事。下地回来的，串门儿路过的，看见卖鸡娃娃，就蹲下来看个热闹，顺手摸摸裤兜里有没有个块儿八毛的，有的话把挂在锄把儿上的草帽儿反过来，壳儿里就放得下十来八只的，或者从裤兜里抽出一条皱巴巴脏兮兮的手绢儿，像在野外拾到几颗山杏儿野果子一样，先把手绢铺在地上抹平，把鸡娃娃放上去包起来，就那么提着，在手绢儿里冲撞着，啁啾着，提回家去。更方便的，是像掬着泉水喝一样把双掌并起来，就那么端着几只回去也解决问题。

那卖鸡娃娃的汉子，仿佛数学很精通，也有些训练禽鸟的本领，不用一只一只的抓给你，也不用一双一双地去数，就把笆篱似的大手插进笸箩里去，扒拉着那些活蹦乱跳的小生灵，嘴里数着："一五，一十，十五，二十。"数百金黄的弹球似的小东西就像被施了定身咒，碰到那粗大的手指就不能动弹，被扒拉到一边，乖乖地待着，挤在一起喊叫，最后被一双手掌捧起来，像掬着一捧粮食一样放到新主人的草帽壳里、铺在地上的一方脏手绢里，带着惊恐和咏叹的声调开始新的生命历程。

卖小鸡成为一门营生其实勉强得很，那个年代村子里的鸡都是放养的，让母鸡孵鸡是每个农妇都精通的本领，只是母鸡只有抱窝才肯遵循天性干这样的活计，而母鸡什么时候抱窝纯粹靠天性支配，想让它好好下蛋，它偏偏抱窝，每天赖在下蛋的草窝里占着茅坑不拉屎；想补充一群小鸡了，满院子的母鸡就是不抱窝，干着急没办法，这个时候只有盼着卖鸡娃娃的来。粮食金贵，鸡只有放养才勉强吃得饱，鸡蛋舍不得自家吃，要攒够一篮子提到集市上去卖掉，那是一家子的油盐和穿戴的来源。鸡蛋作为重要的经济来源，母鸡的屁眼儿就很要紧，农妇们有一种本领，一边往地上撒玉米和高粱，一边打量母鸡们的脸色，看见芦花鸡或者小黑鸡的脸红了，冠子也红了，就趁它们不注意一把抱起来，把中指伸进鸡屁眼里面去，探不到东西就骂一声扔地上，探到有蛋就小心翼翼地放脚下，然后嘱咐晒太阳的老人和乱跑的娃娃们盯紧了，别把蛋下到邻居院子里面去。

鸡蛋是如此的金贵，母鸡也跟着比公鸡值钱。刚买回来的鸡娃娃，看不出公母，要捉住两支红色的鸡腿倒提起来，娇弱地垂着头低声叫唤的就是母鸡，那些能把脑袋向后弯曲到尾巴那里的强壮的家伙，几天后就会长出长腿和大冠子来，将来必定是些趾高气扬的公鸡。这些趾高气扬的家伙嘴长嗓子大，半大小子不知道给母鸡献媚，一味地抢吃食，最多养到三个月，就得逮住了，用布条绑住翅膀和双腿，挂在自行车笼头上，带到集市上换钱。满院子的母鸡，只留下一只公鸡来陪伴，一来有公鸡踩蛋母鸡肯下，二来自己孵鸡的时候鸡蛋里面有生命。

　　院墙外一声吆喝："小鸡儿——乐呵！"正弯着腰挪动脚步的祖母就会站定，慢慢地转动脖子，扭过脸去，浑浊的眼珠盯着门口，嘟囔一句："没几只鸡了，都不好好下蛋，该买些鸡娃娃了。哼，也不知你妈怎么打算的，算了算了，管不下，人家也不让我管。"愤愤地走向厨房，扶着墙把小脚抬上台阶。从我记事起，祖母就是很老的老太太，永远穿着一身黑色的粗布衣裳，系着灰色的围裙，围裙是半连衣的，前襟用一个布纽扣系在脖子底下的扣眼里，倒置的桃心状的围裙前襟上绣着一朵小小的梅花或者是两片绿叶子，当娃娃们问起时，祖母会漫不经心地回答说："五朵梅么。"她的意思不是有五朵梅花，而是梅花有五个花瓣。祖母是小脚，一生足不出户，她的脚太小太尖，下地会戳到土里去。因为不出门，她一生身上从来不装钱，偶尔在地上捡个块儿八毛的，揣不暖和就会给了儿子或者媳妇，问询是不是他们不小心掉的。

　　像买小鸡这样的经济事件，祖母是不会做主的，家里的事她什么都不做主，但是什么事都会操心，什么节令该干什么，人和畜生该吃该喝，全在她心里装着，就像一块程序复杂的闹钟，到点就会敲响。你不落实，她还会重复地去敲钟，直到把问题解决。很多事情上祖母看不惯我母亲，但她同样操着我母亲的心。天黑了，儿子媳妇下地还没回来，她生好火熬上米汤就会站到门口去等，天像她的衣服一样黑，来往的人根本看不到门口还站着个人，她就那么站着，直到听到巷子口有交谈的声音传来，才嘟囔着转身往回走,埋怨着。我调皮捣蛋,作业写不完,被老师扣在教室里,很晚才能回来。一进巷子口,天黑的根本看不见路,我试探着喊一声:"奶?"祖母就会在大门口答应一声,让我顺着她的声音找回家。我从小就知道,祖母永远站在那里等着我。

我小时候调皮,经常挨揍,老师打,同学打,父母打,在这个世界上只有一个避风港和保护伞,那就是祖母的怀抱,她就像一只黑色的老母鸡,随时张开翅膀把我揽入怀中,同时瞪起眼睛,扬起铁一般的喙来准备为我而战斗。祖母是个性格刚强却与人为善的人,只有当我受了委屈时她才会不那么尊重老师,找到老师家中去评理;我被赖小子们截住打,她就像超人和蜘蛛侠一样及时出现,拍打着黑色的翅膀飞来解救我;我偷了父亲的钱买零食,父亲虚张声势地要揍死我,祖母把我揽在她黑色的巨翅后面,一头撞到父亲的怀里去要跟他拼命。三十多年来,她是这个世界上最爱我的人,她活着的时候,我在这个世界上对于一个人来说最重要,她死后,我就不是对于某个人来说世界上最重要的那个人了,我从此不再是谁的最爱。

同样作为生灵,有些被赋予延续生命的责任,而有些则注定要被剥夺繁殖的权利。春天的大风到来之前,和挑着笸箩卖鸡娃娃的汉子前后脚来到村子里的,还有骑着辆叮咣乱响的破旧自行车、车笼头上系着条被油腻到发黑的红布条的驼背老汉,拉扯着嗓子路过每家门口都吆喝一声:"有劁猪的吗——?"他谋生的手艺就是用一柄磨得飞快的镰刀头和一根被砸扁后磨出刃的钢丝剥夺公猪们传宗接代的权利。猪崽们从集市上抓(买)回来,要趁小把伢猪的睾丸劁掉,这样它们就不会在成长过程中想入非非,变成除了吃就是睡的主儿,长膘快出槽早,可以早点换钱给娃家交学费。那是一种相当残酷的手术,劁猪匠半跪着,把伢猪的头压在膝盖底下,打开脏兮兮的军用帆布挎包，拿出几样简陋的家什来，先把藏着睾丸的后腰部位的猪毛剃光，也不注射任何的麻醉药品，下镰刀头就豁开个口子，插进两根手指去把睾丸抠出来，再用钢丝砸成的刀片剥开上面包的薄膜，两颗蚕豆状的猪睾丸就被挤出来。问一声主家要不要？不要就挤地上，掉到尘埃里，被浮土包裹起来；要的话就挤在递过来的小碗里，清清白白，稍微用凉水洗一洗，放锅里煮熟了，味道跟多年后流行吃的鹅肝差不多。据说这东西人吃了能增强性功能，但大人多半不愿意吃，都当零食让小孩吃了，我至今还记得那种香喷喷软绵绵的口感。

　　劁出睾丸来，拿着粗针大线把创口缝上几道，就地抓一把浮土抹伤口上，膝盖一松猪崽就跳起来跑掉了，该吃吃该喝喝，跟没事一样。只是从此就安分下来了，也不会跳墙了，也不会咬架了，除了吃和睡，再没有别的思想。

属于"晋南虎"

当然,没有这个亚种,不过暗指属虎的晋南人罢了。然而,在那远古洪荒时期,晋南腹地平阳,正是帝尧陶唐氏建都的国中之国,也即中国的源头了。当其时,北依霍岳,西傍汾水,珍禽异兽咸集,难说没有老虎。据传说记载,彼时晋南竟然是有象的,说的是虞舜少时被父亲和后母、弟弟陷害,不得已离家到历山耕种,他以德报怨,尽心竭力侍奉双亲,孝心感动天地,于是乎大象来帮他耕田,百鸟翔集帮他播种。不但有象,被誉为霍泰山的霍麓之巅,据《洪洞县志》载,盛产白皮松、五色花、双头蛇、万年灯,有个把老虎,也不是什么新鲜事情。我小时候,尝听老人讲:老虎是山神,活到五百岁上,浑身的毛就会变白,成为"白虎"或者"雪虎",再活五百年,到一千岁的时候,就化作一道白光遁入地下,变成"虎魄",也就是珍贵的"琥珀"了。因为有"虎魄"在地下，晋南这块厚土自古人杰地灵，帝王将相才子佳人层出不穷，属虎的人又多为翘楚。

晋南农村风俗，娃娃落草，起名多用属相，尤其爱用大属相，属龙的叫"金龙""玉龙""云龙""海龙"，属虎的则多用一个单字虎，"赵虎""李虎"，有趣的是我们村有家姓白的，哥哥叫"白虎"，弟弟叫"白小虎"，我小时候经常偷偷观察白虎，觉得他虎背熊腰，眉棱突出，地阁阔大，怎么看都像一只直立行走的大老虎。这家人，属于我的长篇小说《母系氏家》里，南无村"不同的年代收留的零落的几家外姓人"，不知他们来自哪里，但入乡随俗了。我自己也属于按属相取名字的，此事说来话长，我们这个家族的长孙是我的堂兄，他出生时村西驻有军队，于是他被命名为"军军"，他同年出生的还有"军锋""军海"。我出生的1974年是个虎年，母亲很随意地跟着我堂兄"军军"给我起了个名字叫"军虎"。这个名字一直用到小学毕业，上了初中我突然出落得像个女孩子一样清秀，老师们大概觉得有点俊俏，常常把我的名字写作"俊虎"，造成考试分数登记的名字和学籍卡上的名字不一致，很是麻烦。我自己也觉得"军虎"和"俊虎"都不通，便自行改为"峻虎"，山中的老虎才有气势嘛。不想，又常被误写为"竣虎"，岂不是咒我玩完！

比及考到省城求学的那个暑假，突然得到一本古书，很开天眼，说的是远古有异兽麒麟和六骏，六骏者简称"骏"，它可不是马，是一种凶猛的神兽，专门以虎豹为食，其他什么也不吃，老虎见了它就变成了小猫，乖乖地跟在屁股后面等着人家什么时候饿了当点心。而且这"骏"颇为诡诈，不但要吃老虎，还要找到吃它的正当理由。骏卧在大树下，吩咐老虎去叼个活人来孝敬它，吃了人就不吃虎了。老虎赶紧下山去叼了个人来。回来不见了骏，老虎想去找骏，又怕人被别的猛兽叼了去，就在大树下刨了个坑，把人埋进去，用浮土枯叶盖上，这才离去。不想骏就在树上藏着，老虎走了，它跳下来把人放跑，再把浮土枯叶盖上，三蹿两跳奔到老虎前头去等着。老虎见到骏，赶紧献殷勤，领着它回到大树下。刨开坑一看，人不见了，老虎就吓瘫了，骏大怒："你竟敢骗我，那就别怪我不客气了！"——骏者，老虎的天敌和克星也。

翻书至此，只觉灵犀之中有微风轻拂：我姓李，"李"通"离"，也就是离开的意思，"李骏虎"即通"离骏虎"——离开"骏"的"虎"——离开天敌和克星的老虎，当然奔腾跳跃吉祥如意了。于是，先把笔名用作"李骏虎"，参加工作后索性跑到派出所，把本名也改成"李骏虎"了。这么些年，发现叫"军虎""俊虎"的也有那么几位，但与我重名叫"骏虎"的，只有一位，但这位仁兄不姓李，他姓祁。我和这位大我一轮的仁兄有过一面之缘，总是想起那个"骑虎难下"的成语来，很想把那本古书上的事讲给他听听，建议他改改那个"骏"字，又觉得不是太熟，未免唐突，但是至今记挂着这件事。

因为属虎的都爱叫个什么虎，还有一些笑谈，有些笑谈还很雅。再说孩提时，我小脚的奶奶抱上我去巷子口闲坐，后巷的阿成妈有个比我小两个月的孙子，尚没有起名字，问我奶奶："你家这个娃叫什么名呢？"我奶奶答："叫个'军虎'。"阿成妈说："属虎的叫虎好啊！你家娃叫'军虎'，我家孙子就叫'兵虎'吧。"我那位"年兄"就跟着我这个"军"当"兵"了。再后来我弟弟出生了，他属马，但不好叫个"马虎"，更不能叫个"军马"——驻军有个军马所紧邻着我们的村庄。因为是我这个"军虎"的弟弟，就被大家叫成了"小虎"，在北京工作多年，如今都快当爹了，也还是叫个李晓虎。后来他也写小说，笔名叫"李骁虎"，2002年在《当代》发表长篇小说《有人跟踪你》，选刊选目的时候，统统把作者写成了他亲哥"李骏虎"，一气之下，改了个笔名叫"马顿"，也从了属相了。——我猜，牛顿莫非是属牛的？

　　不久我的同年兵虎有了个妹妹，他奶奶赶紧让叫了"虎女"，怕这样好起的名字将来被我妹妹抢了。虎女两岁的时候，我妹妹出生了，我母亲压根没想让一个姑娘家叫什么"虎女"，她早盘算好了，让我妹妹跟着我表姐艳芳叫了"艳丽"。虎女奶奶对我妹妹这个名字颇有微词，她对我奶奶说："不连，不连。"我奶奶豁达地说："连不连吧，人家想让叫啥叫啥。"就是这样了，无论兵虎的妹妹天生丽质还是臃肿粗笨，在村子里，一辈子就是个"虎女"了。我长大后，为之惋惜不已，纵然吕布在拒婚袁术时有过名言"虎女安肯嫁犬子"，他的女儿也没直接叫个"虎女"。都是她哥属虎惹的祸，而他哥叫个"兵虎"，又是被我这"军虎"带坏的，——屈指算来，那竟然是三十六年前那个虎年的故事了。

　　后来读老舍先生的《骆驼祥子》，很多年里，我老是觉得里面的那个"虎妞"，一定跟我们后巷兵虎的妹妹"虎女"是同一个人。

原载《天津日报》2010年4月15日"文艺周刊"

那年花好月圆时

　　虽然从未当面对他表达过，对我的人生观念影响最大的人还是我的父亲，他奠定了我一生的价值取向和个人志趣。包括我在内，我家三代务农，但自祖父起就爱舞文弄墨，到了父亲，居然写起了小说，我是第三代农忙扛锄头农闲抓笔杆的。祖父和父亲都被村里人认为不是正经庄稼人，尤其是父亲，整天翻着科学种田的书籍，照本宣科地种地，养蘑菇、熬糖稀，孵小鸡，折腾得屋子里很多年都没办法住。父亲也因此常常招致老农们的嘲笑，但他有一项成就令那些出色的庄稼把式们不得不服气，那就是我家作为经济作物的棉花年年高产，那个年头棉花就是摇钱树啊，老农们很爱面子，但还是假装串门干咳着向我父亲打听棉花生了红蜘蛛书上说该打什么农药。正是因为棉花种得好，父母才有经济能力让我上了中专，弟弟妹妹读完大学。也是从我们兄妹三人出外求学开始，一家人聚少离多，总是在暑假或者寒假里，弟弟妹妹才能回家，这时候赶巧我也能回去几天，就是父母的节日。母亲总在这时候唠叨她的病痛，享受地听着我们关切的询问。后来我带了女朋友回去，和未来的儿媳妇还有女儿在一起做饭，就成了母亲最大的快乐，她倾尽所学把自己并不高明的厨艺教给她们，兴致勃勃诲人不倦。但这样欢聚的时刻太短暂了，为了经常让父母听到我们的声音，大家共同给家里安装了一部电话。父亲那个时候已经是副镇长，恪守以德立身，遇事总是为别人着想，于是每年中秋节同事们都回家团聚了，他主动留在单位值班，家里只有祖母和母亲念念叨叨地蒸兔娃儿馍，供奉月饼和瓜果，按照习俗焚香拜月，祈祷我们这些不在家的学业有成健康平安。

就这样二十年来，一家人几乎没有在一起共度过中秋团圆节，记得我刚从洪洞报社调到山西日报工作的那一年中秋，一家六口人居然分了五个地方过节。晚上下班后我在报社写小说，父亲也在镇政府值班，他给我打过电话来，说他写了一首打油诗，念给我听：

　　中秋华夏团圆节，独坐窗前望明月。
　　举家老小人六口，东西南北居五地。
　　大儿省城当编辑，次子平阳读高校。
　　小女塞北学外语，慈母弱妻守庭门。
　　万户欢聚我未能，心不烦愁却常喜。
　　锤炼为国栋梁材，两辈立志事业成。

我一句一句用笔录在稿纸上，眼里噙着泪花和父亲有说有笑，给他谈我的理想和抱负。挂了电话，我又辗转给弟弟、妹妹打通电话，给他们念了这首诗，大家都挺心酸，又很受鼓舞，虽然一家人身不在一起，但心心相系，互相挂念，互相激励，这就是最好的团圆。

两年后弟弟大学毕业参加了工作，我松了一口气，觉得是时候完成自己的婚事了。恰逢中秋节，匆匆赶回老家，屁股还没坐稳，我就在厨房里发布了这一消息。母亲正在烧水，父亲正在洗脸。他们不约而同看了我一眼，父亲笑了笑，而母亲哼了一声，又转过头去添柴，一脸不相信的微笑。第二天天还不大亮，我蒙眬中听见院子里"咣当"乱响，夹杂着父母的对话声。后来又响起了刺耳的电锯声，出来一看，墙根泥棚子下的木头散放了半院子，一个木工正在忙活。我问这是干什么。母亲说，给你做家具呀，结婚没家具怎么行。下午，母亲拉了个平车出去，摇摇晃晃拉回个老掉牙的织布机来，一边调试一边唠叨：这年头，连个织布机也不好借了，都快不兴这了，得赶紧给你们织两匹做床单。母亲"咣当咣当"耐心地织了起来，一根线一根线密密地排。看着母亲浑身是劲儿的样子，我想起刚回到家时，母亲说她腿疼得厉害，走路都不太方便了，但今天她分明像换了一个人，行走如风，发丝都在飘飞。

母亲的身体原本不错，二十年来，为了凑足我们兄妹仨每年的学费，母亲日夜侍弄那几亩棉田，天不亮就下地，满天星斗了还回不来。母亲的腿疾就是二十年来蹲在棉花地里打芽子、捋"毛腿"落下的"职业病"。父亲调到镇政府工作后，工资微薄，母亲一个人从地里刨出来的收入就更显得重要了。我们兄妹仨每考上大学一个，母亲都明显地苍老几岁，多添几样毛病，但她的腰杆越挺越直，精神总是很振奋，在左邻右舍羡慕的赞誉中陶醉着，默默地忍受着身体的病痛。我刚到山西日报工作的时候，有一次为了给中国传统纺织技术拍个世纪末存照，我求助于母亲，母亲叫来了几位婶子大娘，组织她们从纺线到刷布再到织布，把整个工艺流程演示了一遍，忙了好几天。为了答谢婶子大娘们，我给很少照相的她们每人多洗了几张照片。照片寄到的那天，正下着小雨，母亲戴一顶草帽，挨家去分发。后来这一组照片在省报上以整版的专题发表，我寄回去几张报纸，婶子大娘们挤在我家高兴又羞涩地议论着报纸上的自己和别人。后来这张报纸被弟弟所在大学的教授拿去做了课堂教学挂图，母亲才感到自己组织参与了多么有意义的事情，得到学校的认可，她才觉得有了价值。

我的婚事早就提上了父母的议事日程，但我们总不着急，一拖就是好多年，每次回家母亲都要唠叨，说东家比西家，而我总是打岔。那个中秋节我的决定实在也是为了了却父母的心愿。织完布，母亲又忙着去摘棉花。我走的时候，重申了结婚不要家里钱的原则，但母亲说，今年棉花还好，能卖个几百块。回到太原，给家里打电话，没人接。后来父亲打过来电话，说他镇上这几天很忙，缺一个打杂的帮工，母亲就自告奋勇来了，因为可以挣一点补助。我问地里的棉花怎么办，父亲说，你妈说晚上回去早一点加个班就是了。我说妈的腿疼啊。父亲说，你妈说全好了。我的泪就下来了。

祖母去世后，我也有了孩子，就把父母接到太原来专职看孙女，每逢中秋节，常要陪着父母回老家看望亲戚长辈、拔拔老院子里的草。弟弟妹妹也都各自成家在外，工作忙，一家人依然无法团聚，但无论大家身在何方，心里的幸福总像花儿一样开在一处，每个中秋都是花好月圆时。月辉清冷，但亲情的温暖，永远是我们人生路上取之不尽用之不竭的能量之源。

力不从心

最近常常觉得力不从心，许多事情不是没有精力去做，而是无心去做。我偶尔会悄悄凝视一下父亲脸上的皱纹，寻找着自己将来老了的痕迹。

总的来说我是个心思沉重的人，把许多事情都看得过于认真。但这些年似乎有些欺心，总是在找理由骗自己。比如打算每年给父母体检一次的事情，总是一拖再拖，看着终日蹒跚的母亲和日渐消瘦的父亲，心里就会疼一下，对自己充满自责。原来以为这样的懒散来自于自己小小的成就感，现在看来，其实是经不起挫败感，我并不像自己以为的那样经历丰富运筹帷幄。

很多事情适得其反，我十八岁那年意识到自己是这个家里的长子、长兄，开始以挑起家里的重担为荣，觉得照顾父母责无旁贷，弟弟和妹妹的前途命运也掌握在我的手里，我有责任为他们设计人生蓝图和发展方向。至于后来的未婚妻，她当然是我的附属物，我乐于为了她的幸福而奋斗，让她应有尽有，就是我的成就感。很多年里，一切都按照我的意志一帆风顺地进行着，虽然有时候会累到吐血，但从来没有筋疲力尽的感觉，总是充满着力量，也就是说，我曾经是个乐观派，一个理想主义者。

然后，这些被我呵护有加的人便开始造反了，让我始料不及。先是弟弟，他那年七月份大学毕业，但四月份我已经把他引荐到山西日报社的《三晋都市报》工作，我这个做大哥的，从来没有意识到他已经长大，虽然他已经高出我半头，我还是觉得他应该像小时候一样天天跟在我屁股后面，言听计从。弟弟从大三就开始给我主持的副刊写稿子，他的生活费很大一部分来源于稿费。一年后，已经转正并成为业务骨干的弟弟决定离开报社去北京发展，后来，弟弟才跟我说了真心话，他说：老大，你把我管束得太严了，跟你在一起我基本上没有自我，所以我必须离开你的阴影。我笑着听他说话，心里伤心死了。

接着就是妹妹大学毕业，她学的是英语专业，那年头毕业生找教师工作首先要试讲，妹妹很优秀，形象气质也好，我打的带着她和她的同学到太原的各个中学试讲，妹妹总是第一个被留用。后来她自己选了一个很普通的中学，我不理解她为什么不选名校，妹妹说：我只想过普通人的日子，名校压力太大。我很惊愕她小小年纪就形成了自己的人生观，同时也有一些小小的失落感。我带着妹妹去太原市教委办理分配手续，以为没有关系这是很困难的事情，我首当其冲地把自己省报记者的名片递给教委的工作人员，希望他能关照一二。那人拿上我的名片研究了半天，笑了，他说：你妹妹办手续，你来干什么？人家学校决定录用，我们把档案转过去就得了，还用得着你这么大记者？我脸红又释然，我毕业那年正好赶上国家不包分配，毕业生和用人单位双向选择，费死劲了，谁能想到妹妹的分配工作这么简单？妹妹倒很淡然，好像比我年长许多。而就在一年前，她大三的时候来太原考研，我担心她自理能力不行，更为她的安全考虑，一日三餐都让她跟我一起吃，只要她出门坐公交，我必定跟着去。我严令她不能骑自行车，车多，太危险。事实证明，我的担心不是多余的，那年冬天，考研开始，从小成绩就好的妹妹第一天两门考下来脸上就乐开了花，这一天的考试都是我打车从山西日报送她到山西大学考点，然后我再回来上班。中午再打车去陪她吃饭，考完了打车去接她回来。第一天的顺利让我掉以轻心了，第二天因为有采访任务，我存着侥幸心理让妹妹一个人坐3路电车去山大考试。结果，就出事了，在电车上被小偷把准考证偷走了，补办要身份证，而她的身份证还在七百里外的大同大学（当时叫雁北师院）。考场说啥也不让进，我找遍了我可怜的关系网，最终无力回天。这是我这辈子最遗憾的事情之一，如果不是我的疏忽，妹妹也许有更光明的人生前景。妹妹倒是很淡然，她反过来劝我。事实证明，这几年来妹妹结婚生子，有一套旧房还买了新房子，过上了幸福安定的生活，倒是比他哥美满了很多。

　　弟弟妹妹都参加工作后，我一推再推的婚事提上了计划日程。我的未婚妻和我谈恋爱的时候，刚中专毕业，十八九岁的样子，典型的晋南小城的娇生惯养的女孩子。但她却是我生命中最重要的人之一，是我的恩人。当年，我在那座小城徒有虚名而一文不名，娇生惯养的她每天清晨六点起床，骑着自行车跑到郊区的养牛户，给我打上二斤牛奶，买上两颗鸡蛋，再哼哧哼哧地骑车回城里，爬上县报社的四层楼，给我热好牛奶煮好鸡蛋，然后才叫醒我起床。为了我能吃上一口热饭，她主动承担起他们家的做饭任务，把馒头蒸得小小的、多多的，菜也炒很多，悄悄给我藏起来。自己匆匆吃完饭，然后找借口出门给饥肠辘辘嗷嗷待哺的我送来。那两年，她们家吃啥我吃啥，她妈不明就里，很高兴地说：最近咱家人饭量见长啊，面下得很快么，这是好事情。后来在她的鼓励下，我被破格录取到了山西日报社，孤身在外的那些年里，我们鸿雁传书，那是我真正写情书的年代，一点不违心，我是那样的思念她，以至于能数年独善其身抵挡住了所有的糖衣炮弹。2001年，我把那个满头别着黑色的铁丝发卡的小城丫头娶回了家门，婚后一周我把她带回太原，她好土啊，上了公交车都不知道拉拉环，拽着我的衣领攥着我的胳膊，还悄悄地问我：车顶上吊的那些圆环是干什么用的？我赶紧捂住她的嘴，生怕别人听见。

我给我新婚的妻子找下了工作，在太原南城的经济技术开发区，每天坐公交车上下班要一个小时左右，但新的生活和新的工作让她兴奋不已，并不觉得辛苦。后来她干脆让我给买了一辆二手自行车每天骑着上下班，我怎么能放心啊，开始每天自己骑着车子跟着她，后来实在忙不过来，就让她一个人去，但我的心总是揪着，觉得没有我她随时会出事。有一天，我妹妹来家里，她们俩一起开我的批斗会，声讨我对她们的能力评估过低，对她们没有起码的信任。两个年龄只差八天的丫头异口同声地损我：哎呀，你就放手吧，把你累死了，把我们也累死了！事实证明，她们是对的，我过于放大了自己的作用，低估了她们，不久后，我的妻子对太原的道路和商铺比我熟悉多了，我去什么地方，还得向她请教。我给她买了一辆小越野车，她开得飞快，有一次我的司机开着车跟在她后面去饭店，跟着跟着就跟丢了，让人啼笑皆非。经常有朋友笑着告诉我：那天碰上你老婆了，开车真猛啊，后排座的婴儿椅上还坐着你们家小丫头，这母女俩一个表情，厉害啊。我想象得出那母女俩那一样的疯劲，又好气又好笑。

弟弟刚成家时，经济上不能独立，我去北京出差总是悄悄周济他们，刚开始的时候，他们每年的房租都是我给付。后来有一次，弟弟宣布：以后你再不要给我钱了，我自己能生活。我有些惊讶，但更多的是高兴。很多年里，父亲和弟弟都穿的是我的衣服，买衣服时，我会故意把号买大，然后说不合适，理所当然地送给弟弟。我也会借口衣柜太满，让妻子收拾出来送给父亲。闺女出生后，因为亲戚朋友太多，大部分的小衣服没拆包装就不能穿了，所以弟弟的儿子出生后的最初两年，穿的都是他姐姐的新衣服，总被人误会为小姑娘。

曾经我对这个大家庭的掌控游刃有余，现在我有些力不从心了，我只能坚守最后一个目标，那就是父母尽量健康的年头长一些。母亲的腿疾是大半生劳累的后遗症，只要有好药，我不看价格就会买全疗程的，但总是开始有效，往后就复发了。而且母亲体胖，我总担心她会中风，让她每天吃一个橙子。从前几年开始，给父母补钙，生怕他们某一天不小心摔倒骨折。但是父母还是看着看着就苍老了，曾经家里修修补补的事情都是父亲为主我当帮手的格局，不知什么时候就变了，我干活儿的时候，父亲像个孩子一样蹲在我身边看着，搭一把手，让干啥就干啥。我有时用眼角的余光瞥瞥父亲，这么多年，他从里到外都是穿着我淘汰下来的衣服，那些过时的名牌和时尚样式，穿在他身上多少有些滑稽，我的泪水就会模糊双眼，怕他看见，就说出汗了，让他去给我拿块毛巾。

现在唯一能做的，就是尽量照顾好父母，将来有一天他们不再能陪伴我的时候，我的内心能少一分遗憾。

"逃出"作文课

一年级学生字，二年级学造句，三年级写作文，也就是说，从三年级开始就有了作文课。我最喜欢上作文课，盼着每周一节的作文课，就像盼过年一样激动。20世纪80年代，小学教育是五年制，虽然我们的教室是一间废弃的马厩改造的，就在这间破旧的小房子里，我们的三年级同样开设了作文课。每周四，后两节课连着，老师在黑板上写下题目，有九十分钟给你写完一篇作文。每逢周四，我的心情都非常好，很有幸福感，这实在是儿童的表现欲在作怪，——因为终于等到一个展示自己特长的机会，等着老师的表扬和把自己的作文做范文给全班宣读。

作文写得好，而且不费力，因为我有个秘密。我爸爸订阅着当时最好的文学刊物《人民文学》《小说月报》《作品》《青春》《汾水》，我放牛的时候，歇晌的时候，蹲茅坑的时候，都在捧着读那些大作家的小说、散文,从认字开始,就阅读当时中国最好的作品。有句俗语说,"熟读唐诗三百首,不会作诗也会诌",读了那么多好作品,写个几百字的作文,还不是手到擒来?但在当时我们那样的农村,谁家能有这样的杂志呢?这得感谢我爸曾经是个文学青年。我小时候喜欢串门儿,尤其爱到东隔壁去,三伏天,大中午的人家全家都在睡觉,我也要到没人的院子里去转转,或者掀起每个房门的门帘瞅上那么一眼。偶然的一次,人家都在睡觉,我顺着梯子爬上了阁楼,借着天窗透进的光亮,发现角落里有一堆报纸,竟然是《中国少年报》!这真是个奇迹啊,他们家怎么会有这么有趣的报纸呢?我全给抱了下来,蹲在屋檐下的台阶上看得入了迷。那个暑假里,我每天中午去隔壁看报纸,碰上下雨天有时候饭都在人家吃了,读到了很多有意思的文章,比如《兔子尾巴长不了的故事》,说什么兔子原来是个长尾巴,怎么样怎么样就成了短尾巴。那个暑假是我少年时代最美好的一个暑假。

所谓"读书破万卷,下笔如有神",大量的阅读是非常必要的,要写好作文,写好作品,首先要完成阅读,这样才知道什么是好作品,好作品是怎样写成的,这样自己才能写出好文章。

课文也是喜欢的,从小到大,我把语文课本上的范文当课外书来读,领略到文学的大美和思想的力量。但我最头疼做文后的阅读题,每篇课文后面的第一个问题一定是:这篇作品的中心思想是什么?这样的题目我永远答不对,因为我只顾身临其境地享受阅读的快乐了,压根没想还有个什么中心思想。有的同学很会总结课文的中心思想,可他自己的作文还是写不成个样子。可见好的作品要在愉快的阅读中去领略它的美,全身心地去感知它的妙处,这样才能学习到它的特色,不自觉地运用到自己的作文里,才能有所收益。

"有一千个读者,就有一千个哈姆雷特",好的作品是多义的,非要给它贴标签,这样的见识是反文学的。

　　世界名著、中华传统经典,都要尽可能地去阅读,但不能"硬读",要挑自己感兴趣、容易理解的去读,生搬硬啃不但享受不到阅读的乐趣,实在是浪费时间。好书、好作品太多了,能把自己感兴趣的读完,也是一件了不起的事情。

　　我曾在初中时的日记里写到,我的理想是成为一名文学家。后来的若干年里很为自己的狂妄感到汗颜,但是竟然真的成了个作家。作家的职业就是作文,和学生时代的区别是没人给你出题了,要靠所谓的灵感去写作,幸好我原来最喜欢的就是无命题作文,现在真的可以自由地写作了,觉得真是不错,——人能从事自己喜欢和擅长的行业,是一件非常幸福的事情。我写过诗歌,写过散文,写过评论,现在主要写小说。和写作文比,写小说要求的篇幅要长很多,即使一个短篇,也要数千字、上万字。我刚写小说的那些年,每完成一个作品,就想着发表,发表了就很兴奋,很有成功感。后来对文学有了些理解,发现所谓的文学,并不是说写出个东西来,讲个故事,语言很漂亮,结构很合理,就是全部,文学是一种精神创造,它应该通过作品给读者以精神的力量和人生的思考。这个时候我看到大家都乐此不疲地讲故事,用一种相似的结构和叙述完成小说,然后发表,然后被选刊转载,或者根据一些文学奖项的要求去写作,就感觉仿佛回到了学生时代的作文课堂,大家都用学习来的"中心思想"去作文,这能写出什么好作品来呢?

　　从那个时候开始,我不怎么写中、短篇小说了,我觉得这种体裁的作用跟写作文一样,不过是锻炼结构和文笔技法,只是练笔,不是作品,真正的文学作品,应该有独立之思想、自由之精神,把作者对社会、对生活、对时代的认知和思考表达出来,而这种载体,最合适的就是"书",——我没有称它为"长篇小说"而称它为"书",就是想摆脱那种写作业的感觉,自由地去表达自己。我觉得学生时代还是应该多读读鲁迅先生的文章,熟读他的作品,不但能体验到文学艺术的魅力,更能体会到什么是独立之思想、自由之精神,如果从课堂作文开始,就能潜移默化地学习到这个本领,那不但会写出好作品,还会成为一个有思想的人。

　　进入学校,为的是走出学校;同样的道理,进入作文课,为的是逃出作文课。只有走出来,才能拥有自己的天空,才能让思想自由地翱翔。

河流传说

要追溯一座村庄的历史，只需去问她身边的河流。一座村庄的历史，就是她身边河流的断代史。

我要追溯的这条河流，是一条小河，小到没有名字，小到我们村庄里世世代代的人提到她都用一个泛指的代称：河。在我记忆的尽头，她在几个村庄分界处的峡谷底部蜿蜒爬行，像一条小溪那么细致和秀气。然而，河流再小，她也是河，只要看看怀抱着她的两岸高耸的峡谷，就能想象到她曾经是怎样的浩瀚和壮阔。那布满野蒿、兔窟、鼠洞的绿茵茵的峡谷有数十米高，两岸相距近百米之遥，在传说中，峡谷就是河流的前身，那时，她该是何其的汹涌澎湃啊。

这条小河的源头，据说是不远处与她呈"T"字连接的另一条大河，小河是那条大河途中遗弃的一条小支流。但从小河峡谷的气势来看，那条大河在传说中或许曾是这条小河的一个主要支流，只是沧海桑田，地理变幻，她改道了，小河才渐渐成为如今的小河。

那条大河叫杜村河，因为流经南杜、北杜两个村庄，这一河段便以地界为名，往上游去，她有别的名字，再往下游去，她又有不同的名字。从流向上看，她其实是汾河的一条支流。而我们这条小河，因为两岸分布着李村、北羊、侯建、甘亭等多个村庄，并且成为这几个村庄的分界，不曾从任何一村庄内流过，所以无法以地界命名，以至于从来就没有名字，每个村庄的人们都称她为"河"，这可以理解为无名，也可以理解为名字大得不得了，就如我们不喊一个人的名字，而称他为"人"，这个人可能是个无足轻重的人，也可能是一个"大写的人"。我曾试着沿着河水的流向一路西寻，结果发现她流入了汾河，假如沿着汾河顺水而去，就是黄河。我推断，小河曾是汾水的一条大支流。近些年来黄河常有断流，汾水也屡屡在旱季枯竭，与其支流的流量急剧变小关系重大，作为汾水的支流，我们的无名小河的变迁，也改变过和改变着汾水、黄河的命运吧。

河流是大地的脉络，如同人身上的血管。纵然流量变缓变小。或者干脆间歇断流，河流也是不能消失的，哪怕她在大地上只留下曾经的痕迹，那痕迹如峡谷、如河床，也是大地安泰、生灵福祉的保证。如果将峡谷推平、河床填满，忽有一日山洪泻下，人间必重现鸿蒙之灾。河流，她在大地上的位置是天理，从大禹治水开始，人类就认识到了这个真理，只能疏导河流，不能填塞河道。河流纵然只剩下了河床，也不能开牧场，建厂房，更不能当作天然垃圾场。不敬畏河流，就是不敬畏大自然，就是自取祸殃。

"人生长恨水长东"，大地理上，西高东低，所以大江大河都向东奔流。在我们这片局部的小地理上，却是东高西底，所以小河自东而西流入汾水，从小看惯西去的流水，至今我都无法想象河水怎么会向东流呢？我想这片土地上的人们都像我一样认定河水东流是句笑话，那些年近百岁的老人如我的奶奶，更是见过这条河雄壮时期滚滚向西的气派，无论如何不肯放弃自己的亲眼所见的。二十年前，七十多岁的奶奶向我描述过这条河发怒时的景象，那是二十世纪以前的事情了，那时我们的村庄和所有"逐水草而居"的古老村落一样就在河边，河水从村子西门外浩荡流过。出于防洪的考虑，那个小村庄被一圈石头砌成的高墙包围，墙内堆着一层跟墙齐高的沙袋，据说有两丈高低。每到洪水下来时，因为地势东高西低，洪水囤积在村庄四周，渐渐跟村墙一样高，村庄就像一只浸在水里的大木桶，桶外泱泱泽国、一片汪洋，桶内鸡鸣犬吠、车水马龙。在奶奶的讲述中，河水是很有人性和灵性的，只漫到齐村墙高，再不上涨，于是妇女们就爬上墙去，就着墙外的无边水域洗衣物，那调笑声和捣衣声穿透岁月，滋润着我的心灵。

据说村庄没有舍低就高，迁到东边的高处，是因为东边是一处永远干燥的高地，世代的祖宗都埋在那里，人们相信只要祖宗在风水宝地安享太平，会保佑儿孙们不被水困的。事实上那样的水困也就数天时间，因为河是汾水的大支流，汾水流入黄河，黄河流入大海，看见水色无边，往往一夜之间就水去地皮出，大水带来的淤泥沉积下来，在骄阳下翻起鱼鳞般的泥皮。泥里含有丰富的养分，省下了来年的肥料，俗话说"大水过后，必有瘟疫"，然而，依赖石头高墙的保佑，那一辈人都尝到了"大水过后，来年必丰"的甜头。

大约四十多年前，我奶奶五十岁左右时，村庄还是东迁了，把祖先们的坟冢向更东边的高地移去，腾出来的地方建了新的村庄，原来的老村庄开垦成了耕地，地名就叫"老村里"。老村西门外的那条河声势也小了许多，退出许多河岸来，被村里开了荒，那片地就叫"西门外"。又二十年后我有生第一次去造访时，那条河已经是名副其实的小河了，每天都有婶子大娘们成群结队去河边洗衣物，阳光下，洗好的衣服、炕单铺在两岸的草地上，比得野花黯然失色，充满人间烟火的美好景象。而此时，抽水机也咚咚地响着，清凉的河水夹带着小鱼虾米灌溉着曾被河泥滋养过千百年的良田。这就是我所亲眼看见到的河流的历史了，在我人生的前十几年里，我是河流历史中的一个符号，当我在水里摸鱼捉虾时，她温和慈爱地记录了我。

当村庄的历史翻过新的一页，而立之年的我看到，有钱无钱的人家都盖起了新房。从青砖瓦房到现浇顶平房，再到小二楼，每回村庄看望父母一次，我都感觉到村庄的历史在一页页翻新，虽然很多人家还在咬着牙借钱让孩子上学，虽然有病不求医还在耽搁着农民的生命，毕竟村庄的气象和人们的表情都开朗一新了。如果不去细思量，就不会有悲酸的情绪袭扰心头。那么小河的历史呢？她又是怎样一幅景象？

2002年，与村庄仅隔着一条老国道，新建了一座中型生化厂，村西毗邻人家三百米开外也新建了一座复合肥厂，自此，村庄突然间被数个工厂包围。生化厂在环保设施不健全的情况下仓促上马，村庄从此陷入了噩梦当中，奇臭无比的废气弥漫在方圆几个村庄，人们在炎夏也不敢开窗，公路上过路的司机紧闭车窗也挡不住臭气；半夜里防空警报般尖锐的排气噪声常把人们从睡梦中惊醒，白天教室里孩子听不到老师的讲课声；由于工业深井达数百米深，村庄里许多井都没水了，人们开始买水喝。当我像往常一样带着寻找美好记忆的心情回到村庄，却看到了这些可怕的景象，出租车在被废渣腐蚀得破烂不堪的老国道上左右打滑，路边的庄稼蒙着厚厚的尘垢。我的心感到了撕裂般的痛苦。我去看望小河,远远看到一片暗红色的汪洋,走不近百米,臭气便让我干呕不止,我的泪汹涌而下:我曾经的天堂,怎么一朝沦为地狱?

憨厚的出租司机听说我是在报社工作,义愤填膺地述说着乡亲们承受的苦难,愿意免费拉着我去看更多地被污染的现状。我这个回乡后从不敢招摇的省报记者第一次用一个见外的身份采访了沿河几个村庄的乡亲,满目都是愁苦愤懑的面孔,满耳都是怨诘无奈的求告:庄稼地板结了,塘里的鱼毒死了,井里打不出水了,果园伐掉了……泪水泡得我双目胀痛。满腔义愤,思绪纷飞,我下笔千言,一挥而就,将这里发生的一切公诸报端。

国家的环保政策是"一票否决",省环保局见报当天下来调查,生化厂停产整改。环保局转给我的厂方整改材料中说,他们一定要健全环保设施,接受验收合格后再生产。久违了的宁静氛围和清新空气回到了村庄,我看到了乡亲们脸上恢复了血色,也接到了另外一些半是恫吓半是调侃的威胁。我没有懊悔,也没有欣慰,因为我看到失去的永远也无法挽回了,我也知道灾难一旦开始,从此无法根除。

果然,数个月后,生化厂复产,噪音没有了,废水排得远了些,废渣却让村庄通往外界的主要道路险象环生。而这次,村民自发的环保抗争却轻而易举被平息,相关报道也迟迟不能从媒体公布。2004年春节,大年初二,气温骤降,我徒步来到小河边,看到被废水沉积物填塞的河道白茫茫如同没有生命的盐碱地,我仰望苍穹,试图破解一个和灾难有关的谶语。青天之下,大地上的一条经脉被阻塞了,一条河流从历史中消失,归为传说。

河对岸的孩子

住在厂里的孩子，常跑到厂外的河边玩。河这边是厂，河那边是棉花地和村子。在河这边玩水的厂里的孩子，能望见河那边村子里的孩子在河滩上放羊。距今十几年前，河里的水和厂里的效益都很旺盛，河水从遥远的山里来，流到苍茫的天边去。那时，厂里跟村里是咫尺天涯的两个世界，厂里人跟城里人穿得一样的洋气，村里人把厂里看成城里，村里的孩子都想偷偷摸摸去厂里瞧瞧，但他们每天都要放羊，只能隔着河望见厂里的孩子穿得花花绿绿地在河对岸撒欢。

村里放羊的孩子望见河对岸厂里的孩子你追我赶跑得不见影了，河对岸空荡荡，阳光白花花，高大的灰色围墙一点一点收缩着它黑色的影子。放羊的孩子感到有点寂寞，有点无聊，他望着河水打了个哈欠。不远处的棉花地里，他正在摘棉花的姑姑直起腰来冲他喊：二娃，晌午了，赶上羊回！放羊的孩子答应一声，把长柄的小铲子插进河岸上的泥沙，准备挖一铲子向他的羊群投掷，这时河对岸一个移动的小黑点儿吸引了他本来就游移不定的视线，他拄着羊铲，观望起来。河对岸蹒跚走来的是个四五岁的小女孩，长得又黑又胖又矮，又圆又大的脑袋上用红头绳扎着两只冲天辫儿，她太胖了，一扭一扭才能走成路。那个年代村里还没有电视，放羊的孩子没见过企鹅，所以歪着光脑袋冥思苦想了半天也没想出来那个小女孩的样子像个什么。

　　小女孩一路走一路歪着脑袋朝刚才跑过的大孩子们消失的方向望——她哥哥总是甩开她跑掉——，她站在一个地方专心地朝那个方向望了一会儿，确信什么也看不到后，轻轻地叹了口气，走到河边来，翻了半天衣兜，找出一只小纸船。她鼓起腮帮子把纸船吹圆了，努力地蹲下去，把小船放到水里，用手推了一下，然后目不转睛地望着它。这时候没有一丝风，河边的水不流，小船儿一动不动。河对岸全神贯注地观察着这一切的放羊娃终于忍不住哈哈大笑起来，小女孩抬头望了望他，又低下头去鼓起腮帮子朝着小船吹气。她的力气太小了，小船儿仍然一动不动。于是小女孩就想把小船拿回来，她伸出手去却够不着。她不想放弃，尽量把身体往前倾。对岸放羊的孩子大叫起来：你要掉进河里了，你要掉进河里了！他姑姑在棉花地里直起腰来，望见了河对面的小女孩，她屏住了呼吸。放羊娃突然铲起一块沙土，抡圆了铲子，用力向河对岸掷去。

　　"扑通——"河里发出圆润的落水声，溅起高高的浪花，沙土落入河里，漪涟一圈圈漾开，小船被波纹托起，一晃一晃向远处漂去。

　　"呕，呕，开船喽，开船喽！"小女孩笑起来，张开小手鼓掌。

　　对岸放羊的孩子得意地笑起来，他姑姑也笑起来，放心地把腰弯进雪一样的棉花地里。

小船荡了一会儿，又不动了。小女孩抬起头冲对岸喊：扔呀，你快扔呀！对岸放羊的孩子也不答话，舞起长柄的铲子来，用力地挖了一块沙土，向波心里的小船掷去。更大的波纹推起小船前进。

"好啊好啊！"小女孩响亮地叫着跳着，小脸儿兴奋得通红。

"噢噢！"放羊的孩子挥舞着小铲子不停地挖土掷土，鼻孔张得老大，像头小骡子。

小船渐渐荡到了河中心，顺流向东，越漂越快。小女孩和放羊娃隔着河跳着叫着追着。天空从河尽头一步跨到河的另一个尽头，两个小黑点儿追着河中心一个小白点儿进行着仿佛永远没有尽头的追逐。棉花地在白花花的阳光下像坍塌的雪山和没有生命的盐碱地。

在孩子的喘息和惊讶的目光中，一片水草缠绵地拉住了小纸船。小船在柔情中搁浅，河水渐渐浸透了纸背，小船开始下沉。

小女孩急了，冲对岸的放羊娃大嚷：你快扔土，把我的小船冲回来，我要我的小船。放羊的孩子用浓重的土话哄对岸的小女孩：你别急，我有办法。但是小女孩就快急哭了。放羊娃赶紧挖了一铲子沙土，拼了命地向小船掷去。河对岸的小女孩眼巴巴地望着那块土在天空的背景中划着黑色的弧线飞向小船。

"嗵……"土块准确地落到了小船上，水花消失后，河面上只有干干净净的涟漪一圈圈地荡开，小船不见了踪影。小女孩呆呆地瞪了波纹半晌，哇地哭出来，她用两只圆圆的手背揉着眼睛，专心地痛哭起来。

河对岸举着羊铲的孩子傻了，他望望河心，望望对岸哭泣的小女孩，又回头望望棉花地——他姑姑不知道淹没在棉花地什么地方。他把羊铲用力地插进沙地，利索地蜕去衣服，坚决地向河里走去。他朝着小纸船消失的方向下了水，然后很快滑进了水里。可能是水太凉,他打了个喷嚏,用手抹了一把脸上的水,想靠近那块造孽的水草,但河水却把他推向前去。

专心哭泣的小女孩听见一声尖叫,她抬起泪眼,看到对岸棉花地里有个女人尖叫着像个疯子一样向河边冲过来,一路把棉花踩得东倒西歪。那个女人一直冲到岸边,又追着河水跑,边跑边喊:二娃,你怎么掉到河里去啦?!

小女孩也想:是呀,他怎么掉河里去啦?她感到很害怕,转身就往厂里跑,一直跑到眼泪干结在脸上,再也跑不动了。她蹲在路边歇了一会儿,忘记了她的小纸船,也忘记了河对岸放羊的小男孩。她蹲在那里开始拉屈屈,拉完了东张西望地找纸,但附近连片树叶子也没有,——她不是村子里长大的孩子,没人教过她用土疙瘩来擦屁股。她眯着眼睛望了望太阳,然后把屁股扭过去,高高地向着太阳撅起来,开始晒屁股上的屎。晒了一会儿,她觉得满意了,就说了句"晒干了",然后呜呜呀呀地唱着往厂里蹒跚走去。

在路上,她看见路边躺着一把黑色的烙铁,想过去捡起来,想想算了,还是早点回家吧。慢慢地,她消失在厂子高大的围墙里。

小女孩磨磨蹭蹭地进了家门,被爸爸一把拉过去洗脸洗手。爸爸用软软的热毛巾给她擦脸的时候,小女孩听见妈妈对爸爸说:看你的衣服皱得,家里要有个烙铁就好了。小女孩挣脱爸爸,冲妈妈嚷道:我知道哪里有烙铁,我回来时看见路边有个烙铁。有人把烙铁扔在路边吗?爸爸问道。小女孩认真地点了点头。那你带我去找找,找见了你妈妈就有烙铁了。爸爸说。

小女孩太累了,累得几乎迈不动步子了,但她太想让妈妈有个烙铁。她拉着爸爸的手出了门,悬在爸爸的大手上,走起路来就没那么累了。一路上,他们看到好几块烙铁,但是走近了才发现是块石头。快走到河边了,爸爸终于确信女儿很可能并不知道烙铁是个什么样子，他对女儿说：回去吧，烙铁被别人捡走了。

烙铁被别人捡走了。这让小女孩心里很难受，跟上爸爸走了几步，她忍不住回过头去望了望河边：河的对岸是棉花地和村子。

流浪记

一

九月。尚未寒霜。一个男孩赤脚走在1982年农历九月的斑驳田野。

他听信了别人的玩笑，从学校逃出来，横穿田野，要去北方的城市寻找他的亲生父母。他一头扎进庄稼地，没命地奔跑，把鞋子都跑掉了。

为了确定前进的方向，孩子爬上一座土丘，向着远处望。秋天令一切看上去都稀疏冷落，阳光把温柔的金黄全部送给了大地，变得发白，有些月光的味道。在孩子的眼里，天好高好高呀，地好宽好宽呀。一块块呈规则或不规则图形的田地像七巧板一样完美地拼在一起，真是世界上最高明的图案设计。油画似的田野之上，是无数一眼望不到头的弯曲交错的小路。

孩子的瞳孔渐渐充满了秋天的斑斓，在那片斑斓之上，他像小狼崽一样，嗷嗷叫着拼命奔跑。失去果实的庄稼秸秆像无边的海洋，有时，孩子黑色的头顶浮出水面，但很快又被淹没了。

那个孩子，他在九月的阳光下一直向北走去。

他走在黄绿色的田野上的一条大路上，蹦蹦跳跳，像一只奔跑在粗大的松枝上的松鼠。无数的细小的阡陌从这条大路延伸出去，那是大树枝的枝枝杈杈。每路过一个细小幽深的路口，孩子都忍不住好奇地望几眼，在那些小径的深处隐藏着太多的神秘，但也隐藏着同样多的恐惧，孩子不敢走进去，他甚至不敢幻想从路的深处会走出来他梦中多次见到的幻影，——他深信那幻影一定有张亲切的笑脸，那笑脸是专门为他显现的，但他还是飞快地跑过了每一个路口。那些失去果实的庄稼沙沙地摇摆着，说着告别的悄悄话，让孩子觉得很吵。

一切都是他所熟悉的，包括潮热的空气中偶尔流过的一股股凉风,它有时会把孩子整个儿地包围,让他凉爽地深吸一口气,出走时的心情是他不曾有过的，他像一个就要得到梦想已久的布娃娃的小女孩,快乐而勇气十足地向着目标走去。

就在汗水流进眼睛里，又辣又涩让他快哭出来的时候，他感到两条小腿又困又乏，简直想坐下来。他用手臂擦了一把眼泪，胳膊上变得又湿又脏，像洒上水的地板被脏拖布拖过，而眼睛更加睁不开了。于是他想也没想就开始哭，但还在一直往前走着。他没想过要逃离什么，他还以为那就是理所当然的生活。但他却无法遏制自己的脚步，那寻找的脚步。

天空的面孔很蓝很远，它高高在上地对着孩子斜视，让他看到云朵做的眼白。有些鸟在天空的眼眶里飞，那些不起眼的小黑点儿，就像孩子走在这无边的田野上一样渺小。

孩子停止了哭泣，干结的泪水把那张晒红的小脸绷得紧紧的。这时候孩子听见一声又长又响亮的吼叫，像寻找孩子的母牛发出的拖长着声调的叫声。是火车！孩子有点兴奋，他跑上一条水渠的堤，向远处望去。在远处有一排不很茂密的树林，那条黑色的多节甲虫正从树林那一边神气地跑过去，喷出的烟在林梢上飘荡。

孩子向铁路跑去，他踩在田埂上，一歪一斜地向前跑着。

穿过树林是一条废弃的深水渠，早就干涸了，去年的枯黄荆棘和新生的绿枝还有藤蔓纠缠在一起，它们挡住了孩子的脚步。他肯定是跳不过去的，只好伸出一只脚去试了试杂草有多深，但马上就大叫起来，——他忘记了自己没有穿鞋，让草刺扎疼了脚。

孩子靠着一棵树坐下来，他有心无心地抽泣着，泪花盈盈的双眼却望着渠那边的黑黄色的铁轨和路基上白花花的碎石。他的想象已经跨过了那道阻挡他脚步的天堑，赤脚走在被太阳晒得滚烫的铁轨上，一只手里抱着几块碎石子，另一只手把石子向远处尽力地抛去。

不知什么时候，孩子睡着了，几朵淡云在秋天蓝色的天空里闲庭信步。苍穹慈祥地端详着这个漂亮的小男孩，风把半枯的树叶子刮得哗哗作响，这一切把孩子的梦乡装点得很幽静、很安闲。但是孩子分明有心事，他在梦中偶尔还抽动一下，好像悲伤在肚皮踢了一脚。有一块阳光从树隙漏下来，滴到他的下巴上，它渐渐往上爬去，爬上了他的眼皮。这块调皮的光斑一定让孩子看到眼前一片通红，它辉煌了他的梦境，却也弄醒了他。

孩子睁开眼睛，向周围的光亮的绿色背景看了几眼，他一定是忘记身在何处了。他像个大人一样舒了一口气，表示他已经休息过来了，然后他定定地看了看眼前这条又深又宽的水渠，开始考虑是不是应该回家去。他首先想起了亲爱的奶奶，她让他非常地想念那个家。要不是那个有关抱养的故事让他突然打了个寒战，醒悟到他应该去寻自己在城市里上班的亲生父母，他简直要往回飞跑了。即使是这样，他还是不自知地站起来，已经准备迈出步子了。但他突然抱着那棵树，噌噌地向上爬去，他紧紧地抱着那棵树的树干，向远处望去，——在铁路线消失的地方，有一线浅灰的建筑物，不，在铁路沿线的远远近近，有许多浅灰色的建筑物。孩子拿不准那里是不是城市，但是他突然横下心来，被那些浅灰色的建筑物鼓舞起勇气来，仿佛他已望见了有一个女人和她的男人正站在小洋楼上，他们向他招手，向他喊着，叫他快点过去，他们渴望着给他爱，给他幸福、快乐，以及他想要的一切。于是他果断地从树上溜下来，顾不上赤裸的皮肤被蹭得生疼，开始沿着水渠向北走去。他下意识地把双手背在身后，像个巡渠的老农民，并且像老农民巡视每一处可能漏水的地方一样，偻着背，歪着脑袋，专心地寻找可以飞越这天堑的地方。

二

孩子首先看到的是一群羊，它们闲散地啃着水渠里丰茂的杂草，一团团的白色点缀在墨绿的草色上，像一群天鹅在蔚蓝的湖水上游弋。孩子看过几本童话书，以为走进了那个世界，忍不住嗷嗷叫着向那里跑去。羊们都抬起头来看他，冲他咩咩地叫了两声，有几只回头向那边的岸上看去。孩子也向那边看去，他没有看到跟自己年纪相仿的牧羊少年，渠那边只有一顶掉了边儿的烂草帽。孩子看见那草帽动了一下，慢慢地转动着，最后露出一张又黑又皱的老人的脸来。老头看见他，愣了一下，大声说，嘿，娃儿，你是谁家的？孩子下意识地向后望了一下，没有吭气，他跑到一只小羊羔身边，蹲下来，讨好地抚摸着它。小羊羔叫了一声，跑开了。老头站了起来，他穿着一双破烂的军用胶鞋，裤管挽起老高，露出的那一段腿像两截干木头。他笑嘻嘻地问：娃儿，你是不是聋子？孩子马上回答：你才是聋子，你老了，你是聋子。老头哈哈大笑，把烂草帽摘下来当扇子扇着风，一边说，你这个娃，不是聋子么问你话不吭气，你是哪个村子里的？孩子低下头，不再理他。老头饶有兴趣地蹲下来，依旧笑嘻嘻地望着孩子问：你哑巴啦，还是个没人要的小傻子？他哪里知道这句话戳到了孩子的伤心事，他利索地坐在地上哭起来。老头吓了一跳，赶紧三下两下跳过渠来，把草帽扣在孩子头上说，你这个娃儿尿水还挺多，你一个人正晌午地跑出来，不怕捉小娃儿的把你卖掉？孩子专心地哭他的，不理会他。老头有点急，用食指抬起孩子的小下巴问：你别哭了，你是哪里的，到哪里去？孩子突然停止了哭泣，他用泪眼打量一下老头，又看了看对岸，问他：你能从那边跳过来？老头说：啊，怎么样？孩子马上破涕为笑，他指着对岸大声说，我要过去！

老头问：过去干什么？

回家呀！孩子耍了一点小聪明。

老头果然上当了，他嘿嘿笑了两声说：你早说呀，我还以为你真是个傻子。然后他拎起孩子的两条臂膀，荡秋千一样抡着他，嘴里喊着：一、二、三，飞过去喽！孩子开心而响亮地大笑着，他发现自己真的飞了过来。老头站在渠中间的草丛中，向他伸出一只手去说，来，该你拉我一把了。然而孩子却不守信用地跑了，他边跑边喊：你自己能上来，我得赶紧回家！

他沿着铁道路基下的小路拼命地跑着，不时回头看看，生怕老头追上来。直到看不见那群羊了，确信老头不会追上来了，才气喘吁吁地爬上铁道，踩着枕木，一直向北走去。

三

那个秋天的午后，孩子踩着铁轨上的枕木一直向北走去。

他下意识地咬着下唇，做出一副倔强的样子，但显然那只是在抑制自己的哭泣。他向远处的灰房子望了望，突然觉得脚板下的皮肤裂开了，每走一步都像是骨头在摩擦着枕木。孩子心悸地回头望了一眼，果然看到油黑的枕木上有丝丝的血迹，那是自己流出来的血。虽然他经常看到自己流血，但那是有别的孩子欺负了他的时候。这一次不同了，是自己让自己流了血，没有人因此而逃跑，但他还是警惕地向周围望了一眼，确信那群可恨的小子都不在附近后，他才蹲下来，开始放声大哭。他哭到有些头晕，试图坐到铁轨上，想不到秋天的太阳还很厉害，把铁轨晒得像火鳌子，他刚坐下，又站了起来，像被蝎子蜇到了屁股。他站在那里，双手捂着屁股，望着家的方向大哭，嘴巴张得老大，哭得浑身发软。

他哭了一阵，觉得无聊，转身又向前走。但脚疼得厉害，于是他干脆跪了下去，用膝盖和手往前爬，这个姿势很别扭，因为枕木间的距离对他来说太宽了。爬了两下不得劲，他只好下了路基，在旁边的小路上往前爬。远远看去，像一只流浪的小狗。

每当有一列火车开过，孩子就原地坐下来，抬头望着它轰轰驰过，飞快地数着它的车厢数，当作一种休息。有一列火车竟有70多节，数得他的眼都晕了，以为它一定没完没了。但火车还是过完了，他只好继续往前爬。这时候，他感到了饿，身上也开始发冷，但除了哭，实在没有别的办法。泪水滴在白花花、瓷光光的土地上，洇出许多小裂缝，他出神地看着，直到地上又变得白花花的。他还发现了一窝蚂蚁，它们正在创建一个新窝，洞口堆满了沙一样的土粒。它们是他的老朋友了，是一些忠诚而可信赖的玩伴。他习惯地爬到路边的草丛里，捉了一只肉乎乎的虫子，捏到半死，然后把它放到蚂蚁的洞口。它们先是惊慌地逃跑，有一只碰了碰虫子，明白了怎么回事，英勇地咬住了那个庞然大物。更多的小英雄冲了上来，虫子开始扭动，但蚂蚁们就像缀在它身上的首饰，根本甩不掉，而且越来越多，它们已经开始大嚼了。孩子咯咯地大笑起来，他朝它们撒了一泡尿，又开始往前爬。

短暂的休息，已经使他膝盖上混着泥土的血痂变得发黑发硬，爬起来好像垫着一块木板，但还算舒服。而且他的手也开始出血了，肚子里咕咕地像养着一群母鸡。

远远地望见了一座铁桥。

四

　　孩子爬上了那座铁桥。

　　四对铁轨蜿蜒爬上铁桥，合并成两对，像缠在一起的四条大蛇，它们静静地趴在孩子身后。他背对着它们，趴在桥栏上，那东西有点烫，但还受得了。

　　混浊的河水从桥下喧嚣而过，孩子感到丝丝凉意，打个了寒战。在河中心的高处俯瞰水面，会造成桥在旋转的错觉。孩子头晕目眩，他感到自己就要掉下去了，赶紧坐下来，闭上眼睛。路基上的石块硌痛了他的屁股，他也没哼了一声。远离危险，回到坚实的地方，那种感觉让人像找到母亲一样幸福，但孩子没有满足，他扶着桥栏站起来，向北走去，向他以为亲生父母在等他的地方。

　　他不敢再向河里望，把目光投向前方，他看到了一缕青烟，然后从远处铁轨拐弯的地方出现了一头黑色的甲虫，它耀武扬威的鸣叫了一声。孩子一愣，扭头看看后面，后面的桥面跟前面的一样长。他觉得火车走的是这道轨，想越过去到桥的那边，但是当他爬上铁轨时，发现火车走的是那一道轨，他赶紧又退回来，紧紧地抱着桥栏杆，看着那穿铁甲的长虫隆隆逼近，简直连呼吸都忘了。他重新坐下来，但原来坚实的大桥开始晃动起来，它几乎要把孩子从桥栏的空隙间甩出去了。

　　孩子感到了从未有过的恐惧和绝望，他把额头顶在桥栏上，无意识地开始号啕大哭，这时，那巨大的钢铁怪物从他背后呼啸而过

——它走的，竟然是离孩子最近的这条铁轨！这个多变的魔鬼。孩子破烂的衣服忽啦鼓了起来，一种可怕的力量把他向火车拉去，他吓坏了，顾不上哭泣，拼命地抱着那栏杆，然而大桥也可恶地挣扎起来，试图甩掉这可怜的小东西。孩子死死地抱着它，像发狂的公牛身上的一只小虱子——任它怎样蹦跳，他的小小的体重不足以让它甩出去。

就在火车和铁桥疯狂地撕扯着那小东西的时候，河水也狰狞地伸出了手，它大笑着喊那孩子：喂，下来吧，我带你脱离险境。那是种让人的心脏收紧和魂飞魄散的诱惑，孩子差一点就跟了它去。

三头庞大的恶魔在蹂躏着一个弱小的生命，恨不能将他撕成碎片。远处的山，近处的树，都吓呆了，惊惶地望着这一切，连那斜眼冷观的天穹也不知所措，用几片乌云遮住了眼睛。田野冷默地卧在河的两岸，它宽广的胸怀一点也没有紧张地起伏——它习惯了这一切，它本身每时每刻都在孕育着生命，生长着希望，同时让它们倒在它的怀抱里，并将那死亡的埋葬，它不会为谁祈祷，它是博大的，博大到近乎无情。

孩子已经丧失了听觉，他也看不到任何东西了，并且知觉也渐渐弃他而去，但他始终抱着那桥栏不放，像一个倔脾气的骑手。

孩子的头突然撞向了桥栏，一瞬间，所有的力量都抛弃了他，他又坐在了大地上。但他还是不敢睁眼睛，不敢动，他深深地饮泣，长长地喘气。好大一会儿，他睁开眼睛，向前后看了看，试探着放开了桥栏。一切都归于平静，火车从铁轨上消失，铁轨下是桥，桥下是河。孩子发了一会儿愣，猛然想到自己再也不敢经受这样的一次了，他爬起来，飞快地向桥的尽头跑去，他踩过的地方，有丝丝缕缕的红色的东西在渐渐变成褐色。他没有感觉到疼，也没有把方向搞反。

孩子胜利地跑下了铁桥。远远地,他又开始爬行了。

五

孩子离开了那叫人心悸的铁轨,他爬下路基,拐上了一条白色的土路。那条路是秋天的路,白花花瓷光光,有一些浅浅的车辙显露着浅浅的褐黄色。路边的排水渠长满了短短长长的野草,有一些长上了路面,被踩得灰头土脸,像受了大惊吓,———一如孩子现在的样子。路的尽头是一片村庄,它吸引着孩子向那里走去。

我们记得没错的话,天空看到孩子被那几个魔鬼折磨的时候,不忍心地遮住了眼睛。当它睁开眼睛的时候,桥上已经不见了孩子。多情的天空一定以为他掉到了河里,它巨大的眼球低垂在河面上,试图找到他可怜的小身影。

孩子浑身是土,已经跟那条路混为一体,眼花了的天空没有发现他,认定他被河水带去了远方,于是,天空开始伤心了,它叹着气,吹起了河面上的浊浪,它泪满眼眶,纷纷掉到了地上。孩子感到了冷,他看了看天,但天没有看见他。天越想越伤心,开始号啕大哭了,间或擤着鼻子,响着闷闷的雷声。天的泪水打湿了大地,涨高了河流,也让孩子变得像个落汤鸡。慈悲的老天,注定要为它的心太软而后悔了。

孩子无声地抽噎,大雨让他无法呼吸,他再次看见了一个穿着黑斗篷、挂着大镰刀的丑八怪慢慢向他走来,仿佛要收割他尚不成熟的生命。

好在老天及时地发现了这一幕，它懊悔不已，急忙举起了照妖镜，把那黑衣服的家伙烤成了一股烟。——太阳出来了，孩子从路边的草丛里爬出来，他感到了一点温暖。

车辙变成了两条小溪，哗哗地向前流去，草叶子在水里打着旋，那是秋天的诗，是大自然的曲谱。

孩子决定回家去了，他又开始想念亲爱的奶奶。但是他几乎一点力气也没有了，爬了几步，就滑到了排水渠里，那里的积水几乎淹没了他。冷水像石头一样压迫着他的胸膛，让他喘不上气来。他挣扎着哭着喊了一声妈妈，用最后的力气向上爬去。

可是，他爬到了水渠的另一边。这里很宽阔，那是农家的打麦场。孩子看到了麦秸垛，他忽然笑了，兴奋地向最高大的一垛爬去。到达后，他稍微歇息了一下，开始抽那垛被打湿的麦秸。正如他所料，里面是干燥的，他又笑了，起劲地抽起来。孩子总是忘不了玩耍的乐趣。

他终于掏出了一个大洞，满意地躺了进去，并且用掏出来的那些堵住了洞口，然后，像一个筑完巢的小兽，疲惫地睡去了。

六

黄昏的时候，一群捉迷藏的小孩发现了孩子。他们以为是个鬼，叫来了大人，却发现是个脏兮兮的小男孩。那些好心人发现孩子在发烧，把他抱回了家。

第三天头上，孩子醒过来了，不肯说出他是从哪里来的。有个聪明的小女孩问道：你是哪个学校的？孩子说了出来。那个学校是孩子村子里办的。于是大人们派了一个人去那个村子里报信。

当孩子被父母找到并接回去的时候，他一声不吭地趴在父亲宽阔厚实的背上，母亲牵着他的一只手，一路望着他。

生命与真理同在

——夜读托尔斯泰

出生和死亡,是托尔斯泰作品里永恒的主题。《安娜·卡列尼娜》里,列文哥哥的死亡和列文女儿的出生,让列文产生了对生的追问,继而得到答案:哥哥的死让他迷惘,而女儿的呼唤让他感到了生命与真理同在。《战争与和平》里,皮埃尔父亲的死、安德烈儿子的降生和妻子的死于难产,皮埃尔在父亲的弥留之际得到了他梦寐以求的爱,并且因此得到了他的财产和第一次婚姻;安德烈从战场上拖着伤残的腿回到家里,他失去了妻子,得到了儿子。上前线时冷酷地告诉他以他战死为荣,以他贪生怕死为耻辱的父亲,看到安德烈归来,终于拥抱着儿子老泪纵横。

出生和死亡,是托翁对生命最强烈的体验,也是他一生寻求皈依的根源。他不惜在两部巨著中重复这一永恒命题,可见他对生命与真理的追索的执着和隐痛。

对死亡的恐惧，一生都在困扰着托尔斯泰，他在《忏悔录》中说："五年前，在我身上开始出现非常奇怪的事情。起先，我体验到生命的困惑与凝滞，就好像我不知道该怎样存活或者该做什么一样；于是我倍感失落和沮丧。然而这种感觉过去了，我又像往常一样生活。而后，这种困惑时刻再度袭来，愈加频繁，而且总是同一形态。这种时刻伴以如下问题：生命的目的是什么？又将去向何方？我感觉自己一直以来的落足点已经土崩瓦解，脚下什么也没有了。我所依靠的一切都已不复存在，没有什么别的可以依靠。我的生命停滞不动了。我尚能呼吸、进食、饮水、睡眠，我不得不做此类事情，但它们远非生活，因为其中没有我认为可以合理实现的愿望。"这是他正当壮年、不到五十岁的时候的精神困惑，"我的精神状态在自己看来是这样子的：我的生命就是不知谁跟我开的一个愚蠢而恶意的玩笑"。

"我为什么要活？我该怎样活？"《安娜·卡列尼娜》里曾经困扰列文的这个问题，实际上一直在困扰着托尔斯泰，他把自己经历的生活方式和生命体验都写进了作品里。年轻的时候，他正是过着跟《战争与和平》里皮埃尔一样放荡的贵族子弟的生活，皮埃尔和《安娜·卡列尼娜》里的渥伦斯基、列文都是托尔斯泰的化身。皮埃尔的饮酒无度、放浪形骸，他对安德烈倾吐的自己宿醉后醒来时悔恨万分、第二天又乐此不疲的生活状态，以及《安娜·卡列尼娜》里渥伦斯基经常参与的与吉普赛人的狂欢，正是托尔斯泰年轻时的生活写照。正是这种俄国贵族青年约定俗成的挥霍生命的生活方式，一度使皮埃尔也使托尔斯泰信仰丧失，他不再信仰上帝，失去了可以解决生命之谜的理论依据。直到进入生命的秋天，托尔斯泰开始重新寻找信仰，他说："假如我存在，必定有其原因，以及原因的原因。而一切原因之首就是我们所谓的上帝。"他开始笃信上帝，但对教内那些言行不一的贵族感到厌恶，于是他开始接触普通的教众，从穷人身上看到了生命中必不可少的真正信仰。

《战争与和平》里的青年皮埃尔同样没有信仰，在与妻子的情人决斗取胜后，他在前往彼得堡的路上遇到一个神秘老人，这个共济会成员告诉皮埃尔："假使上帝不存在的话，我们根本就无法谈论他。"他用坎特伯大主教安塞姆的本体论证明了上帝的存在，皮埃尔受他的影响，返回庄园，释放了农奴，并投身于为他们谋福利的事业中。同样在《安娜·卡列尼娜》里，列文身体强壮，厌恶贵族的虚伪和奢靡，他住在乡下和农奴一起劳动，给他们自由和平等。这都是托尔斯泰自己生命历程和思想历程的真实写照，1856年，28岁的托尔斯泰辞去军职，从首都回到自己的庄园。受当时自由主义思潮的影响，他积极响应解放农奴，拿出一份方案来给自己的佃农宣读，让他愕然的是，他们拒绝接受自由，因为看不清这里面有什么圈套。托尔斯泰只好给农奴们的孩子办了一所学校，并且亲自任教，他和孩子们一起做游戏，一起唱歌到深夜。皮埃尔和列文是托尔斯泰的精神世界，是他的信仰和思想的化身。《安娜·卡列尼娜》的伟大之处不仅仅在于文本上的独创，让两条线索完美交叉，形成美妙的立体叙述结构，更在于托翁成功塑造了自己情感和精神上的两个化身：渥伦斯基和列文，他们一个经历了他的情感世界，一个经历了他的精神世界，而他们和皮埃尔一起展现了他的生活历程和生命体验。渥伦斯基是托尔斯泰的精神图谱，而列文和皮埃尔则完全遵循了他的人生轨迹，换言之，列文和皮埃尔设定了作者后来的人生轨迹。

渥伦斯基和安娜义无反顾的爱情，正是托尔斯泰刻骨铭心的体验，就在为农奴的孩子办学校的阶段，他爱上了一个农奴的妻子，并和她生了一个孩子。他曾在日记中写道："我从未如此地爱过。"安娜自杀后，列文在火车上劝导渥伦斯基的那番话，正是获得信仰后的托尔斯泰对曾经意乱情迷的托尔斯泰说的话。甚至就连安娜的丈夫卡列宁身上都有托尔斯泰的影子：一个体面的丈夫对妻子红杏出墙的屈辱体验。托尔斯泰六十八岁时，他五十二岁的妻子索尼娅·托尔斯泰爱上了一个名叫塔纳耶夫的作曲家。在跟卡列宁一样的处境下，托尔斯泰写信给索尼娅："你跟塔纳耶夫的暧昧关系实在可耻，我无法泰然处之。假如我继续同你以这种关系生活下去的话，只会折损寿命、毒害自己。一年来，我简直都不知道怎么过的。你对此很清楚。我愤怒地告诫过你，也曾乞求过你。后来，我干脆一言不发。什么都试过了，可根本没有用。这种暧昧关系并未终止，而且可以想见，它很可能会照这样继续下去，直到最后。我再也无法容忍了。很显然，你舍不得放弃这种关系，只有一件事可办，那就是分居。我已下定决心这么做了。但是必须找个最适宜的方式。我觉得最后的处理仿佛就是让我出国。到时候我们一起想想怎么做最好。但有一件事是确定无疑的——我们不能再这样下去了。""让我出国"——这和他的作品《安娜·卡列尼娜》里卡列宁的处理方式一样："我要住到莫斯科去！"而《战争与和平》里皮埃尔正是因为妻子的私通而与她的情人决斗，考虑到托尔斯泰写这部巨著的时候只有三十六岁，这多少有些宿命的味道。

如果卡列宁这个人物还有一点可爱之处的话，那就是他的善良，他做到了"要爱你们的仇敌"，这正是托尔斯泰以德报怨、慈悲为怀、遭受攻击时不进行自卫的宗教理念的实践。"人类一思考，上帝就发笑。"皈依之后的托尔斯泰认为真理只存在于基督的教义之中，所有对教义的阐释都是对人类智慧的侮辱，自我则是上苍的一部分。晚年，他宣布自己不相信创世的上帝，只相信存在人们良知里的上帝。托尔斯泰由伟大的文学家进而成为圣人，正是因为他对自己的信仰的践行，他看到底层人民的饥寒交迫，痛恨自己过着贵族的优裕生活，开始学习自食其力，并且打算散尽家财。他请人教自己做靴子，并和农民一起劳动、砍木头，对此索尼娅写信给他说："如此的精神力量，居然浪费到劈木头、烧茶壶、做靴子上！"他为了不杀生，放弃了贵族生活方式重要的一个方面：打猎，并且成了个素食主义者，还把烟和酒都戒掉了。他予人钱财，别人却拿上他的钱去做坏事，他领悟到"金钱是魔鬼，因此予人钱财的人亦是魔鬼"。因此他认为拥有财产是一种罪孽，决定放弃自己拥有的一切。最终在妻子的阻挠下，他不得已把自己名下的财产全部划分到了妻子儿女的名下。八十二岁的时候，托尔斯泰立下遗嘱，把自己所有作品的版权交给了公众，而那正是他的妻儿多年来赖以为生的经济来源。

就是这样，他的那些追随者们还指责他没有彻底实践自己宣扬的道理，他们指责他为人虚伪，恳求他把所有的财产都分给穷人，自己一个铜板也不留，衣衫褴褛地上街乞讨去！他放弃了自己所有作品的版权，暂时保留了自己的一小部分日记，为此他晚年最信任的朋友契尔特科夫写信把他批驳得体无完肤。托尔斯泰在日记中这样说："有时候我真想远离所有这些人。"

为了保证自己把版权交给公众的遗嘱不被妻子搜去，在那次举世闻名的最后出走中，他在弥留之际高呼："快逃，快逃！"《战争与和平》的结尾部分，托尔斯泰让皮埃尔最终娶到了温柔可爱的娜塔莎，却让时光把娜塔莎变成了一个刻薄、暴躁的家庭主妇，这正是他认定的最后结果。而娜塔莎的原型、他妻子的妹妹塔尼娅，那个让他魂牵梦绕为之倾倒的可爱女子，像真理一样一直没有被他真正握在手中。

聆听大师的心音

莎莉·卡洛又回到了南方

抱着菲茨杰拉德的小说集,在咖啡馆里消磨了星期二的下午,这样的气候,很适合喝一壶俄罗斯红茶。我一直钟爱着上岛咖啡店里笨重的大沙发和柔软的靠垫,放松的阅读能让我排除杂念,想一些和思想有关的东西,它们让我感觉自己是一个作家。

在"一战"后的美国最南部的背景之上,菲茨杰拉德开始讲述南方小镇塔里腾,这里最美的那个少女是莎莉·卡洛,而她执意要离开那些热爱着她的少年,和一个北方佬订了婚约。她将要离开的是这样一个地方,"在这令人昏昏欲睡的如画的风景与树林、棚屋、泥泞的小河间,流动的是宜人的、不带任何敌意的热浪,像伟大温暖的乳房滋养着婴孩般的大地"。她养育出的是慵懒、闲散、对什么都持无所谓态度的人们，白人和黑人杂居。所有这一切都令莎莉·卡洛心生厌倦，在她身体里沉睡的疯狂使她对外面的世界充满了向往。

南方的历史是悠久的，养大莎莉·卡洛的不是金钱，"而是回忆"，那过去的无数岁月、那无数的逝者的灵魂使她远离忧郁享有快乐，莎莉·卡洛说不清楚，但她分明能感觉到那种力量的强大存在。这力量给予她信心，去征服她的北方。她和未婚夫哈里约好三月去北方他的家中，她一月就动身了，因为那正是他所希望的。来到北方的第一天，她就感到了不快，不仅仅因为北方的年轻和强悍，更因为这些像寒冷的气候一样古板的"瑞典人"，他们对南方的鄙视和倨傲，而第一个表现这些的就是亲爱的哈里。在沉闷而矜持的舞会上，莎莉·卡洛发现自己不存在了，所有的人都把她当作哈里的附着物，大家都觉得对一个订了婚的姑娘献殷勤是很不绅士的，尤其不能赞美她的美貌和可爱。幸好碰到了一个有趣的罗杰·帕顿，他向莎莉·卡洛打听南方的《卡门》还好吗？她快活地回答，很好，《危险的丹·麦格鲁》怎么样？——他是唯一我了解多一点的北方人。和南方悠久的传统相比，北方是无知而冷酷的，这里的历史只能往上数三代人，莎莉·卡洛总是感到冷。

北方的风雪和严寒使莎莉·卡洛脸上出现了北欧人般的红晕，她沉醉在玩雪橇和滑雪板的乐趣中，——所有人都陪着她，但他们不快乐，因为这只是小孩子才感兴趣的游戏——莎莉·卡洛的快乐只是自己快乐的反射。让哈里和所有北方佬激动的，是正在山上建造的冰宫，在那里要举行自1885年以来的第一次狂欢。冰宫是壮丽的，人们是狂热的，莎莉·卡洛并不能体会他们的快乐。冒失的哈里带着未婚妻进入地层的冰洞，而他却把她丢了。莎莉·卡洛在这个寒冷的迷宫里看到了近一个世纪以来北方的魂魄们,在这个寒冷的地狱,孤独比死亡更令人恐惧,她高喊着哈里的名字,而哈里以为她和人们一起回去了。死神慢慢逼近,莎莉·卡洛想起了南方和夏天,她是属于夏天的孩子,她喜欢的是温暖和快乐。或许是南方逝者的灵魂的召唤,人们终于在莎莉·卡洛失去生命之前找到了她。

第二天,莎莉·卡洛就回到了南方。四月的午后,她懒懒地把下巴搁在窗台上,望着窗外金色的阳光里尘土飞扬的马路,"街的那头,一个黑人妇女唱歌似地叫卖着草莓"。

这就是菲茨杰拉德著名的短篇《冰宫》,它和他一生中的160多部短篇一样,都发表在当时的流行杂志上,成为菲茨杰拉德维持上流社会生活的经济来源。莎莉·卡洛是泽尔达·塞尔的化身之一,菲茨杰拉德在南方服役时爱上了南方少女泽尔达,从此为了她而追求文学上的成功。长篇小说《天堂的这一边》让菲茨杰拉德一夜成名,然后他如愿以偿地娶了泽尔达·塞尔为妻,在他短短的44年的生命中,他塑造了许许多多南方少女,写的都是泽尔达性格中不同的侧面,可怜的美人儿,她患有间歇性精神病。菲茨杰拉德爱南方如此之深,他认为"诗歌一定是一个北方人关于南方的梦"。因此他的作品充满了怀旧和乡愁,南方,成为他所有小说的背景和基调,成为他精神的故乡。

"一战"后的美国,经济大萧条到来之前的十年,是个挥金如土和充满嘲讽的时代。菲茨杰拉德和泽尔达夫妇置身于上流社会的灯红酒绿之中,一样的挥霍无度,在经济拮据的时候,菲茨杰拉德开始给流行杂志写短篇小说,美国小说中最为出色的长篇《了不起的盖茨比》,奠定了他在世界文学史上的地位,而他的160多部短篇小说才是他在读者中获得重大声誉和经济收入的作品。他用清晰的叙述、优雅的文风和点石成金的笔触,以及诗人的情怀、哲人的思考,把那个享乐的时代背后的虚无进行了多层面的刻画和描摹,他笔下那些追求新潮和独立的女性,她们是那样的充满魅力和勇气,那样的决然和义无反顾,又是那样的惶惑和无所适从。这,就是那个时代和那个时代的人们的心灵写照,菲茨杰拉德的小说表现着这一切,充满了细腻的历史感。

菲茨杰拉德一生依靠写作来生活,他享受着优裕的生活和社交活动,但他不同于杰克·伦敦的一夜暴富,在他短暂的人生里,追求成功和享受爱情始终是主题。在咖啡馆的轻音乐中阅读菲茨杰拉德,我的忧郁更大于快乐,落地窗外是一大片写字楼群,马路上,年轻的人们在寒风里衣冠楚楚地奔走,追求成功成为写在每个人脸上的符号,偶尔,我们也会去享乐,也会体验狂欢后巨大的空虚。我少年时出版过一本随笔集《比南方更南》,但那里面找不到乡愁,这个时代,要的是生存和竞争,不要怀旧和乡愁。我在庆幸自己的回归文学,能再度尝试着靠写作来生活,写一本好书多拿点版税,再卖给别人去拍电影或者电视剧,挣一笔钱,在老家的院子里盖个小楼,把院子里的丝瓜架扯上楼顶去,写作。呵,我没有菲茨杰拉德那样对时间的独特感受,我不知道这个梦想实现还要多少年。或者,它将永远是个梦想。

谁能指给我,哪里是我们精神的故乡?厌倦了的时候,莎莉·卡洛又回到了南方,而我们却无处可去。

最海明威的小说

与其他各有所长的世界文豪比，海明威是长、中、短篇的小说全能。中篇小说《老人与海》让海明威获得诺贝尔文学奖，而长篇《太阳照常升起》《永别了，武器》为他征服了全世界的读者，短篇小说同样是海明威冰山的重要组成部分，并且他是靠短篇一举成名的。

1925年出版的短篇小说集《在我们的时代里》，是海明威的第一部书，也是他的成名作。这部小说集所收的作品里，有十一篇是以尼克·亚当斯为主人公的，包括我们熟悉的《印第安人营地》。1927年出版的第二部短篇集《没有女人的男人们》里，也有三篇以尼克·亚当斯为主人公的作品，包括那篇著名的《杀手》；1933年出版的第三部短篇集《赢家一无所有》里则有两篇。如果把这些打着尼克·亚当斯烙印的作品抽出来排列一下，不难看出它们记述的确实是同一个人的人生轨迹，这个人就是海明威的化身。这个系列的十六部短篇小说，对于研究海明威和他的小说是非常有价值的。但是有一个问题，就是海明威并不是按尼克·亚当斯的成长轨迹来创作的，并且要展示一个人的命运，它们显得不连贯，跳跃性太大。

但惊喜总是会来的，1972年，菲利普·扬教授竟然从海明威大量的遗稿中发掘出八篇尼克·亚当斯故事，他把这八个故事插入已经发表的十六篇尼克·亚当斯故事中，按照文中时间排列，于是，一个新的海明威的世界产生了，当由二十四个短篇组成的《尼克·亚当斯故事集》出版时，无论作为文学作品还是研究资料，它都不亚于已经饮弹身亡的海明威又为世界贡献了一部新的巨著！

这是完整展示海明威人生轨迹和思索的史诗般的画卷，从他小时候度夏的密歇根州开始，从这里出发，由孩子，到青少年，到士兵，到退伍军人，再到作家和父亲，几乎就是他的人生写照；同时，他是最有海明威特点和味道的小说，他的冰山理论在这里是那么分明。

我想把《尼克·亚当斯故事集》的二十四篇作品目录抄录在这里，你会发现，它们的排列本身就是一部绝妙的短篇小说，或者说史诗：

三下枪声
印第安人营地
医生夫妇
十个印第安人
印第安人搬走了

世上的光
拳击家
杀手
最后一方清净地
过密西西比河

登陆前夕
"尼克背靠教堂的墙坐着……"

我躺下

你们决不会这样

在异乡

大双心河

了却一段情

三天大风

度夏的人们

新婚之日

论写作

阿尔卑斯山牧歌

越野滑雪

两代父子

　　给我的感觉是，海明威的经历似乎本身就是小说，而他只是用陈述句把他写下来就可以了。可惜的是这个译本现在连旧书网上都很难找了。而且遗稿中的多篇作品，其实是海明威放弃或者未完成的长篇小说比如《和青春同行》的一个开头或者片段，这使我们再次对这位文豪的弃世深感遗憾。

普希金：现实主义小说的基调

　　伟大的普希金，贡献给全人类不朽的诗歌，成为一个民族强大的精神支撑,同时,他还是一位杰出的小说家。普希金没有严格意义上的长篇小说巨著,他最长的小说《上尉的女儿》也不足十万字,似乎没有后来的现实主义大师的作品那样煌煌,然而他是现实主义叙事精神的源头,同时在他的作品里有古典主义的高蹈,因此他的小说虽然不如他的诗歌影响那么大,但就艺术而言,他比后来的托尔斯泰和陀思妥耶夫斯基更纯粹一些。

在普希金的小说作品里,最为读者称道的是《黑桃皇后》(《铲形的皇后》),寓言的精神总是能给人警醒和启迪,正如安徒生之于丹麦。就结构而言,最具普希金特点的小说我认为是短篇小说《射击》,它只有两节,每一节都相对完整和独立,在第二节留有一个缺口,正好和第一节对接,营造出超出字面的立体感,使故事具有鲜明的层次感。第一节讲"我"和退伍军人西尔维奥的交往,西尔维奥告诉"我"他的秘密,他曾经和一个年轻的骠骑兵决斗,因为骠骑兵对死亡的漠视,他没有向他射击,他要等待他惧怕的时刻的到来。就在骠骑兵要结婚的消息传来时,西尔维奥和"我"告别,带着他百发百中的神枪去复仇了。第二节写"我"退伍后,来了一位新邻居伯爵,"我"去拜访并在闲谈中获悉伯爵就是当年和西尔维奥决斗的骠骑兵,伯爵讲述了他新婚的时刻西尔维奥来和他完成决斗,最终西尔维奥放过了他。这个用第一人称写的小说以就这样巧妙的结构完成,多么高妙的匠心独运。普希金是俄国写"小人物"的小说的开拓者。

《上尉的女儿》则是普希金最成熟的作品,现实主义的方向在这部作品里完成,她承前启后,成为后世作家最重要的参照。他是现实主义的奠基人和开拓者。

无论篇幅长短,普希金的小说叙事总是那样经济,没有多余的枝节和不必要的描写,从而脉络清晰,力透纸背。读他的作品,我总感觉是在读寓言故事,既能享受到故事的丰富,又能获取人生的启迪。他总是那么轻易就完成了对生活的提升,这个伟大的年轻人,他是后世多少文坛泰斗的源头和鼻祖啊,他们在他开辟的道路上行走,而他始终在天上飞,像天使一样轻盈地引导着他们的脚步和思想。

普希金没有煌煌长篇小说巨著,但他始终是主旋律,后来那些伟大的现实主义小说作品,都是他这个大调上的交响曲。

多么可敬而伟大的生命!

像鹰一样高高地飞

拖拖拉拉把一个中篇写完,轻松得像放了大假,可以有一段相当长的时间不去考虑干活的事情,享受阅读和大片了。在阅读时,也许会偶尔想一想那个搁置的长篇,但就如同回想古人的愁绪,心情也是很放松和愉快的。

许多的大师,喜欢在自己的作品中有意无意地透露自己的文学主张和创作心得,陀思妥耶夫斯基、亨利·米勒、杰克·伦敦、毛姆都会这样。重读陀翁《被侮辱与被损害的》,对他传达出来的信息心悦诚服,在第六章,凡尼亚在伊赫缅涅夫家给一家三口朗读他刚出版的新书——

> 老人一上来皱着眉头。他本来以为这是一部极其崇高,也许他本人还不能理解,但肯定是高超的作品。但事实却并非如此,他听到的竟是一些平常熟悉的事情——同

每天在他周围发生的事情一模一样。……而且这一切又都是用我们普通的、不折不扣的口语写出来的……

大概十八世纪的古典作家和十九世纪的大师们的作品，多以历史人物、英雄人物和传奇人物为题材，因此像伊赫缅涅夫这样的普通人才有这样的成见并不以为然。而接下来——

我还没有读到一半，他们三个人就都流泪了。安娜·安德烈耶夫娜感动得哭了起来……老人已经不再希望看到什么高超的作品了。"从第一步看，你显然是登不了天的，你这不过是一篇小故事；不过却能抓住读者的心，"他说，"它能使你明白并且记住周围发生的事情，使人懂得，最受践踏的、最卑微的人也是人，而且是我们的兄弟。"娜达莎边听边哭，在桌子下偷偷地紧紧握住我的手。……她突然抓住我的手，吻了一下，跑出去，弄得她的父母面面相觑。

似乎老人的话有些说"底层写作"的意思，但显然不是这样，这里没有先入为主的对人物阶层的指定，而是对人性普遍的悲悯。这个样子的小说和它的精神向度，似乎才是我们所应该细细体会的。

下面，陀翁借老人之口，对作家本身做出评价——

……你看，那边有一本《莫斯科的解放》；那是在莫斯科写的。你从第一行就可以看出，孩子，作家像鹰一样高高地飞了起来……不过你可知道，凡尼亚，你的小说要简单些，容易明白些。……它好像亲切些，好像是我亲身经历过的事情。高超有什么用呢，恐怕连他自己也看不懂吧……

这也与我们倡导的"贴着地面的写作"正好相反，即使写最平凡的人，写最大的苦难，在作品里，作家也要像鹰一样高高地飞起来，达到精神的高度和理想的高度。与古典作家相比，我们的作家是否在退化？我们是不是与文学的精神背道而驰了？

写一部书，能让读者看懂，并且抓住读者的心，让读者感同身受，还要能朗读，让听者落泪和慨叹，是件很不容易的事情。

拜谒伟大的灵魂

　　诗人余光中四次到巴铁摩尔，在巴城的红尘里访爱伦·坡的黑灵。但他与这位伟大的诗魂无缘，只在艾米替街203号——爱伦·坡之屋外绕圈子，进不了这幢两层的红砖楼房。正是樱花当令的时节，樱花盛放十里锦绣，然而坡屋的守门人很不守时，余光中只好去谒爱伦·坡墓，站在墓碑上坡的半身青铜浮雕前，伸出手去，触摸传说中摸一下就能沾染才气的爱伦·坡鼻子——那鼻子已经被坡迷们摸了一百年，粲然若金——然后诗人就从诗人深陷而绝望的眼神中，看到了一个痛苦、敏感、患得患失的黑色诗灵。

　　余光中看到的埃德加·爱伦·坡的故居是这个样子：

　　　　十九世纪中叶典型的低级住宅，门面狭窄，玻璃窗外另装两扇百叶木扉，地下室的小门开向街上，斜落的屋顶上，另开一面阁楼的小窗。

就是这样一个毫无特点可言的贫民区大众建筑，余光中四度越洋来访，渴望进入。因为自1832年至1835年，坡在此中住了三年多，也就是在这里，坡和他的小表妹，患肺病的维琴妮亚（Virginia）开始恋爱，这是坡早期作品创作和恋爱的地方。因此余光中甚至准备用十美元贿赂守门人，在坡的床上勇敢地一宿，尝试一下和这个黑灵魂，这个恐怖王子，这个忧郁天使共榻的滋味，哪怕在这所"鬼屋"的床上被谋杀，只要僵直的手中犹紧握坡的《红死》，也算是终于访到了诗魂。余光中把爱伦·坡等同诗鬼李贺看待，并爱"鸟"及"屋"，迷上了这位黑人诗杰的故居。我曾经这样想。

1998年深秋时节，散文家卫建民从巴黎寄我一张明信片，背面写有一段话：

> 我正在法国旅行，每天去看一些古迹和作家故居。这一张，是在巴尔扎克故居买的，图为巴尔扎克的书房一角。就在这里，巴尔扎克以不断地写作度过了生命中最后的日子。

显然，卫先生把旅行安排为每天去看一些作家故居。故居的文化意义我也懂一点，然而诗人的余光中和学者的卫建民迷恋故居的什么呢？我久久地端详这张巴尔扎克书房照片：基调仿佛是黄昏，浅棕色的木制地板和深棕色的木制墙裙，窗前是靠椅，靠椅前是书桌，深棕色而有浓重的光泽。靠椅背和坐垫的花纹类似中国的缎子，底子细滑，花纹粗糙，仿佛浮雕；书桌面类似我们的课桌，但四条腿上的雕花考究而累赘，靠椅的扶手和腿也同样。壁布浅黄，花纹大而色深，也有东方意味；壁橱和门都是深棕色，壁橱里简单地有几件摆设，下格是个大高脚玻璃杯，中格仿佛一枚勋章，上格是一件中国的瓷器，是茶具吧。光照的缘故，窗户的木框呈淡黄色，有点泛青，从许多长方形的小格窗玻璃向外望去，是一片浓绿的树冠的海……不知卫建民从这里看到了什么，我依旧在审视这个万里之外，百年前的房间。

我长时间地审视它，企图进入它，最后我看到了书桌上那一方白纸，是它那随意摆放的姿势和一片浓色中的空白启发了我，然后我就看见巴尔扎克把这张白纸写满了字，又涂改得一塌糊涂，他站起来，把它往前推了一下，拿起他的手杖走了出去。纸上芜杂的文字将由那位夫人眷清，这是他们之间的默契。然而我很不适时地走了进去，拿起来想瞧一瞧大师的手稿，发现它仍是一张白纸，可我分明读到了一种精神。

大师的故居，是一种精神的留存。余光中吧，卫建民吧，他们的访谒，就是为领略、沾染这种精神，感同身受，将养修为和境界吧。我猜得不错，翻开余光中的《黑灵魂》，有这样一段话：

然而那敏感的、精致的灵魂泯灭在何处？他并未泯灭。只是，曾经凝聚的，现在分散，曾经作用在一具肉体的，现在作用在无数的肉体。

背景谈

赞扬一位作家的作品，现在大家都喜欢用"有野心"这个词组。他有什么"野心"呢？——这里是把贬义词当贬义词用，表扬他的作品是大作品的格局，有经典气象，作家本人有当大师的理想和追求。

说到底，任何张扬的说法，最终还是要靠朴素的实践来落实。作为一名作家，尤其是小说家，要想使自己的作品有大格局、大气象，并不是时时憋着一口气就能实现的。我们研究经典，研究大师和大作家的作品，多少是能学习到一些基本的方法的，比如说，通常情况下大作品所必备的条件之一：历史背景。

从一开始有语文课，老师总会给我们讲到一个问题：这篇课文的时代背景是什么？——是什么呢？给对社会和时代没有任何概念的娃娃们讲这个问题，当然是对牛弹琴。但是现在回头想想，这个问题在创作实践中其实是非常重要的，历史感、命运感、厚重感都来自于时代背景。可以说，时代背景不仅仅是人物行动的舞台，也是人物思想的背景。优秀的作家，对它的选择总是慎之又慎的。

据说，托翁当年写《战争与和平》，他最初的想法只是想写一部关于四个大家族之间的纠葛的小说，他为这部小说选取了一个背景：拿破仑战争。拿破仑入侵俄国，最初只是作为一个时代背景，后来，作家被这段历史强大的力量左右了，战争成了主线，而皮埃尔、安德烈、娜塔莎、尼古拉，统统成为被战争主宰着命运走向的棋子。最终，托尔斯泰本人也因为这部巨著的创作，得出了他举世无二的历史观：历史的走向不是被战争伟人左右的，它是被一种神秘的力量潜在推动的。四个贵族家庭里的人物，也因为战争背景，脱离了纸醉金迷的庸常生活，变得出生入死、可歌可叹，化腐朽为神奇了。

有历史背景意识的作家，在任何时代都是出类拔萃的。获茅盾文学奖的作家张平，其早期的作品《姐姐》和《祭妻》，之所以能一开始写作就获得全国优秀短篇小说奖，正是因为他用历史背景奠定了作品的大格局。我们看到，在那个家庭成分决定人的命运的时代，出身富农的姑娘兰子，嫁给了贫雇农赵大大，从而使这个两代五条光棍的破败家庭渐渐焕发出生机，她爱着丈夫，替他分担着生活，孝敬老的照顾小的，用女人的柔情和韧劲让负债累累的穷光景也红火起来，一家子都有了个人样儿。但是好景不长，"文化大革命"开始了，因为兰子的富农出身，赵大大的入党和弟弟们的入伍、学习、当红小兵都被搁浅了，这个家庭因此对兰子从感恩转化为抱怨和冷漠。兰子坚持要去看望病重被抓的哥哥，赵大大却趁机提出了离婚。兰子走了，弟兄几个都如愿入党、参军、学习了，后来，赵大大又娶了一个标致的新媳妇，几乎同时，兰子却孤苦伶仃地死去了。

在不停变换的强大的时代背景下,我们看到,赵大大注定要牺牲兰子去迎合社会,兰子的命运是不可逆转的,她可以不死,但她肯定不能好好地活着。人的命运,在时代和社会的铜墙铁壁面前,比一颗鸡蛋还要脆弱。正是这个原因使《祭妻》在当时独树一帜,三十年后再读,依然具有思想和艺术上的巨大力量。

想写成大作品,"野心"固可有,"有心"更可贵。

女性的本能与自觉

读了那么多书都没弄明白的事情，到了一定年龄自己明白过来了：我是人到中年才明白了一件事，男人和女人不属于同一物种，男人是社会动物，而女人是爱情动物。

易卜生的伟大之处在于，他不仅是一个诗人，他对社会和人性的研究也是深刻的。他的名剧《玩偶之家》，曾被鲁迅先生用来剖析当时的中国现实，破灭人们不切实际的幻想，但《玩偶之家》在欧洲上演之初，娜拉是唤醒了很多女性的自觉意识的，易卜生为此深受崇拜。但是无论是易卜生还是鲁迅先生，本意都不是关注女性的问题，易卜生说他只是把这个剧当作一首诗来写，他不想让妇女们按照女性意志来理解自己的作品。易卜生实在是研究社会的，是反映那个令娜拉绝望和反思的社会的本质的，他的对象是社会或者说男性主宰的虚伪社会。鲁迅先生拿来讨论娜拉出走后会怎样，也是就社会来启迪民众的。易卜生的伟大在于，一百多年之后，我们再看《玩偶之家》，会发觉他反映的正是我们身处的这个时代的社会问题，而我们也不得不承认，当下的中国，大多妇女过着娜拉的生活，却没有娜拉的自觉和勇气，这是艺术的伟大，也是我们的悲哀。易卜生还有一部戏剧《海的夫人》，揭穿了女性永恒不变的本质，她们不能逃脱自己是爱情动物的本质，却也甘愿为家庭和理解牺牲自己。《海的夫人》说的是一个有妇之夫觉得家庭乏味丈夫无聊，她宣布在海的那一边有她真正爱着的人，她要去找他，而那当丈夫的出于高于爱的胸怀决定给妻子以自由，这个时候妻子却良心发现了，她放弃了去海的那边寻找她的真爱。什么意思呢？当社会真正给予女性以自由的时候，她们才意识到自己对男性和家庭的依赖，愿意为此牺牲爱情，是这种牺牲精神更可贵呢，还是女性意识更可贵？这个问题值得我们继续探讨，到人类灭绝那一天，或许会有答案。

从这个意义上说，《飘》就是一部爱情小说，只不过斯嘉丽的爱情追索被置于一个宏大的历史背景之上，使女作家的爱情之梦更加瑰丽和震慑人心罢了。

中国的文学作品，女性主义的著作凤毛麟角，纵然有一两部，也被拿来戴上别的帽子，尘封起来。比如说《青春之歌》，杨沫塑造了林道静，不错，林道静后来确实是一个优秀的无产阶级革命者，而实际上，林道静就是个女性主义者，她不是在寻找革命，她是寻找反抗，她反抗家庭，反抗女性命运，并且不惜抛弃一切，更不惜一死，是余永泽的爱情安慰了她，但同时也羁绊了她，直到共产党人卢嘉川出现后，她才醒悟到自己要的是革命，只有革命才能实现自身的革命和价值，她把一己的价值投入到国家民族的价值当中，完成了质的飞跃。林道静的经历可以用来解释抗战时期纷纷奔赴革命圣地的女性们的动力本源,可贵的是那不是时尚行为,而是女性在家国命运的危亡关头和男性取得了平等甚至更可歌可泣的献身权利。江姐是其中的一个极致人物,她的志士的悲壮和女性之柔美同样俘获了我们的心灵和情感。

爱是女性的本能,牺牲是女性的伟大,这些和女性的自觉或者女性主义相比较,我真的不知道什么更重要,什么更有意义一些,作为男性,我们能做到的,应该做到的是尊重女性,同时尊重她们的爱和牺牲,也尊重她们的自觉和主义,毕竟,人类社会的发展和健康离不开女性。

废人之思

　　网上读史铁生文集，我在《务虚笔记》后面的留言板上首写道：史铁生是绝无仅有的，——他有残疾人之所无，有健全人之所无，因此他不可重复。我指的是他的思考，他对这个世界、他自己和别人的存在，以及所置身的社会、所从事的文学创作的想法。史铁生的思考底线是无望，也就是无欲无求——他不能走路，有严重的肾病，无法拥有正常人的交际和其他生活内容——，这等于说他的所思、所说，都不是以功利目的为前提的，他在生活之中运用自己最健全的器官——脑——感知和参与着运动与发展，而不受任何诱惑的左右，因此常能获得新的发现。几乎所有内功心法上都强调一点：排除杂念。练功的那一会儿排除杂念不难，在相当漫长的生活中排除杂念，是一个正常人或平常人绝难做到的，除非，你是个废人，除了思考，别无所求。这个废人，还要是像史铁生一样的废而不废——有知识,有爱心,不怨毒,不变态——这废,便成为得天独厚的过人条件,识人所不能识,悟人所不能悟。这废人,在常人眼里,便成了"圣人"。

废人的思考,是支撑自己不至于放弃生命之手,因此,废人之思源于自救,并最终以展示自救来教人学会自救,完成救人。这自救与救人的力量,是与战胜身体上不正常的力量成正比的。"弯人"陈村,多次与"废人"史铁生对话,陈村的力量和深度,明显不及史铁生,常有难脱世俗味道的话语出现,与史铁生的纯洁相异,盖陈村仅"弯"而尚不及"废",他摆脱不了世俗功利的左右也。

废人者,有身体之废与心废两种,均能出"废人之思",古来从王侯将相到黎民百姓,失意后心灰意冷而遁世,却终有所悟者,不乏其人,可见心废如同换了双眼睛看世道,换了副心灵感知生命,因此而能获得新发现。

"废人之思"贵在自救和救人,为获得它而自废身体、自绝心灵,就成了自毁。我常常想,健全人病时、失意时与"废人之思"偶有擦肩,绝大部分的生命中却活在"圣人之思"的左右和功利驱使之中,在这种情况下,想做"废人之思",就要不信"圣人之思",置身功利之外,或者会像练内功者"排除杂念"一般拥有一段纯粹的思考。因此,当我在提笔作文时,常先对自己说:百无一用是书生,不要想着笔下的文字能用来做什么,能改变什么,它们只是一种思考的记录,仅此而已。

世上的事情就是这样有趣:圣人其实是无用的废人,而废人却最终成为圣人。

手不释卷的李存葆

2006年4月初,一年一度的洪洞县大槐树寻根祭祖节首次由山西省人民政府主办,盛况空前,海内外各界名流应邀络绎前来。其中就有《高山下的花环》《祖槐》的作者、解放军艺术学院副院长、少将李存葆先生。作为县政府分管文化的领导和班子里唯一的作家,当然由我专门陪同招待李存葆老师。

李老师给我的第一印象是黑,很匀称和有血色的黑,黑的深邃;第二印象是威,两道眉毛竖着。这两个特点很像个将军,看不出来是个作家。但是只要一交谈,这个山东老人的慈祥、亲和、优雅就让你感受到浓浓的书卷气。

李老师在洪洞待了三四天的样子,我每天晨昏相陪,心中的敬意逐日增强。说心里话,他是我见过的最爱读书的人,除了吃饭,几乎手不释卷。我见多了爱买书的人,第一次见如此酷爱读书的人，以至于很长时期以来心灵处于震撼和自愧之中。

甫一下榻，李存葆老师就问我，能不能找几本有关洪洞历史文化的书来，他想看看。我当即回到办公室把书架上有关洪洞历史、名胜传说、风物人情的书挑了几本，交给李老师。他翻了翻说不错，你忙吧，我躺床上看会书。径自拿回里间去了。

吃晚饭时，他告诉我说书很好，他很感兴趣。饭后，我建议他到宾馆前的中心广场上转转，他说好，背抄着手和我踱出来。我说李老师的祖上一定是从洪洞迁到山东的，只有移民和洪洞人才有走路背手的习惯。他笑笑说，你一定没读过我的《祖槐》。

正值仲春，又逢盛会，中心广场上户外活动的人成千上万，我们在人丛中走了两圈，李老师问了我一些文学上的问题，记得是问我主要写什么体裁，对哪些作家感兴趣。我彼时年轻，信口雌黄，一定说了很多幼稚的话。但他很认真地跟我做了讨论。

转悠了很短的时间，李老师说，我回房间看书啊，你也去休息吧。我要送他回房间，他不让。

第二天一早，七点二十左右的样子，我去宾馆陪他吃早餐。房门还没开，我让秘书悄悄喊来服务员问情况，小姑娘睡眼惺忪地说，这位客人昨天半夜还在楼道里捧着书走来走去地看，问他有什么需要，客人说睡不着，房间里闷，来楼道里看看书。随手还送给服务员一本刚刚看完的书，建议她也看看，小姑娘觉得很有趣，也捧着看，结果看到天快亮才去睡，所以精神萎靡。我听了乐不可支，嘱咐她一定要照顾好这位大作家，她说，怪不得呢，原来是个作家呀，他可真爱看书，我每次收拾房间时，都看见他捧着书看！

李存葆老师在洪洞的几天里，除非必要的会议和活动，从来不离开宾馆，吃完饭就是回房间看书，既不要求去休闲，也不愿意去游玩，更不参加任何应酬。他虽然是个将军，却是个十足的书生，心直口快，我记得他参加完一个高规格的宴会后，回到房间对我说，全是些当官的，我和他们没有共同语言，坐那里难受得很。又眨眨眼说，那个爱说话的女领导，一点没文化！他浓重的山东口音说来很有韵味，我听了忍不住笑，那个女领导，实际上是一所著名大学毕业的，但在李老师看来，她的谈吐毫无文采思想可言。

送李老师去机场的车来了，县长亲自来给他送行，我安排人给李老师拎着包，他一路从房间出来，出了宾馆大门，一直到上车手里都拿着一本翻开的书。和我握手时，我惊讶地发现竟然是我昨晚送给他求教的长篇小说《公司春秋》，我激动地问，李老师，您还真看我的书啊？！他用惯有的凝重表情望着我说，不错，很吸引人，只有你这样的年轻作家才能写出这样的书来，我昨晚读了一夜，看了一多半了，估计去机场的这两个半小时，在车上就能看完。我又感动又骄傲，把他瘦瘦的手握了又握。

时光荏苒，转眼五个年头过去，2010年的8月，中国作协主席团会在山西召开，我正值病中，没有参加接待。因为铁凝主席在看望马烽老的遗孀段杏绵老师和胡正老的时候，说起我的创作情况来，问我为什么没来。晚饭后我赶到迎泽宾馆去看望铁主席。跟铁主席话别后，在宾馆大厅的书吧看到一个熟悉的身影，黑瘦，背微驼，几步赶上前去，正是李存葆老师。五年时光，他更瘦了，而且俨然已经有了春秋。我喊声李老师，双手握住他的手，激动地说，李老师，您还记得我吗，那年在洪洞，我一直陪着您。李老师说，怎么不记得，你是李骏虎嘛。我说对对对。但是他已经把目光投向了书架，对我说，你忙你的，我挑几本书。——他还是那样，不善应酬，只求读书，淡然，纯粹，让人敬仰，更让人羡慕。

景老师消失在地平线

我就是传说中的那个偏科生,俗称"跛腿子",从小学到初中,每逢考试语文成绩全班第一,作文几乎回回满分,而数学真不能提,从来没记得及格过,尤其十九分总是阴魂不散地缠着我。我每每忐忑地等着父亲钻进被窝,才把父母的卧室门推开一道缝,把我那标着鲜红的"19"号数学试卷试探地递向父亲,父亲不能赤条条地跳下炕来教训我,只把他极度失望的目光射过来,让我羞愧得想在地下找个缝钻进去。

那年,我十八岁了。每个人都能等到幡然悔悟的那么几年,一下子就变成了个大人,一股子气顶在脑门上,豪气鼓满胸膛,要玩了命的奋斗,要改变自己的命运,要拿青春赌明天。我化名"李云翔",选择了一个偏僻些的中学去复读(已经是第二年复读了),我的心思是隐秘的,也是雄心勃勃的,要创造一个崭新的自我。

这个新成立的初级中学相当破败，前身是一所遗弃的苏式营房，每个年级只有一个班，我的班主任叫景长好，代数学课。有意思的是直到毕业多年后，我还认为我的班主任是叫"景长浩"——"浩气长存山河壮"么，没想到竟然是个有女人嫌疑的"长好"。这多少让景老师多了几分喜剧人物的色彩，他本身也是很喜剧的形象，瘦高，扁平而赤红的脸，鼻子小而尖，两抹稀疏的黄胡须卷曲着，说话是很缓慢而低沉的喉音，表情总是似笑非笑。比他的语速还要缓慢的是他的脚步，晃荡的裤管下一双不系鞋带的解放胶鞋，前脚蹭出去半天了，后脚还在犹豫着是否该跟上。就是这样一个让人忍俊不禁的人，却极有威严，班上我那几个好友也是没人敢惹的"霸王"级，敢打老师的，见了景老师都缩起脖子只有吐舌头的份，任谁都不敢造次。——据说，看门房的老两口最后一只母鸡被偷吃后，景老师曾把其中几个单独叫进办公室，按在床上扒了裤子，用他那磨光花纹的胶鞋底着实打了几十下。多年后我们在一起笑谈，那谁嘿嘿嘿嘿笑个没完，直到笑出眼泪来，不迭地说："服了，服了，那家伙真打啊，打起来没完，打服了打服了……"偏偏是这几个，和景老师感情最深，毕业后经常去看望恩师，师生之间像哥们一样说笑着回忆从前。

有件事存疑，那就是景老师的袜子，据说他从来不洗袜子，穿脏了就压在床铺下，把早先压在底下的那一双再拿出来穿，久而久之，他的袜子从床铺下拿出来竟然是能站住的。这是说景老师的懒，他懒到什么程度呢？喝点酒能大睡一天，半夜三更才爬起来。这个时候爬起来，有个缘故。对于农村孩子来说，升学是唯一的出路，对我们这些复读生更是如此，大家都憋着劲赛跑，别人睡觉的时候自己悄悄溜到教室里用功，通常凌晨一两点钟，还会有十几个人静悄悄地学习。这个时候景老师悄没声息地进来了，穿一件红色的旧运动衣，披着洗褪色的黄军装，眯着眼睛扫视一圈，径直走到坐在门口的学生身边，先把双肘支在课桌上，才把屁股放在板凳上，低声地干咳一声，酒气和烟味很浓地问："有什么问题没有？"当然有问题，不会解的题都折着页，就等他来辅导。"这个题，这么着……"景老师伸过手臂拿起三角板，在图形上比画一下，"这样加辅助线，你看……看出来了吗？"学生就恍然大悟了，真是名师一点啊。"没有了吧？有了再说。"站起来，披着旧军装，慢腾腾挪向下一个学生，先把双肘支在课桌上，才把屁股放在板凳上，低声地干咳一声，酒气和烟味很浓地问："有什么问题没有？"直到把所有人的问题解决完，打着哈欠回去办公室兼宿舍接着睡大觉。也有特殊情况，就是他一时也解不开的题，必然一个人比画到天亮，严重的时候一连几天比画同一道题，直到找到办法。

　　有时候中午喝了酒也不误白天的辅导，开学没几天，我对数学没底气，每个自习课都弄代数和几何，景老师扑塌扑塌进来了，弯下腰看我做题，他个子高胳臂长，双手支在课桌上，我同桌就在他怀里做题。他一言不发，看得我鼻尖直冒汗。后来我同桌溜到最后一排去了，他就歪歪身子坐下来，把胳臂弯起来平放在桌子上，脑袋枕在胳膊上，慢条斯理地说："听说你数学从来没及过格？"我说："基础不好。"他也不笑，依旧慢条斯理地说："基础不好不怕，关键要讲究方法。"拿过我的三角板来，放到试题的图形上，"你看，这里加条线，这样，这样，是不是？"我眼前一亮，神了！"关键要会加辅助线。"他强调。我从来没想到解数学题有这么大的乐趣，代数、几何原来是这样迷人的智力游戏，我仿佛被内力深厚的武林高手打通了任督二脉，功力大增，一个学期下来，寻常的试题已经不能满足我的兴趣，到处淘疑难课外试题来挑战，在坍塌的营房找几快白灰块,就在残垣断壁上画图形解题,只要找到辅助线为止,已经不屑于把题做完。再后来我们的学习委员都来请教我解题方法,他还到处宣传说:"云翔一讲我就明白了!"数学成绩上去了,升学已经不是什么问题,但是副作用太大,直到十几年后我母亲还在抱怨:"跟上长好什么都好,就是学了个慢性子不好,走路像踩苍蝇,能把人急死。"

我至今无法定位景老师到底是个喜剧人物还是悲剧命运,有一回我们几个在操场上的瓦砾堆上读外语,一个人突然住了口,拿书本掩住嘴悄声说:"快看,快看,长好又跳墙了。"我一扭头,看见景老师骑在墙头上,——他家在学校后面住,人懒,为了省几步路,总是要跳墙,结果那里就被他扒成了一个月牙形,——明明看见他从墙上溜下来了,突然消失在地平线以下了。有人就咕咕鬼笑,说:"我打赌长好一定掉井里去了!"大伙赶忙跑过去,扒在墙根下的枯井口张望,就听见里面有人打呼噜。赶紧大呼小叫想办法把老师拉上来,酒醒后走路就有些跛了。都说一个人不会两次涉过同一条河,但我们把景老师从同一口井拉上来至少在两次以上。他又一次从井里出来之后,头碰破了,戴了他儿子一个毛线帽子,配着两撇小胡子,远远地晃过来,就像《大师与马格里特》里的一幅插图。后来听说他出过两次车祸,还在伐自家地里的大树的时候,被倒下来的树砸过一次。

十多年后,我挂职回到家乡,景老师已经是校长,因为骑摩托出车祸把多个内脏切除了,但奇迹般康复了,只是更加的瘦长了。我分管教育期间,帮他争取了点资金,把校舍危房翻新了一下,他怕包工头从中谋利,亲自领着人干。完工后我去看了看,教室墙那个厚,门窗那个坚固,比自己家盖的房子不知好上多少倍。牛年新春,听说景老师又出车祸了,问题很严重,我还没来得及去看他,但我相信他一定没事，掉了那么多次井，出了那么多次事，不都没事吗，我这位恩师，他是属十二属相里没有的，他属猫，至少有九条命欤。

载《文艺报》2013年3月12日

艺术与人生

机会主义者慕容博父子的悲剧

古人有云：谋事在人，成事在天。是说机会和运气。我们现在也常说：机会面前人人平等，还说：机会总是垂青那些有准备的人。这都不错，可以说，没有机遇，成功的人和成功的事就会少许多，人生也不会像金庸的小说那样充满巧合和戏剧性，用吾师王小波的话说：那该多无趣啊。

创造机会和寻找机会，于是就成了一些胸有大志者的情结和信仰。可是，太相信和依赖机会了，往往会适得其反，忘记了比机会更重要的准备工作，待得机会这头肥猪拱门时，却又眼巴巴把它错过。许多好事情就是这样被耽搁坏的。毛主席他老人家批评这种人为：机会主义者。打个比方，机会是毛，平日里辛苦的准备工作是皮，所谓"皮之不存，毛将焉附"？比如《天龙八部》里的大燕后裔慕容博父子，就犯了这个机会主义的严重错误，才使复国梦成了泡影。事情一开始就坏在慕容博手里，他错误地认为个人的武力能够决定一切，不去组织自己的势力、组织运动和起义，却钻在武功典籍里做书虫的成龙大梦。还错误地估计了政治形势，妄图利用大宋武林人士与契丹武士的血战来引起两国交兵，先搅浑水，他好摸鱼。失败后还不思悔改，依靠装死来等待机会，唉，我敢肯定，他读过那么多武功秘籍，一定没读过《守株待兔》这则小小的寓言。——人之入魔，不过如此！

正是慕容博的错误教导，毁了他的继承人慕容复小哥。慕容小哥涉世不深，却武功盖世，难免不可一世，可是心理素质不如他老子，看到大业迟迟没有燃起希望的火苗，搞得心理变了态，把区分武林正义和邪恶的基本判断力都丧失了。应该说慕容复比他老子运气好，碰到了很多机会，比如三十六洞、七十二岛围攻灵鹫宫时，比如游坦之带领丐帮挑战少林寺时，他如果正义凛然、惩恶扬善，说不定会大获人心，得到武林的响应。而他却丧失了最基本的善恶立场，最后弄得鸡飞蛋打，狐狸没抓着，倒弄了一身骚。这都是机会主义给害的。此时如果他能够自省，对人民心声和政治形势做一回踏踏实实的调查研究，制定出切实可行的复国运动方案来，把工作做到实处，比如拉一支军队出来，再培养大量间谍，安插到各国的政治、经济、文化、军事领域，做过这些充分准备，等待时机到来，则大事未必不能成功。可叹他执迷不悟，越陷越深，最后沦落到助纣为虐、认贼作父的无耻地步，形象大坏，不但把绝代美人王语嫣输给了段誉，连情同手足、对他忠心耿耿的包不同和风不平都杀了，最后包不同临死给了他一个评语：无耻小人！

唉，挺帅挺有才气和前途以及女人缘的一个帅哥就这么毁了，先变态，后发疯，都是他老子遗传的机会主义害了他。可是，金庸先生似乎没有批判机会主义的笔墨，他是个浪漫主义者，他给慕容父子安排的就是这样很戏剧化、奇迹化的奋斗命运，所以最后慕容博只能消极地大彻大悟，放弃所有的理想，他可怜的儿子也只好疯掉，帝王梦终成泡影。不过，《天龙八部》毕竟是武侠小说，不是《中国通史》，这样的结局未可厚非，且颇有韵味。

三姨太：一个时代女性美的象征

张胜友先生谈李国文的小说《记忆》，说一个年轻的女放映员因为遭遇爱情，慌乱中把领袖的图像倒置了，因此被打成反革命，当然后来平反了。我突然就想到了小时候在农村看黑白电影的情景，想到了一个典型的银幕形象：三姨太。

在70年代出生的人的影像经验里，三姨太是脸谱化的，几乎所有的三姨太都一个形象：年轻、漂亮，有细细弯弯的眉，有一点红红的唇，说话莺声燕语，举止万种风情。现在想来，她几乎就是性感美的代名词，而且是绝对的男人杀手，你看那些老爷、军阀，不听皇帝的，就听三姨太的。这个脸谱化的形象具有十足的魅力，它足以使后来试图把三姨太从"神"恢复成"人"的努力全部失败，她把一切"三姨太"的可能性杀死，以至于后来的文学作品和影视作品都不得不把这个银幕形象当生活原型来用，比如苏童的《妻妾成群》拍成的《大红灯笼高高挂》，那个三姨太的形象就是抄袭的黑白电影里的。而这个形象无论好人看还是坏人看，它似乎都是美的，妖娆、迷人。

样板戏是精品，三姨太也是精品，它的形象是深入人心的，我知道那个时候刚刚进入青春期的小伙子们，喜欢上谁，就悄悄说人家是三姨太，就是现在说的梦中情人的意思。大概这个形象还包含对爱情的勇敢追求的意思，因为几乎所有的电影故事里，年轻的三姨太都会背着老爷和公子相爱，或者背着大帅和英俊的副官相爱，哦，她其实是给予了一代人性感女人的概念和大胆爱情的梦想的。甚或她还常常是带枪的女军人形象，一身戎装，戴贝雷帽，英姿飒爽，眼风撩人，有时她还会有特殊的使命，洋溢着神秘之美。

不过时代不同了，现在你觉得哪个女士漂亮性感，再说人家像三姨太，是要担风险的，或许一辈子都别再想让人家和你说句话。

文化忧思录

看孔子被注册为商标

  北京台有个卡酷动画卫视，孩子爱看，一家人就跟着每天看国产动画片《喜羊羊和灰太狼》。领着孩子上街，娃娃看到有卖气球的自行车后面拴着一大群"美羊羊"，闹着要，五块钱买一个。玩几天，破了，再买一个。后来去玩具店，买了个布娃娃"灰太狼"，惟妙惟肖，喜欢得不行，睡觉也要抱着。

  这还好，上半年中央台少儿频道播放《花园宝宝》，明知道那又是像《天线宝宝》一样几乎等于玩具广告片，但娃娃迷得不行，晚上"乌西迪西"睡了她才睡，一睁开眼就要看"依古比古"。为随时能看，买碟，后来杂志出来了，买杂志。再后来吃肯德基的时候看到一个小孩抱着布娃娃"乌西迪西",才知道玩具终于"盼"出来了,领上孩子满大街找着买。

当然,毕竟为人父母不能盲从孩子,就试着鉴别,发现英国的老动画片《托马斯和他的朋友们》比较有教育意义,就买了碟让她看,虽然不如《花园宝宝》和喜羊羊热闹,还能看进去,但是提出来:"爸爸给我买托马斯。"嗨,还是买了玩具。

这段日子央视少儿频道播大型动画片《孔子》,好啊,大人看着都受教育,就引导者孩子看。两岁多的小孩,好容易能坐下来看,一见字幕就嚷:"爸爸别让它完。"很高兴娃娃能喜欢,虽然她肯定不懂,但相信耳濡目染一定有好处。今天晚饭时又看,第一集完了,第二集前插播广告,说:孔子书包!就看到动画里的孔子形象已经被印到了粉红的书包上,就像"奥特曼"和"喜羊羊"。《孔子》竟然也沦为了商品广告片。

就有点失望,多好的片子啊,创作出这样艺术品位的动画片不容易,怎么还是逃脱不了商业利益呢?本来我们就是个缺乏宗教信仰的国度,有个孔圣人在那里引导,正如张明敏在《垄上行》里唱到的"儒家的传统思想引领我们的脚步",虽然被批得千疮百孔,也聊胜于无啊。如今,孔子也被注册成了商标,我不知道,将来在我们的孩子心目中,还有什么能够让他们觉得神圣和敬畏。孟伟哉老人曾经对我说过,现代人最大的问题是"什么都不怕"。什么都不怕,是最可怕的。我们失去了对自然的敬畏,对文化的敬畏,对天的敬畏,不知道会是个什么结果。"80后"怕没房,"90后"怕什么?我的娃娃这一代孩子又会怕什么?什么是他们可敬畏的,什么能激发他们心目中的神圣感?

传统文化虽然有很多迂腐甚至制约人性的东西,但瑕不掩瑜,它那些光芒璀璨的瑰宝是我们的国家和民族真正的精神血脉,有些东西，是不能被铜臭玷污的。

"舶"来的节日

　　节日，是一个国家或民族的文化内涵的外化和表现，它的形成和形式都是独特的，是区别于其他国家和民族的特质。它甚至是神奇的，比如中国的许多节日，带有节令预告和神话情结的双重特征，当此节日时，不但气候应时而变，庆贺方式也与几千年的传统文化密不可分。这是异邦异族难以学习到精髓的。

　　然而，曾几何时，西方的节日却风行神州，圣诞节、情人节、狂欢节、感恩节等等不一而足，尤其近些年，这些"舶"来的"洋节日"在中国越来越像那么回事，过节的人越来越多，倒使中国本土的许多节日相形见绌，大有喧宾夺主之势。许多热心于传统文化保护的人站出来力推中国的"情人节"（农历七月初七），以及其他可以和"洋节"相照应的节日，意在光大传统文化，然而应者寥寥，显得悲壮而无奈。

　　为什么会这样呢？因为这些"舶"来的节日已经和麦当劳、肯德基、比萨一样以时尚的方式进入中国社会，通过人的认可和参与成为流行文化的一部分。最终进入人们的精神文化领域，得到认可和推崇。"洋快餐"的介入与流行是与中国社会的发展息息相关的，随着时代的进步与发展，生活、工作节奏加快，讲究"食不厌精，脍不厌细"的中国饮食太浪费时间，渐渐被"洋快餐"挤出一片空间和市场来。这是先饮食行业，后扩展到社会、文化领域的成功例子。同理可以研究"洋节日"的流行原因，这要比"洋快餐"

复杂一些，可以从两方面分析，一是精神文化原因，"洋节"的最初进入中国是与宗教息息相关的，比如圣诞节最初的进入中国，是数百年前西方的传教者传播的结果，而它的流行，却要从经济的角度去分析。众所周知全球化首先是经济的全球化，然后强势的经济推动和传播强势的文化。这是水涨船高的道理，文化、文学莫不如是。在我国经济快速发展的今天，尤其加入WTO后，经济模式上对西方的借鉴和交流，使相对强势的西方经济中心借全球化之潮流将以强势经济为基础的强势文化传播到中国，或者对已登陆中国的"洋节日"推波助澜，使之成为流行文化的主流，比如情人节和感恩节。另一方面它也是中国人自我的精神选择的结果，老百姓的选择体现了人的发展欲望，以及中国社会进步、经济上升时的宽容。

虽然文化的全球化对一个国家和民族的传统文化的冲击是巨大的，但也没必要过于恐慌，毕竟尊重信仰和精神取向是对人性最直接的良性表现，所谓"吹尽狂沙始到金"，经历过一番冲击和抗衡后的传统文化，能留存和发扬下来的，必定是最有底蕴、最有代表性和最有活力的。

圣贤遗迹洪洞县

洪洞之地，古称杨侯国，为周文王庶子伯侨的封地。春秋时为晋国所灭，成为晋悼公胞弟杨干封地。秦统一六国后，设郡县制，始称杨县。唐武德元年迁县治于洪洞镇，始更县名为洪洞县。1953年与赵城县（今赵城镇）合并称为洪赵县。赵城一地，为周穆王封随驾平叛有功的造父的食邑，春秋时为赵简子封地。秦时置赵县。1953年，洪洞、赵城、霍县（今霍州）、汾西四县合一，称洪洞县；1954年霍县、汾西分治。洪洞县的沿革，脉络大体如此。

洪洞县的名气很大，知道中国有个洪洞县的人很多，提起她，人们总能如数家珍地说出"大槐树、广胜寺、苏三监狱"来。的确，在全国范围内，洪洞县和她的这三处名胜古迹几乎为最大多数的人耳熟能详，——人们慕名而来，到大槐树下寻根，上广胜寺瞻仰飞虹塔的异彩，来明代监狱证实一回苏三的爱情的传奇；或称奇，或满足，或意犹未尽，总之，人来过了洪洞，脚走过了古迹，未免不自认为了解了洪洞的历史文化，往后与人聊天时，不难说出洪洞县如何，几处名胜如何。其实，这只是看到了洪洞旅游的亮点，而没有探究到她的底蕴，——仿佛感受到了某人的魅力，而尚没来得及与之深交。无论从时间的深度和地域的广度上来衡量，无论从胜迹遗址的数量，还是人文影响的历史意义上讲，洪洞县在人类文明史上都有举足轻重的地位。

  提起洪洞县的人文遗迹，我总是想起那句"自从盘古开天地，三皇五帝到如今"。这毫不夸张，星罗棋布于全县1563平方公里山川的263处名胜古迹，存录了从人文初祖、"三皇"之首的伏羲氏到现代抢救国宝《赵城金藏》的高僧力空法师（1892—1972），中华圣贤名士，在洪洞这块厚土上留下脚印的不胜枚举，《中国历代名人词典》（南京大学历史系编撰）所列26位远古圣贤，在洪洞留有遗迹和流有传说的竟在半数之上。——洪洞古称"神圣之邦"，此言不虚。

  梳理洪洞县的人文遗迹，要想一一讲清楚，至少要一套书来容纳，我回洪洞县挂职后，接触到的当代人著述的这方面的书籍就有30本（套）之多，这还不算与此相关联的文艺作品。因此，篇幅所限，只能按时间段划分为远古、古代、近现代及当代三个部分，挑选在人文历史上影响深远的做一点介绍与探佚。

远古：伏羲氏、女娲氏与"神亲"

  之所以不称"伏羲、女娲"，而称"伏羲氏、女娲氏"，是想尽量远离神话传说,靠近科学考证,——"伏羲、女娲"是人名,而"伏羲氏、女娲氏"则是对两个氏族的称法——从考证的意义上来说,传说中的"伏羲、女娲兄妹相婚",实际上是伏羲氏族部落与女娲氏族之间由于合婚而成为一个新的氏族部落:伏羲女娲部落。这在《帛书》中有详细记载,同时记述了伏羲女娲氏族大约生活在旧石器时代晚期向新石器时代过渡的阶段,他们创立婚姻制度,以六书法造字,教民织网捕鱼、驯养动物,始作八卦,初创文明,为中华民族的生存和发展奠定了社会物质基础,成为中国人早期祖先的代表和象征。伏羲女娲氏族以及他们的历史贡献在洪洞县留下遗迹的有三处,分别是淹底乡封底村的伏羲画卦处、明姜镇伏牛村和赵城镇侯村的女娲庙陵。伏羲氏画的先天八卦,是《周易》的前身,把自然界的八种物象与人的生存状态和谐结合,是人类把宇宙万物的变化规律进行总结相应的智慧结晶。封底村设有画卦台,四面环山,周围八个村庄环绕,每村相隔八华里,距离卦底村也都是八华里。八个村庄分别相应代表八卦中的"乾、坎、震、巽、离、坤、兑、艮",标志着"天、水、雷、风、火、地、泽、山"。中国的传统文化与人文精神,就是以这里为源头。伏羲氏出于甘肃天水,而他们在洪洞县留下了人类文明最重要贡献之一的画卦处遗迹,是把活的标本一直保留到了今天。痴迷于此的研究者李文生先生,从遗址上挖出几通巨大的石碑,其中一通正面刻有"伏羲画卦处"五个大字,背面镌刻"嘉庆捌年拾壹月二十二日吉立",是清代所立,碑铭对此地伏羲庙的创建可追溯到"元大德年间"。伏羲氏在洪洞县留下的遗迹,还有明姜镇的伏牛村,相传为伏羲服牛乘马之地,并留有传说和遗址。

女娲陵所在的赵城侯村,商代时就已形成村落,《文献通考》载"女娲葬赵城东南"。遗址在今洪洞县城北12公里、赵城镇东4

公里处。《平阳府志》载："唐天宝六年重修，则天宝前已有庙也。"从《清一统志》的记载看，规模很大，除女娲的庙陵外，之前的盘古氏、燧人氏，之后的炎帝、黄帝乃至尧、舜、禹都在此处有庙殿享祭，可见女娲作为母系氏族的部落首领，在人类演进史上的承前启后的重要地位。正殿补天宫四壁绘有"抟土造人""断鳌之极""炼石补天"等彩色壁画，女娲氏族在天文气象方面的发现和总结，被以神话的方式加以升华和表现。女娲陵前巨大的蜂窝状"补天石"，研究者有陨石和火山岩等多种推测，可以推想当时或有天外来石，或有火山爆发，"炼石补天"的传说与这些天文自然现象不无关联，体现着人类认识自然、改良环境的不屈精神。洪洞县对女娲的研究旷日持久，本着文物保护和旅游开发的目的，女娲陵庙逐步筹备修复。著名作家冰心和陈香梅女士考察了女娲陵后，分别题写了匾额。2008年奥运会的吉祥物福娃，即取"伏娲"谐音，体现中华文明的光辉久远。

洪洞县甘亭镇的羊獬村，古为周府村，尧在此地发现了羊生下的神兽獬，于是迁居于此。尧在历山（今洪洞县万安镇）访贤，遇到了舜，为了考验舜，将两个女儿娥皇、女英都嫁给了他。每年的农历三月三日，娥皇、女英都要回羊獬扫墓祭祖，四月二十八日尧王生日后，又回历山和人们一起参加夏收。羊獬、历山两地人民感戴两位娘娘的恩泽，自发迎亲、送亲，她们去世后这一仪式也被作为风俗保持下来，一直延续到4700多年后的今天，从未中断。每年的这两个日子，送亲的敲锣打鼓、彩旗招展，迎亲的扫洒庭除、杀猪宰羊，沿途的人们献茶敬酒，早早备下丰盛的饭菜，被褥拆洗干净，争相把"亲戚"往自己家里拉，谁家能管上顿饭，让"亲戚"住一宿，是莫大荣耀。那样的其乐融融、真情洋溢的氛围，那样朴素真挚的民风民俗，在人与人之间信任与真情日渐淡漠的现实世界，尤其商品经济时代，带给游客的是怎样的触动啊！许多民俗研究者都追随送亲队伍徒步走完全程，听一程，看一程，哭一程，叹一程，全程下来，仿佛经受了一次人间亲情的神圣洗礼。"娘家"的羊獬人民把娥皇、女英称为姑姑，把舜称为姑爷，如今的羊獬村汾河滩中的唐尧故园存有"姑姑庙"，而历山存有"爷爷庙"。这门"神亲"的规模和传承历史，在全国乃至世界上都是独一无二的，而今已成为盛大庙会。相传，威风锣鼓便是帝尧嫁女时所创，如今保留下来的曲牌，从中依然可以窥见当时送亲、迎亲时所走的路线和大致情景：《风搅雪》（三月三羊獬人去历山接姑姑时的气候现象，尧王感时而作）——《驷马投唐》（唐为尧最早封地，指代尧。表现娥皇女英快马加鞭看望父母的急切心情。传为舜作）——《笑回乡》（娥皇、女英回到父母身边的心情）；《东河沙》《西河滩》（四月二十八历山人到羊獬接二位娘娘回婆家，在汾河滩与前来迎接的羊獬人相会的欢乐情景。传为舜作）——《吃凉粉》（历山人接上娘娘返回时，值酷暑，沿途各村都备有凉粉这道解暑菜）——《刺结花》（二位娘娘回到历山时，正值枣花将开，此曲牌传为舜所作，至今只有历山人会敲）。另有《十样景》《五路垣》《乱斯麻》《什锦牌》等百余种，可惜多数失传，唯有传为尧舜所作的《风搅雪》《驷马投唐》《西河滩》《吃凉粉》《刺结花》等曲牌绵延至今，长盛不衰，显示出久远的风俗和艺术力量。

上古神话与民间传说中的圣贤，在洪洞县留下故事和遗迹的，还有黄帝（辛村乡公孙堡村）、许由、巢父（九箕山洗耳河）、皋陶（甘亭镇士师村）、师旷（曲亭镇师村）等等。史料考证与遗址考察有诸多对应，研究专著也有多种：《伏羲》《女娲》《石破天惊》《法祖皋陶》《乐圣师旷》《羊獬、历山联姻传说》《历山访贤》等，都是洪洞县这些年抓出的成果。师旷墓与皋陶祠（中华司法博物馆）等均在修缮建设当中。另有永凝堡西周遗址、坊堆商周遗址、杨侯国遗址、战国至汉代墓葬群等多处，不少地方还可以捡到象征人类社会文明初始的彩陶片、石器、骨器，在洪洞的乡野里走，如果你被石头绊了一跤，先别忙着爬起，要先研究清楚那块石头六七千年前是否被用来砍过猎物？

古代：兴唐寺、广胜寺及大槐树迁民历史

霍山，主峰老爷顶在洪洞县境内。《周礼》载："九州之镇山……河东尤以山水之雄，而独以霍为镇……"《赵城县志》载："隋时以霍山为中镇。"隋开皇十四年（公元594年）在霍山之巅建寺曰慈云寺。后李渊、李世民父子起兵反隋，与隋大将宋老生激战于此，久攻不破，幸得一熟知地理的老人指点，从小路袭击得胜。李氏得天下后，慈云寺被称为兴龙寺。李世民继位后感念此地，于贞观元年对兴龙寺进行重建，并赐名为"兴唐寺"，又于兴唐寺西一里建中镇庙。兴唐寺香火最旺时有僧众数百人，金熙宗时毁于兵燹，金大定二年（公元1162年）寺僧法信等募化修复。明成祖时，敕建北京天安门，下旨派遣画师到霍山描画中镇庙山门图样，作为天安门建设参照图。民国初的几任住持都曾修建复兴兴唐寺，可惜又尽毁于"文革"期间。如今只剩一座藏经楼、几通古碑。巍巍中镇碑，就矗立于兴唐寺村口，见证着曾经的辉煌与沧桑。1985年洪洞县人民政府将兴唐寺定为县级文物保护单位。近年，洪洞县改兴唐寺所属苑川乡为兴唐寺乡，并着手开发建设兴唐寺旅游文化景区，兴唐寺的历史文物研究工作也吸引了国内诸多专家学者，这一

段历史有望重现新韵。

1948年，饱受战火摧残的兴唐寺僧众日渐减少，留寺僧人移住霍山南麓广胜寺。广胜寺始建于东汉建和元年（公元147年），初名俱卢舍利寺。唐大历四年，汾阳王郭子仪奏请朝廷进行整修扩建，取"广大于天，名胜于时"，更名广胜寺。寺内原有俱卢舍利塔毁于元大德七年的地震，明正德十年（公元1515年）僧人达连法师募化重建，历时12年建成，高47.31米，八角十三级，通体七彩琉璃烧制佛教图案，在阳光下如七彩飞虹。又因达连法师法号飞虹，世人念其募建之功，称飞虹琉璃宝塔。金陵（南京）报恩寺塌毁后，飞虹塔被推为国内第一塔，列为国宝。

广胜寺三绝：飞虹塔、《赵城金藏》、元代戏曲壁画。前两种属山顶上寺，后一种在山下霍泉畔、与下寺一墙之隔的水神庙。水神庙全称霍泉水神庙，创建于唐，主殿明应王殿供奉的是秦昭王时治水有功的蜀郡太守李冰。《广胜志》载：唐德宗贞元年间"遣丞相李泌封明应王之神以护之"。元代重修，元泰定元年（公元1324年）于四壁绘制《祈雨图》《降雨图》《下棋图》等风俗壁画，展现了当时的社会风貌。1949年华北高等教育委员会图书文物处印行的《全国重要建筑文物简目》称此壁画为"元代巨匠手迹，至为罕贵。"

殿南壁东半部的元代戏曲壁画是目前国内发现研究戏剧的唯一壁画资料。展现的是一个民间剧团登台唱戏前祭祀水神的场景，画的上部有"尧都见爱，大行散乐忠都秀在此作场"的横额。画中的舞台悬挂幕幔，台分前后，场分上下，为研究我国元代前戏剧舞台的布局、设置等提供了可贵资料。画面中有十一个人物，七男四女，生、旦、净、末、丑俱全，主角忠都秀女扮男装，着红色官服，典雅恬静，泰然自若有名角之风。演员的化妆已开始勾脸谱、挂长须，服饰、鞋帽都已戏剧化；使用的道具有刀剑、牙笏、宫扇等；伴奏乐器有笛子、鼓、拍板等。击鼓、吹笛者为男性，拍板者是一名女子，这种伴奏形式为研究我国戏剧乐器的发展提供了形象资料。从人物造型、道具考证，可知即将上演的是蒲剧传统剧目《赠绨袍》。这个当时尧都（今临汾市）一带的名牌戏班所展现的酬神戏壁画，不是孤立的，它与《祈雨图》《降雨图》等其他壁画是不可分割的一体：大旱，百姓向水神求雨；水神施恩降雨；天降甘霖、风调雨顺，五谷丰登，百姓请来最有名的戏班为水神唱戏答谢，其展示的社会风情画卷与戏曲研究资料一样可贵。山西省委宣传部主办的"华夏文明看山西"进京展，"元代戏曲壁画"成为其中的重要组成部分。

广胜寺上寺大雄宝殿之东，有吕祖洞。相传八仙之一的吕洞宾曾来此居住，并留有藏头诗一首。吕祖洞相传北通五台山，西通洪洞县城北广济寺的石经塔。这两条路历史上都有人走过。广济寺现存遗址，只有石经幢一处。然而此处却因为明初的大移民而闻名天下。当年移民集合的大槐树遗址，如今已是享誉海内外的寻根祭祖圣地，成为根祖文化的重要组成部分，与黄帝陵、尧庙并称。

近些年，来洪洞大槐树下寻根祭祖的人逐年增多，然而，游人络绎，三成怕有二成是冲景点来的：看树的人多，思祖的人少；那千里迢迢来寻根的，祭的多是自己的祖宗之灵，而难得感怀祖先之功。洪洞移民，是有它巨大的历史贡献的。移民的次数不是一次，而有数十次；所移之民，也不是洪洞一县的，洪洞乃是四方移民集结出发的地点。那么，移民的历史原因是什么？移民的历史贡献在哪里呢？只有搞清了这两个问题，大槐树下的祭祖，才有别于自己家里的祭祖；大槐树下寻根的亲情，才能上升到亲情文化的高度。

元朝末年，统治者的残酷压迫致使各地农民纷纷起义，战火兵乱达16年，元军屠城多次。其间黄、淮河多次决口，《元史》载：仅旱、雨灾，山东19次，河南17次，河北15次，两淮地区8次。中原地区除水患外，大蝗灾计有19次之多。同时，瘟疫流行于河南、河北、山东、陕西及南方诸省。天灾人祸致使河南、山东、河北、皖北等中原地区千里断绝人烟，土地大片荒芜。朱元璋夺取政权后，中原许多州府人口竟不足千户，不得已把州府降格为县。为巩固政权，恢复生产，出台了移民垦荒的政策。当时的状况下，山西因地处偏僻，兵乱很少波及，风调雨顺，经济繁荣。邻省难民多流入山西，使山西人口稠密。山西人口密度高的地区，首推晋南，晋南又首推洪洞，且洪洞地处通衢要道，北达幽燕，东接齐鲁，南通秦蜀，西临河陇。在这样的条件下，把洪洞作为移民重点和移民集散地，是很自然的。于是，明朝政府便在洪洞城北二里的广济寺设局驻员，集中移民，广济寺前的汉代大槐树下，成了移民集中领取"凭照川资"之地，同时成了移民心目中象征故乡的神圣之地。

根据《明史》《明实录》《日知录之余》等记载，有明一代，洪洞大槐树移民分布30个省市、2217个县市。仅从洪武元年（公元1368年）至永乐十五年（公元1417年）近50年的时间内，在大槐树下先后18次大规模移民，移民走向涉及京、冀、豫、鲁、皖、苏、鄂、陕、甘、宁等18个省市，500多个县。这对恢复战后经济，促进民族融合都起到了积极的推动作用。从文化上看，很多民间俗语如"五百年前是一家""解手"等均由大槐树移民而来。从大槐树底下走向全国的移民，为中华的复兴立下了不朽的功绩，增加了中华民族的凝聚力和向心力，这恐怕是我们追念他们的最大原因。600年后的今天，移民后裔已遍布全国各地及东南亚等国家和地区。1991年，洪洞县委、县政府顺应广大大槐树移民后裔的意愿，决定于每年的公历4月1日至10日举办洪洞大槐树寻根祭祖节，主祭日是4月

5日清明节。如今已历二十余届。对大槐树移民文化的研究也日臻深入全面，出版的专著有《山西洪洞大槐树志》《洪洞大槐树移民志》《移民大迁徙》《洪洞大槐树》《大槐树百家姓》等20余种。

近现代几位文化名人

洪洞古称"神圣之邦"，历史文化名人不可胜数，从远古传说中的伏羲、女娲到现当代的董寿平，有全国影响的人物竟有上千位。近代以来，更是名人辈出，影响深远，诸如书画家王铎、理学家范鄗鼎、诗文大家张瑞玑、国画大师董寿平等。

明末清初著名书法家王铎（1592—1652），字觉斯，一字觉之，号十樵，又号嵩樵、痴庵等，系洪洞王氏。以楷书著称，师法钟繇、颜真卿，兼长行书，汲取米芾所长，驰名中外，人称更胜傅山一筹。独创悬绫书写法（两人凌空拉展绢纸，书者悬肘写字），现代书画大师董寿平是国内唯一继承此法者。王铎历任明、清两朝礼部尚书，传世之作《拟山园贴》。王铎在我国书法史上地位很高，启功先生称其"有明书法推第一""怀素后推第一"."王侯笔力能扛鼎，五百年来无此君"。王铎传世的书法作品，多有落款"洪洞王铎"。

清初理学大儒范鄗鼎（约1629—1707），字彪西，洪洞县师村人。倡导"学以致用"，创办希贤书院，学术思想影响清代二百余年，著有《晋国垂棘续编》《明儒学备考》《广理学备考》《清理学备考》。与顾炎武并称，与傅青主齐名，均终生不仕清廷。康熙帝赐御书"山林云鹤"。今洪洞曲亭镇师村留有范鄗鼎祠堂。

有清一代，洪洞在全国有影响的文化名人，清初以师村范鄗鼎为表率，清中叶又有苏堡刘氏、尹壁李氏继起，清末则有杜戍董氏三兄弟及薄村王顾斋。杜戍董氏，以商致富，重视文化，一门多杰，尤以董文涣（1833—1877）、董文灿（1839—1876）为杰出。董文涣字尧章，号研樵，又号研秋，在音韵学上造诣深厚，著有《声调四谱图说》；董文灿字芸凫，又字藜辉，著有《古泉币考》《山西金石碑目》二种。

清末民初名士张瑞玑（1872—1928），字衡玉，号戆窟野人，晚年又号老衡，赵城人。少有奇才，名冠海内，清末历任陕西数县知县，革新图治、爱民如子，人称张青天，有"脱靴留念"等诸多逸事流传。民初积极参加革命，曾任山西民政厅长，又被推为国民政府国会议员，对军阀、贪官无畏地斗争和抨击，成为当时有影响的民主政治家。张瑞玑又是诗文大家，一生创作了大量诗词、文章，他的书法也自成一家。他还是著名的藏书家，一生集善本书籍十万余卷，于赵城修建谁园藏书楼，成为当时的文化名楼。1952年，其子张小衡将谁园藏书悉数捐献给了山西省图书馆。谁园今为赵城镇政府所在地，保存基本完好，有待保护修缮。张瑞玑的一生充满传奇色彩，被誉为"人中之龙，文中之虎，若而人者，人不可复见矣。"

现代国画大师董寿平（1904—1997），原名董揆，洪洞杜戍村人。其祖父就是清末著名诗人、书法家、音韵学家董文涣。董寿平出身诗书世家，学养深厚，博采贯通，画风独具，27岁时便名噪京华画坛。巨幅国画《山水瀑布》《黄山云海》《天都会汇》等收藏于中国美术馆。1979年应邀为北京人民大会堂创作巨幅国画《苍松图》；1999年夏应北京钓鱼台国宾馆邀请，进住避暑，创作巨幅国画《青松图》。董寿平德艺双馨，享誉海内外，与李可染、吴作人、黄永玉齐名，他淡泊名利，将家藏名贵书画百余幅及个人作品近三百幅分别捐赠给山西省博物馆、太原董寿平美术馆、北京炎黄艺术馆、北京故宫博物院。董老在图画和书法艺术上造诣高深，他还是范鄗鼎悬纸书法的唯一继承者。国画大师董寿平的精神境界、渊博学识、坦荡胸襟堪称近当代书画家的表率和楷模。

洪洞，从远古神话开始，穿越经典史籍直到当代，都是华夏文明重要的一个章节，在生活在这块文化厚土上的人们的概念里，洪洞就是中华文化的代名词，他们发扬洪洞精神，像移民先祖一样不屈不挠、顽强进取，在曾经的"神圣之邦"上创造着新的光彩胜迹。

创作年表（要目）
(1995-2019)

▲ 1995 年

1月，短篇小说处女作《清早的阳光》，发表在《山西文学》1995年第1期。

1月，短篇小说《不惑之年》发表于《太原日报》双塔文学周刊头版。

▲ 2000 年

1月，诗歌《迟到的乌鸦（外一首）》发表于《诗刊》2000年第1期。

5月，诗话《仰视诗人》发表于《诗刊》2000年第5期。

10月，《大家》（时任主编李巍）2000年第5期推出中短篇小说辑，发表《局外人》《一位小姐的心灵史之谜》《女儿国》《小叔的艺术生涯》四篇。

10月，随笔集《比南方更南》由作家出版社出版，收入"青藤丛书"。

11月，短篇小说《局外人》由《短篇小说选刊版》2000年第11期转载。

12月，散文《对乡村的两种怀念》发表于《人民文学》2000年第12期。

▲ 2001 年

2月~4月，在《山西文学》开设"名著篇名短篇小说"专栏，发表《一个青年艺术家的画像》《存在与虚无》两个短篇。

6月，长篇小说《奋斗期的爱恋》发表于《黄河》2001年第3期头题。

7月，诗歌《黑与亮（二首）》发表于《诗刊》2001年第7期。

9月，《奋斗期的爱情》由长江文艺出版社出版，收入"九头鸟长篇小说文库"。

▲ 2002 年

5月，诗歌《纪念（外一首）》发表于《诗刊》2002年第5期下半月号。

6月，短篇小说《解决》发表于《山西文学》2002年第6期。

8月，《解决》由《小说精选》2002年第7期转载。

9月，短篇小说《师傅越来越温柔》发表于《鸭绿江》2002年第9期。

12月，《师傅越来越温柔》由《小说选刊》2002年第12期转载。

12月，获得2002年度山西新世纪文学奖。

▲ 2003 年

1月，短篇小说《流氓兔》发表于《广州文艺》2003年第1期。

3月，《流氓兔》分别由《小说月报》2003年第3期、《短篇小说选刊版》2003年第3期转载；短篇小说《把游戏进行到底》发表于《人民文学》2003年第3期。

4月，短篇小说《解决》收入人民文学杂志社选编、李敬泽主编《2002年文学精品·短篇小说卷》，敦煌文艺出版社出版。

▲ 2004 年

1月，短篇小说《流氓兔》收入人民文学出版社《21世纪年度小说选·2003短篇小说》。

5月，长篇小说《公司春秋》由中国社会出版社出版。

7月，短篇小说《后福》发表于《中国作家》2004年第7期。

7月，短篇小说《最近比较烦》发表于《北京文学》2004年第7期。

10月，长篇小说《公司春秋》由《长篇小说选刊》2004年试刊号"小说故事"选介。

▲ 2005 年

3月，短篇小说《后福》收入谢冕、朝全选编，华艺出版社出版《好看短篇小说精选》。

5月，长篇小说《婚姻之痒》由朝华出版社出版。

▲ 2006 年

10月，中篇小说《炊烟散了》发表于《现代小说》寒露卷头题。

▲ 2007年

9月，《李骏虎小说选》中篇卷、短篇卷由山西古籍出版社、山西人民出版社联合出版，收入《炊烟散了》《爱》《梦谭》三个中篇，《解决》《后福》等短篇。

9月，由省作协选送鲁迅文学院第七届中青年作家高级研讨班学习。

▲ 2008年

1月，短篇小说《奔跑的保姆》发表于《鸭绿江》2008年第1期。

2月，中篇小说《心跳如鼓》发表于《飞天》2008年第2期。

2月，应《山西文学》副主编鲁顺民之约，推出小说作品专辑，发表中篇小说《玫瑰》、短篇小说《漏网之鱼》、创作谈《享受写书的过程》。配发评论家杨品同期评论。

3月，应邀在刘醒龙主编《芳草》文学杂志开设"年度精锐"专栏，陆续发表中篇小说《前面就是麦季》，短篇小说《七年》《焰火》，分别由评论家王春林、刘川鄂、韩春燕配发同期评论。

4月，《前面就是麦季》由《小说选刊》2009年第4期转载。

5月，《前面就是麦季》由《中篇小说选刊》2009年第3期转载。

5月，短篇小说《退潮后发生的事》发表于《绿洲》2008年第5期。

8月，长篇小说《母系氏家》发表于《十月》长篇小说2008年第4期头题。

▲ 2009年

2月,短篇小说《七年》收入人民文学出版社《21世纪年度小说选·2008短篇小说》。

4月,长篇小说《婚姻之痒》由中国友谊出版公司重新出版。

6月,中篇小说《逆流而上》发表于《小说界》2009年第3期。

7月,中篇小说《五福临门》发表于《山西文学》2009年第7期头题。

10月,中篇小说《五福临门》由《小说月报》2009年增刊中篇小说专号第4期转载。

10月,获得第十二届庄重文文学奖。

11月,《山西日报》黄河文化周刊"黄河关注"刊发记者朱慧访谈《用小说探索人的精神世界——专访第十二届"庄重文文学奖"获得者李骏虎》。

12月,长篇小说《母系氏家》由陕西人民出版社出版发行。

▲ 2010年

4月,中篇小说《五福临门》入选中国小说学会2009年度中国小说排行榜。

4月,长篇小说《母系氏家》修订本发表于《黄河》双月刊2010年第2期,配发创作谈《我为什么要重写〈母系氏家〉》,以及评论家杨占平文章《成功的跨越——由〈母系氏家〉谈李骏虎小说创作的转型》。

4月,散文《属于"晋南虎"》发表于《天津日报》文艺周刊。

6月,短篇小说《牛郎》发表于《黄河文学》2010年第6期。

6月,《山西日报》黄河文化周刊"黄河关注"刊发长篇小说《母系氏家》评论专辑,发表评论家傅书华《现实主义的力量极其现实意义——读李骏虎的长篇小说〈母系氏家〉》、宁志荣《乡村生活的艺术呈现》、王晓瑜《芸芸众生的生命轨迹》三篇文章。

7月,长篇小说《母系氏家》由《长篇小说选刊》2010年第4期"小说视点"选介。

9月,长篇小说《小社会——铅华与骚动》被立项为2010年度中国作协重点作品扶持选题。

10月,中篇小说《前面就是麦季》获得第五届鲁迅文学奖全国优秀中篇小说奖。

11月,长篇小说《母系氏家》获得2007—2009年度赵树理文学奖长篇小说奖。

11月,因第十二届庄重文文学奖和第五届鲁迅文学奖,获得两项赵树理文学奖荣誉奖。

12月,中篇小说《前面就是麦季》转载刊发《北京文学中篇小说月月报》第五届鲁迅文学奖获奖小说专号。

24日,散文《手不释卷的李存葆》发表于《中国艺术报》九州副刊。

▲ 2011年

2月,短篇小说《割草的男孩》发表于《芒种》2011年第2期。

3月,短篇小说《还乡》发表于《红岩》2011年第2期。

3月,评论《看刘心武魔幻手法续红楼》发表于《中国艺术报》文艺评论版。

5月,中短篇小说集《前面就是麦季》由北岳文艺出版社出版。

6月，散文《老鼠旅馆》发表于《今晚报》今晚副刊。

11月，描写山西抗日民族统一战线选题《中国战场之共赴国难》，入选中国作家协会2011年作家定点深入生活名单。

▲ 2012年

1月，定点深入生活选题中篇小说《弃城》发表于《当代》2012年第1期。

1月，《文艺争鸣》2012年第1期发表评论家傅书华文章《〈母系氏家〉对现实主义的真实书写》。

2月，短篇小说《科比来了》发表于《青年文学》（上旬刊）2012年第2期。

2月，中篇小说《弃城》由《作品与争鸣》2012年第2期转载。

3月，散文《景老师消失在地平线》发表于《文艺报》文学院专刊。

4月，中篇小说《弃城》由《中篇小说选刊》增刊2012年第1期转载。

8月，《文艺报》文学院专刊头版刊发作家李骏虎专版，发表创作谈《慢慢地，学会了怀疑》，配发鲁迅文学院教研室赵兴红评论《精神向度决定作品高度》、《芳草》编辑郭海燕文章《南人北相小虎子》。

9月，《中国战场之共赴国难》入选2012年中国作家协会重点作品扶持选题定点深入生活专项选题。

12月，《创作与评论》"文艺现场"专栏发表中篇小说《此岸》、创作谈《命运才是捉刀人》；配发山西大学文学院教授王春林访谈《让作品跟身处的时代发生关系——李骏虎访谈录》，山西省社科院文学所所长陈坪评论《向着大地的回归——李骏虎中短篇小说创作论》,以及马顿《细节与方言是乡土文学的优胜点——以李骏虎长篇小说《母系氏家》为例》。

12月,《人民日报·海外版》刊发中华读书报记者舒晋瑜文章《李骏虎:现实主义才是最先锋的》。

▲ 2013年

1月,中篇小说《庆有》发表于《山西文学》2013年第1期。

1月,《芳草》杂志2013年第一期刊发山东师范大学教授张丽军访谈《李骏虎:于传统束缚中开疆辟域——七〇后作家访谈录之五》。

1月,《映像》杂志2013年第1期刊发诗人阎扶访谈《"现实主义是最先锋的"——青年作家李骏虎访谈》。

3月,《莽原》双月刊"当代名篇聚焦"发表李骏虎点评毕飞宇《家事》,评论家张丽军评介。

5月,短篇小说《亲密爱人》发表于《山花》2013年第5期。

5月,电视连续剧《婚姻之痒》由吉林电视台都市频道播出。

7月,《山西日报》文化周刊刊发记者杨东杰访谈《书写我们身处的时代》。

7月,散文《大风到来之前》发表于《散文》2013年第7期。

8月,散文《河北三思》发表于《文艺报》新作品版头条。

8月,中篇小说《大雪之前》发表于《清明》2013年第4期。

8月,长篇小说《婚姻之痒》由北岳文艺出版社出版第三个版本。

8月,散文《北地树》发表于《光明日报》光明文化周末"大观"版。

9月，中篇小说《此案无关风月》发表于《长江文艺》2013年第9期。

9月，散文《大风到来之前》转载于《散文选刊》2013年第9期。

10月，散文《那年花好月圆时》发表于《山西日报》黄河文化周刊。

11月，长篇小说《浮云》发表于《芳草》文学杂志双月刊。

11月，散文《广武怀古》发表于《山西日报》河文化周刊。

12月，散文《河北三思》收入河北美术出版社《品鉴河北》。

▲ 2014年

1月，短篇小说《刀客前传》发表于《大家》2013年第1期。

2月，散文《行走广西》发表于《光明日报》光明文化周末作品版。

3月，散文《大风到来之前》收入北岳文艺出版社《2013年散文随笔选粹》。

3月，文论《寻尧记》发表于《深圳特区报》人文天地首发版。

4月，散文《不安的"出逃"》发表于《人民日报》大地副刊。

5月，长篇小说《奋斗期的爱情》由北岳文艺出版社再版。

5月，短篇小说《一日长于百年》，发表于《福建文学》2014年第5期。

5月，散文《在乡亲和大师之间》发表于《山西日报》黄河文化周刊笔会版。

5月，短篇小说《来自星星的电话》发表于《光明日报》光明文化周末作品版。

6月，长篇小说《奋斗期的爱情》修订本附记《我与〈奋斗期的爱情〉》发表于《中华读书报》书评周刊文学版。

7月，点评陈忠实散文《原下的日子》发表于《散文选刊》2014年第7期上半月刊。

8月，《小说评论》推出小说家档案–李骏虎专辑，刊发栏目主持人於可训《主持人的话》，傅书华、李骏虎对话《现实是文学的起飞点和落脚点》，李骏虎自述《用心灵思考和创作》，李骏虎主要作品目录，傅书华《论李骏虎的小说创作》等一组文章。

8月，散文《不安的"出逃"》转载于《散文选刊》2014年第8期。

8月，中篇小说《爱无能兮》发表于《芳草》2014年第4期。

9月，中国新文学学会会刊《新文学评论》"文学新势力"栏目推出李骏虎专辑，发表"作家语录"《谈我的创作转型》《〈奋斗期的爱情〉修订本附记》，以及王莹、张艳梅评论《李骏虎小说创作论》，张丽军、乔宏智《从都市情感到重返乡土——李骏虎中短篇小说漫谈》，马顿《〈母系氏家〉：一部见微知著的家庭政治演义》，李佳贤、王春林《人性倾斜与社会批评——评李骏虎长篇小说〈浮云〉》等研究文章。

9月，文化散文集《受伤的文明》由山西人民出版社版。

9月，散文《不安的"出逃"》由《发展导报》"阅读"版转载。

10月，散文《雨中去吕梁》发表于《山西日报》黄河文化周刊笔会版。

11月，散文《汉的长安》发表于《光明日报》光明文化周末文荟版头条。

11月，短篇小说《云中归来》发表于《深圳特区报》人文天地"首发"版。

12月，长篇小说《中国战场之共赴国难》发表于《芳草》文学杂志2014年第6期。同时单行本由北岳文艺出版社出版。

12月，长篇小说《中国战场之共赴国难》获得第四届汉语文学女评委奖最佳叙事奖。

12月，创作谈《人民是文学的生命力》发表于《文艺报》。

▲ 2015 年

1月，创作谈《人民是文学的生命力》发表于《作家通讯》2015年第1期。

1月，在《小说选刊》开设"小说课堂"专栏，文学评论《经典的背景》发表于《小说选刊》2015年第1期。

1月，小说集《此案无关风月》由北岳文艺出版社出版。

1月，长篇小说《众生之路》发表于《莽原》杂志2015年第一期。

1月，散文《不安的"出逃"》收入漓江出版社《2014中国年度精短散文》。

1月，文学评论《化身：大师的"壶中妙法"》发表于《文学报》论坛专版。

1月，《山西晚报》开始连载长篇小说《中国战场之共赴国难》。

1月，《山西晚报》文化访谈版刊登专版：《李骏虎：〈共赴国难〉中，我写了段比文学更有价值的历史》。

2月，《中华读书报》发表评论家何亦聪文章《〈受伤的文明〉：笔墨从胸襟中来》。

3月，《黄河》杂志"黄河对话"刊发中国小说学会副会长、著名评论家王春林教授和小说家杨东杰对话《启示：李骏虎〈中国战场之共赴国难〉的新历史叙事价值》。

3月，《文艺报》发表著名评论家山西省作家协会主席杜学文评论《历史观、方法论与艺术表达——读长篇小说〈中国战场之共赴国难〉》。

4月，《山西日报》黄河文化周刊刊发《中国战场之共赴国难》创作谈《红色题材的求真魅力》。

4月，《太原晚报》天龙文苑刊发《中国战场之共赴国难》创作谈《三年走出的三十万言》。

4月，《都市》杂志2015年第4期头题刊登长篇散文《橘子洲头畅想》、长篇小说《中国战场之共赴国难》节选《决战兑九峪》。

4月，《太原日报》双塔文学周刊刊发徐大为、李骏虎对话《历史丰厚了文学，文学更应对历史负责》。

4月，中国作家协会《作家通讯》刊发《中国战场之共赴国难》创作谈《文学怎样为历史负责？》。

5月，《中国战场之共赴国难》精装典藏版由北岳文艺出版社出版。

5月，《名作欣赏》杂志2015年第5期刊登著名评论家、山西省作家协会主席杜学文评论《历史观、方法论与艺术表达——读长篇小说〈中国战场之共赴国难〉》。

5月，山西卫视新闻午报播出《长篇小说〈中国战场之共赴国难〉首发式举行》。

5月，山西新闻联播报道《我省新作——首部展现抗日民族统一战线形成过程的长篇小说》。

5月，新华网电《中国作家历时三载完成反法西斯战争纪实新作》。

5月，《中国新闻出版报》发布2015年4月优秀畅销书榜，《中国战场之共赴国难》进入文学类前十名。

5月，《山西青年报》新闻专题专版报道《首部描写红军东征的历史小说》。

5月，《发展导报》"聚焦"专版《山西作家书写红色救亡史——李骏虎新著〈中国战场之共赴国难〉讲述抗日民族统一战线形成过程》，并专版发表《长篇小说〈中国战场之共赴国难〉故事梗概》。

5月，光明网讯《长篇抗战历史小说〈中国战场之共赴国难〉引起反响》。

5月，散文《生命因为阅读而丰盈》发表于《群言》杂志2015年第5期。

6月，《文艺报》新作品专版发表《中国战场之共赴国难》创作谈《今天怎样写"救亡史"》。

6月，《文艺报》公布中国作家协会重点作品办公室2015年重点作品扶持项目篇目，长篇小说《巨树》列入"中国梦"主题专项。

7月，长篇小说《众生之路》由山西出版传媒集团山西人民出版社出版。

7月，散文《不安的"出逃"》，收入人民日报出版社《人民日报2014年散文精选》。

8月，《中华读书报》发表记者夏琪访谈《李骏虎：战争题材让我重拾宏大叙事》。

10月，评论集《经典的背景》由山西出版传媒集团北岳文艺出版社出版。

10月,《文艺报》发表刘慈欣、李骏虎对话《科幻文学与现实主义密不可分》。

▲ 2016年

1月,短篇小说《六十万个动作》发表于《飞天》2016年第1期。

3月,短篇小说《皮卡的乡下生活》发表于《星火》2016年第3期。

5月,中篇小说《银元》发表于《解放军文艺》2016年第5期。

5月,长篇小说《中国战场之共赴国难》获得山西省第十一届精神文明建设"五个一工程"奖优秀作品奖。

5月,散文《他与高原互为表里》发表于《山西日报》黄河文化周刊,纪念陈忠实。

6月,长篇小说《母系氏家》由北岳文艺出版社再版。

9月,《时代文学》2016年第9期"名家侧影"刊发小辑,发表短篇小说《在世纪末的夏天》,配发梁鸿鹰评论《论李骏虎乡村小说里的女性形象》,马顿、康志宏评论《矛盾密布,终织成幅》,以及五篇印象记:胡平《我眼中的李骏虎》,任林举《鲁28的"骏虎"》,曾剑《牵手的兄弟》,李燕蓉《有分寸的人》,孙峰《我的邻居和文友》;附李骏虎重要作品目录。封二、封三、封四刊发"李骏虎书法作品"。

9月,散文《雨城遐思》发表于《中国艺术报》副刊。

11月《光明日报》光明文化周末文荟版发表《地球的这一边》(组诗)。

11月,《文艺报》第九次全国作代会专刊发表《期待中国文学大繁荣》。

12月，散文《赐生我们的巨树永青》发表于《文艺报》原上草副刊。

▲ 2017 年

1月，随笔《赐生我们的巨树永青》发表于《文艺报》原上草副刊。

1月，理论文章《在中国写作的优势和障碍》发表于《文艺报》。

4月，长篇小说《浮云》由江苏凤凰文艺出版社出版。创作谈《那是救亡的先声和前奏》发表于2017年4月19日《解放军报》"长征"副刊。

8月，诗集《冰河纪》由北岳文艺出版社出版。

8月，散文《铜鼓笔记》发表于《文艺报》。

8月，中篇小说《忌口》发表于《作品》2017年第8期。

9月，中篇小说《忌口》转载于《中篇小说选刊》2017年第5期。配发创作谈《没有贺涵，也没有尹先生》。

12月，散文《梅溪上的"西客"》发表于《山西日报》黄河副刊。

▲ 2018 年

1月，评论《我们全部的尊严就在于思想》发表于《安徽文学》2018年第1期。

1月，散文《在乡愁里徜徉的新时代》发表于《群言》2018年第1期。

1月，评论《讲政治 谈文学 搞创作》发表于山西日报《文化周刊》。

2月，散文《梅溪晋韵》发表于《人民文学》2018年第2期。

2月，评论《如何创造山西文学新"高峰"》发表于山西日报《文化周刊》。

3月，短篇小说《飞鸟》发表于《大家》2018年第2期。

4月，评论《国之光采，通达纵横》发表于《群言》2018年第4期。

5月，评论《两翼齐飞振兴山西文学》发表于山西日报5月16日《文化周刊》。

6月，评论《这些书影响了青年习近平的成长》发表于《支部建设》2018年第16期。

6日，评论《山西文学创作如何再攀高峰》发表于山西日报《文化周刊》头条。

8月，评论《文学要有社会功能和现实意义》发表于山西日报《文化周刊》。

8月，散文集《纸上阳光》由中国言实出版社出版，收入全民阅读精品文库，王巨才主编"当代最具实力作家散文选"。

8月，评论《文学创作关乎现实人生》发表于《文艺报》。

10月，散文《铜鼓笔记》收入中国作家协会编《遥望那片星群——中国作协"迎接党的十九大暨纪念建军九十周年"主题采访活动作品集》，作家出版社2018年10月第一版。

10月，随笔《那是救亡的先声和前奏》获得第六届长征文艺奖。

11月，自述《记录山西的神韵和荣光是我的责任和光荣》发表于《山西日报》文化周刊。

▲ 2019 年

1月，中篇小说《献给艾米的玫瑰》发表于《芙蓉》2019年第1期。

2月，中篇小说《献给艾米的玫瑰》被《北京文学中篇小说月报》2019年第2期转载。

4月，诗歌《家书》发表于《山西日报》文化周刊。

5月，散文《一个小镇的故事》发表于《山西日报》文化周刊。

9月，中篇小说《太原劫》发表于《红豆》2019年第9期。

10月，中篇小说《太原劫》被《小说选刊》2019年第10期转载。

10月，中篇小说《太原劫》被《小说月报》2019年中长篇专号第四期转载。

11月，散文《延安时间》发表于《光明日报》光明文化周末作品版。